KB065127

세계 속의 한국어문학 연구의 현황과 과제

지역어와 문화가치 학술총서 6

세계 속의 한국어문학 연구의 현황과 과제

전남대학교 BK21플러스 지역어 기반
문화가치 창출 인재 사업단

보고사
BOGOSA

서문

최근 세계 곳곳에서 일고 있는 한류(韓流) 열풍과 한국의 국가 위상 상승으로 인해, 한국어문학 관련 학과가 개설된 외국 대학의 수가 점차 증가하는 추세이다. 이렇게 세계적으로 한국어문학을 가르치고 연구하는 학자들이 점차 증가하면서, 한국을 중심으로 세계의 여러 한국어문학 연구자들이 함께 모여 각국의 한국어문학 연구의 현황과 성과, 한계 등을 공유하고 향후 연구 방향을 전망하는 자리를 마련해야 하는 필요성 또한 높아지고 있다.

이번에 발간하는 학술총서 『세계 속의 한국어문학 연구의 현황과 과제』는 미국을 비롯한 체코, 영국, 불가리아, 중국, 인도, 러시아, 독일, 일본 등 세계 각국의 한국학 및 한국어문학 연구의 현황과 성과, 남겨진 과제를 조망해 볼 수 있는 내용으로 구성되어 있다. 세계 속의 한국어문학 연구 및 교육 현황을 한눈에 조망해 볼 수 있다는 점에서 이 학술총서는 학술적·교육적으로 활용할 만한 가치가 크다고 본다.

여섯 번째 지역어와 문화가치 관련 학술총서를 기획하고 출간한 '전남대학교 BK21플러스 지역어 기반 문화가치 창출 인재 양성 사업단'은 2013년 9월에 출범한 이래, 지역어와 지역문화의 가치를 발굴하고 문화원천으로서 지역어의 위상 제고, 미래 지향형 문화가치 창출, 융복합 문화 인재 양성을 위해 다양한 학술 활동을 하고 있다. 특히, 세계 속의 한국어문학 연구의 플랫폼 역할을 수행하고자 다양한 해외 학술 교류 프로그램을 진행하였으며, 그 결과, 우리 사업단은 지난 5년 6개월여 동안 6회의 국제학술대회와 12회의 해외 단기 연수, 그리고 21회의 해외 석학 초청 강연을 개최하였다. 그리고 지난 2019년 1월에는 '세계 속의 한국어문학 연구의 현황과 과제'라는 주제로 9개국의 해외 연구자들을 초청한 국제학술대회를 주최하여, 각국의 한국어문학 연구의 동향을 살펴보는 귀중한 자리를 마련한 바 있다. 이번에 사업단에서 출간하는 학술총서 『세계 속의 한국어문학 연구의 현황과 과제』는 그러한 국제학술대회의 빛나는 결실로서, 외국학자들의 성과물들을 수정·보완하여 다듬은 것이기도 하다.

총서는 3부로 구성되어 있다. 1부 "외국에서의 한국학·한국어 교육 및 연구의 현황과 과제"에는 미국에서의 한국학의 위상과 체코·불가리아·영국에서의 외국인 학습자를 대상으로 하는 한국어 교육 분야의 성과를 담았다. 이를 통해 외국에서의 한국학에 대한 관심과 외국어로서의 한국어 교육에 대한 이해를 심화시킬 수 있기를 바란다. 아울러 외국에서의 한국학에 대한 인식과 변화를 기대한다.

2부 "외국에서의 한국 문학 교육 및 연구의 현황과 과제"에는 중국·인도·러시아의 한국문학 교육에 대한 소개 및 현황과 전망에 대한 글을 모았다. 중국과 인도에서는 각각 천진사범대학과 네루대학의 한국 문학 커리큘럼을 소개하고, 한국 문학 교육의 문제점 및 교류, 촉진 방안 등을 모색하였다. 이는 한국 문학 교육에 대해 깊이 있게 성찰해 볼 수 있는 기회를 제공한다. 또한, 러시아에서는 한국 문학의 연구 현황을 소개하고 앞으로의 전망을 제시하였다. 이를 통해 외국에서의 한국 문학이 발전할 수 있는 계기가 되기를 기대한다.

3부 "외국에서의 북한어 연구 현황"에는 독일, 일본 대학에서 활동하는 연구자들의 북한어를 대상으로 한 연구 논의를 다루었다. 특히 외국의 시각에 반영된 북한어와 북한의 언어정책을 면밀히 들여다보면서, 한반도의 아픔인 분단으로 발생한 남북의 언어 차이를 제시하고, 그것을 극복하는 방안을 모색하고자 했다는 점에 주목할 수 있다. 이러한 연구 성과물들을 통해 문학적 연구뿐만 아니라 상호간의 유대관계를 넓힐 수 있는 문화적 확장까지를 기대해 볼만 하다.

이번 총서는 지난 5년 6개월 동안 열심히 그리고 묵묵히 자신의 일에 최선을 다한 우리 사업단 구성원들의 노고로 만들어진 것이다. 이 자리를 빌려 사업단 참여교수들의 관심과 격려, 헌신에 감사한다. 특히, 사업단의 국제화를 위해 노력한 김현정 학술연구교수, 사업단의 기획을 담당한 정민구 학술연구교수가 많은 고생을 했다. 그밖에도 학술연구와 사업 진행에서 묵묵히 자신의 일에 최선을 다한 학술연구원들과 행정간사에게도 깊은 감사의 말을 전하고 싶다. 무엇보다도 우리 사업단을 믿으면서 학문의 지난한 길에 매진하고 있는 참여 대학원생들에게도 고마운 마음을 전한다. 끝으로 우리 사업단의 연구 성과를 잘 다듬어 편집해주신 보고사 식구들께도 깊이 감사드린다.

2019년 2월 25일
전남대학교 BK21플러스 지역어 기반 문화가치 창출 인재 양성 사업단
단장 신해진

차례

제3부
외국연구자의 관점에서 바라본 북한어 연구

제1부

외국에서의 한국학 ·한국어 교육 및 연구의 현황과 과제

지역학, 동아시아학 그리고 한국학

미국 내 한국학의 지형과 지평

유영주

1. 들어가며 : 미국 내 한국학의 '가난한' 전통

2019년 현재 미국 내 한국학은 가히 '호경기'를 맞이했다고 할 수 있다. 한국국제교류재단과 한국학중앙연구원을 통해 1990년대부터 꾸준히 지속돼온 정부적 차원의 미국 대학 내 한국학 프로그램에 대한 지원에 힘입어 KF기금교수가 채용된 미국 내 대학의 숫자가 75개에 이르는가 하면[1], 젊은층에서의 BTS현상으로 대표되는 한국대중문화에 대한 관심이 한국어와 한국문화에 대한 호기심으로 이어져 미국 대학 내 한국어 및 한국학 관련 과목 수강자의 숫자도 확대일로에 있다. 이런 활황은 필자가 직접 피부로 느끼는 것이기도 한데, 필자가 처음 미시간대학(University of Michigan)에서 가르치기 시작한 2007년도와 비교할 때 한국어나 한국학 강의를 수강하는 학생 수 자체가 크게 늘었을 뿐 아니라, 수강자 가운데 비한국계 학생 비율도 과거 30퍼센트 수준에서 현재는 전체의 70퍼센트 선으로 늘어난 상황이다. 이 같은 수강생 수의 증가와 구성의 다양화는

1 한국국제교류재단 엮음, 『2018 해외한국학백서』, 을유문화사, 2018, 24쪽.

한국에 대한 인식의 변화와 관련된 것으로 보인다. 현재의 대학생 세대, 즉 2000년을 전후해서 태어난 이른바 Z세대(Generation Z)[2]의 입장에서, 한국은 역동적이고(dynamic), 기술적으로 첨단을 달리며(technologically advanced), 문화적으로 세련된(culturally sophisticated) 나라로 인식되고 있다. 과거 미국에서 한국을 떠올릴 때 늘 따라오던 이미지, 즉 전쟁의 고난과 빈곤을 겪은 미국의 도움이 필요한 나라라는 한국에 대한 인상은 최소한 지금 미국의 Z세대에게는 그다지 와닿지 않는 이야기인 셈이다.

흥미로운 것은, 지역학의 신흥 발전 분야로 주목과 선망의 대상이 되고 있는 한국학에 대해 정작 학계 내부에서는 여전히 그 '후진성'을 염려하는 목소리가 나오고 있다는 점이다. 예컨대, "한국문학 연구가 후진성을 면치 못할 경우, 중국문학이나 일본문학 전문가와의 학문적 교류와 접촉이 어렵게 된다."[3]라는 지적은 미국 내 한국학의 위상이 인접분야인 일본학 혹은 중국학과 비교할 때 여전히 뒤쳐져 그 존재감과 영향력이 약하다는 후발주자로서의 위기감이 여전히 불식되지 않았음을 보여주는 사례라 할 수 있다. 미국 내 한국학은 확실히 일본학이나 중국학과 비교할 때, 관련 학과나 프로그램 혹은 연구소를 보유한 대학의 수, 연구자의 저변, 축적된 연구의 양과 깊이 등에 있어 열세에 놓여

---

2 미국의 비영리사회연구기관 퓨리서치센터(Pew Research Center)의 연구에 따르면 Z세대는 1997년도 이후 태어난 세대로서 SNS를 포함한 다양한 디지털 테크놀로지 문화에 대해 특별한 친화성을 갖기에, "always-on" 세대, 즉 늘 전원이 켜져 있는 세대로 불린다. Michael Dimock, "Defining generations : Where Milennials end and Generation Z begins," *FactTank : News in the Numbers* (Pew Research Center), 17 January 2019 참조. http://www.pewresearch.org/fact-tank/2019/01/17/where-millennials-end-and-generation-z-begins/

3 권영민, 「한국 문학」, 『2018 해외한국학백서』, 을유문화사, 2018, 319쪽.

있음은 부정하기 어려운 사실이다. 이런 한국학의 열세 및 그로 인한 학문적 '후진성(?)'에 대해서는 미국 내 한국학계 내부에서 날카로운 비판이 제기되기도 하였다.

이러한 후발주자로서의 미국 내 한국학이 물려받은 '가난한' 전통에 대해, 미국 내 한국학 연구자들이 갖는 자의식으로부터 필자 역시 그 일원으로서 자유롭지 않은 처지에 있지만, 오늘날 '호황' 국면을 맞이한 미국 내 한국학이 과거 주변부 학문으로서의 한국학이 짊어지지 않을 수 없었던 여러 가지 한계와 제약, 요컨대 '가난한 전통'을 어떤 시각에서 바라볼 것인가의 문제는 새로운 도약기를 맞은 한국학의 입장에서 회피할 수 없는 중요한 문제임이 분명하다.

이에 대해 필자는 우선, 한국학을 일본학 혹은 중국학과 비교할 때, 단순히 이를 학문의 선진성과 후진성 혹은 중심과 주변의 구도로만 접근하는 방식에서 탈피할 것을 제언하고자 한다. 이러한 관점에서 미국 내 한국학의 전통을 바라볼 때, 과거는 애써 감추어야할 한낱 부끄러운 가난의 흔적에 지나지 않게 되며, 현재의 과제와 미래의 지향점 또한 자연스럽게 이미 발전한 인접분야의 성취를 최대한 빨리 따라잡는 것에 주안점이 놓일 수밖에 없게 된다.

그러나 다음에서의 논의를 통해 보다 자세히 살펴보겠지만, 과거 미국 지역학의 전성기에 국가적 차원의 지원을 받은 일본학과 중국학 등 '동아시아학'의 선진 분야가 쌓아 놓은 학문적 축적과 넓은 저변의 이면에는 지역학 그 자체가 갖는 문제적 성격, 즉 미국의 국가이익(national interest)을 최우선적 관심사로 하는 학문적 태도와 방법이 갖는 맹점이 가로 놓여 있기도 하다.

이런 지역학으로서의 발전과 성공 그 자체에 포함된 위험과 독소에 대한 인식이 결여된 채, 한국학의 뒤쳐진 상황에 대한 열등감에 기반하여 한국학의 전통을 단지 부정하고 싶은 '가난'으로만 파악하고자 하는 시각은 이미 발전한 인접 분야의 문제적 측면에 대한 성찰을 놓치는 우를 범할 가능성이 크다. 따라서 필자는 오히려 후발주자로서의 한국학이 미국 내 동아시아학의 주변적 위치에 머물러 있었기 때문에 중심의 위치에 있었던 선발주자들이 피할 수 없었던 위험과 독소로부터 자유로운 위치에 있었다는 점을 역설적인 긍정의 계기로 삼는 시각의 필요성을 강조하고자 한다. 이런 발상의 전환을 통해 한국학의 빈약한 전통은 단지 주변성과 후진성 그 자체로만 파악되는 차원을 넘어 미국 지역학의 문제를 비판적으로 조망하고 그에 대한 대안적 가능성을 상상할 수 있는 계기로 새롭게 사고될 여지를 얻게 되는 셈이다. 아래에서는 김수영 시인이 그의 시 「거대한 뿌리」에서 언급하였듯, "전통은 아무리 더러운 전통이라도 좋"[4]으며, 때에 따라서는 가난 그 자체야말로 가장 훌륭한 유산이 될 수도 있음을 미국 내 한국학의 '가난한' 발전 궤적과 그 과정에서 싹튼 독특한 윤리적 태도에 대한 검토를 살펴보고자 한다.

2. 미국 내 아시아학의 편제방식과 한국학의 위치

아시아학(Asian Studies)이라는 학문 분과가 과거 미국에서 어떤 방식으로 존재했으며 그 논리적 근거는 무엇이었는지를 잘 보여주는 사례로서 다음 두 군데 대학에서 아시아학의 편제방식을 먼저 살펴보기로 하자.

---

4 김수영, 『김수영 전집1』, 민음사, 2003, 23쪽.

중부 지역의 최고 명문 가운데 한 곳인 듀크대(Duke University, Durham, North Carolina)와 중서부의 "Big Ten" 대학 중 하나인 아이오와대(University of Iowa, Iowa City, Iowa)의 두 곳 대학에서 아시아학은 단독학과의 형태가 아니라 일견 무관해 보이는 다른 지역을 다루는 프로그램과 결합하여 '한 지붕 두 살림'식의 형태로 운영되어 오고 있다는 점은 이채롭다.

한국학, 중국학 및 일본학이 속해있는 아시아학은 듀크대의 경우는 중동학(Middle Eastern Studies)과, 아이오와대의 경우는 슬라브학(Slavic Studies)과 결합하여 하나의 학과를 구성하고 있다. 듀크대의 아시아-중동학과(Department of Asian and Middle Eastern Studies)에서 제공되는 외국어 및 해외지역학 프로그램의 리스트에는 아랍(어), 중국(어), 히브리(어, 이스라엘 및 유태인학), 힌디(어, 인도학), 일본(어), 한국(어)가 하나의 행정 단위 아래 자연스럽게 묶여 나열되고 있다. 아이오와대 아시아-슬라브학과(Department of Asian and Slavic Studies)의 홈페이지에는 "환영"이라는 한글로 씌여진 단어가 번체와 간체의 한자(중국어), 히라가나(일어) 같은 동아시아 이웃 나라의 언어는 물론, 키릴문자, 데바나가리문자(힌디어, 산스크리트어 등 남아시아언어의 표기문자) 등과 나란히 놓여 있는 상황은 한국인의 지리감각으로는 매우 낯설게 느껴질 것이며, 미국인의 입장에서 본다고 하더라도 지역들 사이에 이러한 방식으로 "짝짓기"를 정당화해 줄 수 있는 학문내적인 근거는 그다지 충실하다고 보기 어렵다.

이런 기이한 동거의 양상에 대해서는 우리가 그 배후에 놓인 냉전의 도래 및 미국의 패권국으로의 부상이라는 조건 속에서 지역에 대한 정책적 필요성에 주의를 돌릴 때 어느 정도 납득의 실마리를 얻을 수 있게 된다. 말하자면 정치적 혹은 정책적 수요에 근거하여 일견 서로 무관해 보이는 분야들이 하나의 지붕을 공유하게 된 것이다. 듀크대의 경우,

아시아와 중동은 각각 제국주의 시대 서구의 전통적 지역관념 속에서 각각 "극동(Far East)"과 "근동(Near East)"으로 지칭되던 두 지역을 보다 현대화되고 중립적인 방식으로 고쳐 부른 명칭이라는 점을 고려할 때 비교적 쉽게 그 이유가 납득될 수 있는 일이다.[5] 과거 오리엔트로 통칭되던 두 지역은 새로운 명명법에 따라 일단 두 개의 이름으로 지칭된 후, 전통적 지식배치의 관습에 따라 다시 한데 묶이게 되었는데, 이러한 상황은 결국 현재에도 동양학(Oriental Studies)의 인식구조에 제국주의 시대의 지역에 대한 뿌리 깊은 관념이 잔존하고 있음을 보여준다. 에드워드 사이드(E. Said)가 오리엔탈리즘이 내포하는 제국주의적, 인종주의적 세계관을 비판적으로 규명한 이후 거의 반세기가 지난 오늘, '오리엔트'라는 단어는 표면적으로 학과의 명칭에서 사라졌지만 오리엔탈리즘의 지적 유산은 제도적 타성(institutional inertia)에 힘입어 미국 대학의 지식편제 구조 속에 화석화되어 유지, 전승되고 있다는 점을 우리는 이 사례를 통해 엿볼 수 있다.

한편, 아이오와대의 아시아학과 슬라브학의 조합 사례는 미국 지역학의 연원이 냉전에 있음을 시사한다. 동아시아와 동유럽 간의 유사성과 연관성은 냉전 당시 미국의 공산주의의 확산 가능성에 대한 대비와 그에

---

5 "오리엔탈학과"(Department of Oriental Studies)는 버클리, 미시건, 워싱턴, 프린스턴 등 미국의 여러 대학에서 비서구세계에 관한 광범위한 지식을 다루는 학문 분과로 존재하다가 2차 대전을 전후해서 극동학과와 근동학과로 새로이 편제된다. 그 후 냉전의 종결을 앞두고 극동이라는 개념에 대한 비판적 의식이 점차 강화됨에 따라, 거의 모든 극동학과는 동아시아학과로 명칭을 바꿨으나 극동학과와 달리 근동학과는 아직 프린스턴, 코넬, 버클리, 워싱턴, 시카고, 펜실바니아 외 다수의 대학에 존재한다. 미시간대의 경우 2018년에 들어서야 근동학과를 보다 중립적인 "중동학과"(Department of Middle Eastern Studies)로 명칭을 바꿨다.

따른 봉쇄정책의 전략적 필요성이라는 맥락을 고려할 때 비로소 드러난다. 2차대전 및 한국전쟁을 통해 명실상부한 패권국가로 부상한 미국이 전후 세계에 대한 헤게모니의 공고화를 위해 추진한 세계 전략의 지식적 측면의 토대가 새로운 분과학문으로서의 지역학 건설의 핵심적 동력이었음은 이미 여러 연구자들, 예컨대 브루스 커밍스(Bruce Cumings), 해리 하르투니안(Harry Harootunian), 마이클 신(Michael Shin), 황동연, 장세진 등이 지적한 바 있다.[6] 커밍스의 논문에 인용된 하버드 문리대 학장 맥조지 번디(McGeorge Bundy, 1919~1996)의 1961년의 연설문에는 이러한 취지가 숨김없이 잘 드러나 있다.

> 본격적인 의미의 지역학센터가 최초로 설립된 곳이 전략사무국(Office of Strategic Services) 내였다는 사실은 학술사적 관점에서 볼 때 특이한 일이 아닐 수 없습니다. 현재 지역학 프로그램을 운영하는 대학들은 정부 산하의 정보수집 기관과 서로 간에 깊은 수준에서 상호침투(interpenetration)된 관계를 맺고 있으며, 나는 이러한 양상이 영구적으로 지속되기를 희망합니다."[7]

6 Bruce Cumings, "Boundary Displacement : The State, the Foundations, and Area Studies during and after the Cold War" in *Learning Places : Afterlives of Area Studies*, edited by Masao Miyoshi and Harry Harootunian (Durham : Duke University Press, 2002), pp.173-204.
Harry Harootunian, "Postcoloniality's unconscious/area studies' desire," *Postcolonial Studies* 2:2 (1999) : pp.127-147.
마이클 D. 신, 「미국 내 한국학 계보」, 『역사비평』 59, 역사비평사, 2002, 76~98쪽.
황동연, 「냉전시기 미국의 지역연구와 아시아 인식」, 『동북아역사논총』 33, 동북아역사재단, 2011.
장세진, 「라이샤워 (Edwin O. Reischauer), 동아시아, '권력/지식'의 테크놀로지-전후 미국의 지역연구와 한국학의 배치」, 『상허학보』 36, 상허학회, 2012, 87~140쪽.

맥조지 번디가 말한 이 관계가 영구적으로 지속되기 위해서는 많은 재정 지원이 필요했는데, 카네기재단, 록펠러재단, 포드재단, 멜론재단 등 19세기 소위 "산업계의 거물들(captains of industry)"로 불리던 대형 기업과 연관된 민간재단들이 재정지원에 나서면서 미국의 아시아학의 성립을 둘러싼 "군·산·학 복합의 트라이앵글"이 완성된다.[8] 이러한 지역학의 뿌리 깊은 정계 및 재계와의 밀착 관계에 대해, 존 트럼프부어(John Trumpbour) 같은 논자는 베트남전쟁 시기 다수의 양심적 학자들이 참여한 베트남전 반대성명에 기득권화된 아시아학 학자들(Asian Studies establishment)이 참여를 거부한 사실을 지적하며 1960년대의 아시아학을 "미국정부의 주문에 비굴하게 응하는"(servile catering to the needs of Washington) 일종의 어용학문이라 일갈한 바도 있다.[9]

전체적으로 보아, 미국 대학의 아시아연구와 교육은 여러 차례 위기를 거치며 일정한 조정을 거쳐왔음에도 불구하고 냉전이 종식된 현재에 이르기까지도 상당 부분 냉전 이래의 지역학 구도에 기초하여 이루어지고 있다. 그러한 사례의 하나로 한국어가 중국어, 일본어, 아랍어, 러시아어 등과 함께, 경제와 안보의 측면에서 국익에 "중요한 언어(critical

---

7 Bruce Cumings, 앞의 글, 262쪽. 인용문의 원문은 다음과 같다. "It is a curious fact of academic history that the first great center of area studies [was] in the Office of Strategic Services. …It is still true today, and I hope it always will be, that there is a high measure of interpenetration between universities with area programs and the information-gathering agencies of the government."

8 장세진, 앞의 글, 89쪽.

9 John Trumpbour, ed., *How Harvard Rules : Reason in the Service of Empire*(Boston : South End Press, 1989), 96. 저자는 "아시아학계 기득권(Asian Studies establishment)"의 사례로 특히 네 군데 대학(하버드, 스탠포드, 시카고, 미시간) 소속 연구자들을 지목하고 있다.

languages)"로 공식 지정되어 국가적 차원에서 지원, 관리하는 외국어 교육 지원방식[10]의 틀 아래서 교육되는 사례를 들 수 있을 것이다.

이상과 같은 미국 내 지역학 혹은 동아시아학 성립의 역사적 조건 속에서 태동한 한국학 역시 태생적 한계를 안고 있음은 명백하다. "서구 사회에서 한국학의 뿌리는 제국주의 경영을 위한 지역 정보를 얻기 위한 학문으로 출발했다"[11]는 김동택의 지적이나, "미국 내 한국학은 미국의 이익에 보탬이 되도록 한국에 관한 지식을 생산하는 학문체계"[12]라는 마이클 신의 한국학에 대한 기본 시각은 미국에서 지역학으로서의 아시아학이 갖는 한계가 한국학에도 고스란히 적용되고 있다는 인식이 학계 안에서도 상당히 폭넓게 인정되고 있음을 알 수 있다. 그렇다면 미국에서 한국학의 미래 역시, "지역학으로서의 한국학은 해체되고 보편적인 학문체계의 일부로서 해소되는 것이 바람직하다"[13]라는 시각에 입각하여 해체와 소멸을 중장기적 방향으로 삼는 길이 유일한 선택지가 될

---

10 이와 관련된 정부의 지원체계 즉 CLS(The Critical Language Scholarship) 프로그램에 의해 '중요언어(Critical Language)'로 지정된 언어는 총 15개이며 장학금 및 지원 내용에 따라 1,2,3급으로 분류된다. 한국어는 현재 아제르바이잔어, 방글라데쉬어, 힌디어, 인도네시아어, 푼잡어, 스와힐리어, 터키어, 우르두어와 함께 가장 많은 지원을 받는 1급 언어에 속한다. 언어습득 학생에게 장학금을 제공하는 데 중점을 두는 Critical Language Scholarship 프로그램과 별도로 대학 내의 해당 언어교육 기관을 지원하는 Flagship 프로그램이 있다. 이 프로그램은 4년 단위로 지원되며 현재 이 프로그램의 지원을 받는 언어로는 한국어 외에 중국어, 아랍어, 터키어, 페르시아어, 러시아어, 포르투갈어가 있다. 한국어의 경우, 하와이대(2002~), UCLA(2006~2007), 위스콘신대(2018~) 등의 한국어센터가 Flagship 프로그램의 지원을 받은 바 있다.

11 김동택, 「한류와 한국학 : 해외한국학 현황과 지원 방안」, 『역사비평』 74, 역사비평사, 2006, 235쪽.

12 마이클 D. 신, 앞의 글, 77쪽.

13 김동택, 앞의 글, 231쪽.

수밖에 없을 것인가 하는 의문이 자연이 생겨나게 된다.

사실, 미국 내 한국학의 입장에서는 미국의 지역학 일반이 태생적으로 갖는 문제점으로 인해, 각광 받자마자 자기반성을 거쳐 해체와 소멸을 지향점으로 삼아야 한다는 비판은 난감하고 또 한편으로는 '억울한' 노릇일 수도 있다. 한국학이 갖는 지역학적 한계에 대한 반성은 물론 필요하지만 한편으로는 과연 미국 내 한국학이 그동안 얼마나 지역학 고유의 문제와 깊이 얽혀 있는지에 관한 객관적 검토와 평가 역시 필수적이다.

돌이켜보자면, 과거 미국 내 지역학의 부흥기라 할 수 있는 1960~70년대의 시기 동안 나타난 동아시아를 '대표'하는 존재로서의 중국과 일본 두 나라에 대한 열렬한 관심과 비교할 때, 확실히 한국은 미국 내에서 하나의 독자적 관심 대상 지역으로서의 지위를 부여받지 못한 채 주변적인 존재로 취급되는 경향이 있었다. 또 한반도의 분단과 동아시아 냉전 상황으로 인해 한반도는 하나의 분석 단위가 되기보다 남한과 북한이 각기 일본과 중국의 종속변수로 취급되는 경향마저 존재했다. 이런 의미에서 한국학은 1960~70년대의 지역학 특수로 인한 호경기를 누릴 기회가 적었다고 할 수 있다.[14] 이점에 착안하여 필자는 미국에서 한국학이

14 콜럼비아대학교의 신희숙 사서가 정리한 자료에 의하면 미국 내 최초의 한국어 강좌는 1934년, 콜럼비아대학교에서 개설되었다. 최초의 한국어 강좌가 버클리대학교에서 1942년에 개설되었다는 버클리 동아시아언어문화학과의 주장과 상반된다. 1944년에는 워싱턴대학교(University of Washington, Seattle)에서, 1952년에는 하버드대학교에서 한국어 강좌가 개설되었다. 그 후로부터 1980년까지 한국학 강좌가 개설된 대학은, 한국국제교류재단이 출간한 『2018 해외한국학백서』에 의하면, 인디애나대학교(Indiana University at Bloomington, 1962년), 밴더빌트대학교(Vanderbilt University, 1967년), 캔자스대학교(University of Kansas, 1969년), 일리노이대학교-어바나샴페인(University of Illinois, Urbana-Champaign, 1970년) 네 곳에 불과하다. 여기에 1972년 한국학센터를

그 연원과 발전 경로에서 갖는 차별적 측면을 다시 살펴봄으로써 한국학이 미국 내 기존 지역학과는 '결을 달리하는(against the grain)' 어떤 성격을 가진 분야로 이해될 수 있는 측면을 드러내보이고자 한다. 나아가 이런 한국학의 특수한 성격 그 자체를 미국 지역학에 대한 반성 내지 비판과 연관지어 새롭게 조명해 보는 한편, 이를 토대로 미국 지역학 내에서 한국학을 둘러싼 지식의 지형과 미래적 가능성의 지평을 거칠게나마 그려보는 것을 이 글의 과제로 삼고자 한다.

과연 필자의 바람과 같이, 미국 내 한국학의 이 같은 주변성과 종속성으로 인한 빈곤한 역사 및 전통에 대한 적극적, 대안적 재해석에 기초하여 현재 떠오르고 있는 한국학의 미래에 대한 어떤 긍정적 실마리를 찾아내는 것이 가능할 것인가? 이 질문에 대한 대답은 미국 내 한국학의 지형과 지평 전반에 대한 보다 폭넓고 전면적인 연구를 필요로 하겠으나, 이 글에서 연구자의 능력과 지면의 한계로 인해, 우선 1950년대를 전후한 초창기로부터 1970~80년대에 등장한 일군의 평화봉사단 출신의 연구자 세대까지의 미국 내 한국학의 발전한 궤적에 한정하여 미국 내 한국학의 맹아 및 착근 단계까지의 상황을 거칠게 그려내고 그를 통해 한국학의 가난한 전통에 대한 긍정적 재해석의 단초를 찾아보고자 한다.

설립한 하와이대학교(University of Hawai'i, Manoa)를 포함하더라도 "지역학 호황기" 동안의 한국학의 성적은 초라하다고 하지 않을 수 없다(한국국제교류재단 엮음, 『2018 해외한국학백서』, 을유문화사, 2018 참조). 콜럼비아대학교와 하버드대학교에 관한 정보는 각 대학교의 동아시아학과 홈페이지에서 찾아볼 수 있다.

3. 하버드, 한국학의 요람 혹은 무덤?

2001년 을유문화사에서 출간된 『하버드 한국학의 요람-하버드옌칭 도서관 한국관 50년』에서 하버드옌칭도서관 사서이자 이 책의 편자인 윤충남은 제목 그대로 하버드가 미국 학계 내에서 '한국학의 요람'의 역할을 담당해 왔다고 말한다. 하버드대학이 최초로 한국어 혹은 한국학 강좌를 개설한 대학이 아님에도 미국의 한국학계에서 하버드는 오랫동안 한국학을 태동시키고 실질적으로 제도화하는데 크게 공헌한 대학으로 인식되어 왔다. 10년 주기로 한국국제교류재단에서 실행하는 해외 한국학 연구 현황 조사에서 북미지역 꼭지를 맡은 워싱턴대(University of Washington) 교수 클라크 소렌슨(Clark Sorensen)은 하버드 한국학에 대해 "미국 주요 대학에서 강의하는 박사 학위자들을 양성하는 데 특히 중요한 역할"[15]을 하는 프로그램이라고 평가한 후 "규모는 크지 않지만 여전히 종합적인 프로그램과 전문 인력을 갖추고 있는 하버드대학교가 지속적으로 학계를 선도할 것"[16]이라고 전망한다.

이러한 평가에는 1958년 하버드대학 동아시아언어문명학과에 한국학 담당교수로 부임한 에드워드 와그너(Edward Wagner, 1924~2001)의 역할이 핵심적 비중을 차지한다. "에드 와그너는 초기 한국학의 발전에 있어 하버드대학을 넘어 북미 전체 차원에서 가장 중요한 인물"이었다는 카터 에커트(Carter Eckert)의 평가처럼 미국 학계 내에 한국학이 뿌리를 내리는 데 있어 그의 공헌은 지대한 것으로 평가되어 왔다. 1945년 하버

15 클라크 W. 소렌슨, 「북미의 한국학연구 2007-2017」, 국제교류재단 엮음, 『2018 해외한국학백서』, 을유문화사, 2018, 53쪽.

16 위의 글, 62쪽.

드대학 학부 2학년 당시 제2차 세계대전에 군인으로 징집된 와그너는 일본으로 배속되어 이동하던 중 전쟁이 종결되는 바람에 전투에 나서는 대신 미 군정청 소속으로 일본과 한국에서 근무하였다. 1949년 하버드로 복귀하여 학사학위를 마친 에드 와그너는, 1951년 역사 및 동아시아 언어 전공으로 하버드에서 석사학위를 취득하였고 이어 일본 텐리대학(天理大學)의 다카하시 토오루(高橋亨, 1878~1967)와 서울대 사학과의 이병도(1896~1989) 문하에서 수학[17]한 후, 1958년 하버드대학의 극동언어학과(Department of Far Eastern Languages)에 한국사 담당교수로 부임한

17 Ken Gewertz, "Edward Wagner dies at 77," *The Harvard Gazette*, December 13, 2001. 텐리대학 재직 이전 경성제대에서 1926년부터 1939년까지 조선어학문학 제1강좌 교수로 재직한 바 있는 다카하시 도오루는 이마니시 류(今西 龍, 1875~1931)와 함께 일제강점기 시절 대표적인 관변학자로 식민사관 정립에 기여한 인물로 평가된다. 1929년 집필한 논문 「조선 유학사에서의 주리·주기파의 발달」에서 그는 조선의 성리학을 주리파(主理派), 주기파(主氣派)로 양분, 철학적 측면을 부각시키는 한편 정책적, 사회적 의미와 시대성을 축소하는 등 1950년에 텐리대에 부임하여 조선문학, 조선사상사 등의 강의를 담당하였고 같은 해 일본에서 조선학회를 조직하였다(보다 상세한 것은 다음 논문을 참조. 이성환, 「조선 총독부의 지배정책과 다카하시 토오루」, 『오늘의 동양사상』 13, 예문동양사상연구원, 2009, 236~247쪽; 박광현, 「다카하시 도오루와 경성제대 '조선문학' 강좌 – '조선문학' 연구자로서의 자기동일화 과정을 중심으로」, 『한국문화』 40, 규장각한국학연구소, 2007, 27~57쪽 참조).

이병도는 다카하시의 경성제대 동료인 이마니시 류 문하에서 1925년에서 1927년까지 조선사편수회 수사관보로 근무하는 등 두 사람의 학문적 영향권에 놓여 있었다. 다카하시의 유학 연구에 영향을 받은 것으로 보이는 그의 한국사 연구는 1955년 출간한 『국사와 지도이념』 등의 저서에서 볼 수 있듯, 식민사관의 핵심틀이라 할 수 있는 정체성론과 반도적 지리 특성론 등 다카하시와 이마니시 등의 관점을 계승하고 있다. 이병도가 록펠러재단의 지원을 받아 진단학회 회원들과 공동으로 집필한 『한국사』(총 7권, 1959-1965)에 대해 북한의 대표적 사학자 가운데 한 사람인 김석형은 "우리 민족 역사가에 의해 서술된 것이 아니라 오히려 침략자의 입장에서 서술된 것"이라고 혹평한 바 있다(보다 상세한 내용에 관해서는 다음 논문을 참조. 김일수, 「이병도와 김석형 – 실증사학과 주체사학의 분립」, 『역사비평』 82, 역사비평사, 2008, 94~100쪽, 104~108쪽 참조).

다. 족보연구를 중심으로 한 에드 와그너의 전통 시기 한국 역사에 대한 연구는 이후 그의 직계 제자인 제임스 팔레(James Palais, 1934~2006)와 팔레의 제자인 존 던컨(John Duncan)에게로 이어져 미국 한국학의 핵심적 계보를 형성하게 된다.

한 가지 흥미로운 점은 이들이 모두 군인 신분으로 한국에서 근무한 이력이 있다는 점이다. 앞서 언급한 바와 같이 에드 와그너는 일본과 해방된 조선을 오가며 미 군정청 요원으로 근무한 바 있으며, 제임스 팔레는 1957년에서 1958년까지 주한미군으로 영등포 및 의정부에서 복무한 이력을 갖고 있다. 존 던컨 역시 1966년 한국으로 배속되어 비무장지대 근방에서 복무한 바 있다. 이들은 모두 대략을 10년을 주기로 각각 군대를 통해 한국과 인연을 맺은 것을 계기로 한국에 관심을 갖고 한국학 연구자의 길로 들어섰다는 공통점을 갖는다.

에드 와그너를 '시조'로 하는 이런 미국 내 한국학의 '적통(嫡統)' 계보에 대해, 이들의 한계와 문제점을 지적하는 비판적 목소리도 등장한 바 있다. UC버클리의 사회학 교수인 존 리(John Lie)는 「한국학 내부의 '단군신화'」라는 제목의 논문[18]에서 에드 와그너를, 한국학 내부에서 '단군'과 같이 떠받들고 숭상되어 왔지만, 역사적 존재로서의 단군이 그러하듯 그가 남긴 업적은 하나의 '신화(myth)'에 불과한 존재로 묘사한 바 있는데, 이러한 비판적 평가는 라이샤워가 주도한 하버드 동아시학과의 체계에 대한 장세진의 다음과 같은 비판과도 일정하게 맥락을 공유한다.

2012년 발표된 「라이샤워(Edwin O. Reischauer), 동아시아, '권력/지식'

---

18 John Lie, "The Tangun Myth and Korean Studies in the United States," *Transnational Asia* 1.1 (2016), online.

의 테크놀로지 – 전후 미국의 지역연구와 한국학의 배치」라는 제목의 논문에서 장세진은 하버드대학 동아시아언어문명학과 일본학 교수로 미국 내 아시아담론을 주도했던 라이샤워에 주목하여 그를 전후 미국 내 한국학의 제도적 성립에 있어서 가장 핵심적인 역할을 한 인물의 하나로 지목한 바 있다. 에드 와그너가 하버드대학에 한국학 담당교수로 부임하게 된 것도 한국학의 필요성을 절감한 라이샤워가 카네기재단 등 미국 내 민간학술지원 기관과 접촉하여 기금을 확보하는 등의 노력을 기울인 결실이었다.

1910년 미국 선교사의 아들로 도쿄에서 태어난 라이샤워는 원어민에 가까운 유창한 일본어 구사능력을 보유했으며 도쿄 소재 미국학교를 졸업 후 오벌린대학을 거쳐 1939년 하버드대학에서 일본사 연구(일본 승려 엔닌(圓仁)의 구법순례여행기 연구)로 박사학위를 취득하였고, 2차대전 시기에는 전략사무국(OSS) 요원으로 활동하였으며, 일본의 유력 정치 가문의 딸과 재혼하여 일본 정계에 폭넓은 인맥을 구축하였고 1961년부터 1966년까지 주일 미국대사로 활동하는 등 학계와 정·관계를 폭 넓게 넘나들었던 인물이었다. 대사 재임 기간 동안의 가장 중요한 업적이 바로 미국의 동아시아전략에 있어 걸림돌이 되는 한일관계 '정상화'를 위한 한일협정을 미국 정부의 입장에서 막후에서 입안하고 집행하는 데 초점이 맞추어져 있었다는 사실은 그가 일본 열도를 넘어 한반도의 운명에까지 깊은 영향을 미쳤음을 보여주는 한편, 라이샤워의 지역학 혹은 일본학이 어떤 필요에 의해 만들어졌는지를 짐작하게 해준다. 이렇게 볼 때 라이샤워의 행적이야말로 맥조지 번디가 희망해마지 않았던 학계와 정부 간의 '상호침투'를 가장 전형적으로 보여주는 사례인 셈이다.

장세진은 외교관으로서의 라이샤워의 영향력 외에 그가 지역학으로서의 동아시아학의 구조를 틀지움으로써 미친 강력한 파급력에 주목한다. "미국의 전후 일본학이란 형식적으로는 동아시아 지역 연구의 하위 범주에 해당되었지만, 실질적으로는 동아시아 국가들(중국-일본-한국) 각각을 아카데미라는 체계적 지식의 장 내 위계화된 장소에 할당하는 '배치'의 원리를 제공한 서사적 구심점이었다."(90-91)라는 것이다. 아시아학계 안팎에 지대한 영향을 끼쳤던 저술(동양문화사 상·하(1960, 1965) East Asia : The Great Tradition; East Asia : The Modern Transformation)의 기획자 및 공동저자로서, 라이샤워는 당대 미국 학계의 주류담론이었던 근대화이론(modernization theory)의 관점에서 출발하여 한중일 삼국 가운데 일본이 유일하게 근대화에 성공한 사례임을 강조하는 한편, 중국과 그를 모방한 한국을 근대화의 실패자로 설명하는 패러다임을 확산시킨 장본인이라고 할 수 있다.

앞서 언급한『동양문화사』의 출판 과정에서 라이샤워는 한국 관련 부분의 감수를 와그너에게 맡겼고 와그너는 과거 한국에서 학연을 맺은 바 있는 이병도를 감수 작업에 참여시켰는데, 다카하시 토오루와 이병도로 이어지는 와그너의 인적 네트워크는 전전 일본의 식민사관이 전후 미국의 지역학 구도 내에서 라이샤워 같은 미국학자의 역할을 매개로 화려하게 부활할 수 있는 계기를 제공했다고 장세진은 주장한다. 다카하시와 같은 일제의 관변학자에 의해 탄생된 식민사관이 반도라는 조선의 지리적 특수성에서 타율성과 정체성의 역사를 도출해내고 식민지배를 정당화하는 논리로 기능했다면, 전후 반공주의 한국의 관변학자로서 이병도는 실증주의라는 기치 아래, 자칫 북한의 정치적 입장과 맥을 같이 할 우려가 있는 급진적 민족주의의 시각을 학문의 영역에서 적극적으로 제거하고 식민사관의 수명을 연장하여 '국사'라는 학문적 영역을 통해 미국 주도의 반공주의 동맹에 한국을 "'하위파트너(junior partner)'" 로 참여시키는 이념적 단초를 제공했다는 것이다. 이병도의 주도로 출간된 7권의 『한국사』에 대한 자금 제공이 앞서 언급한 바 있는 전후 미국에서 지역학을 탄생시키는 데 중요한 역할을 담당했던 록펠러재단에 의해 이루어졌다는 점 또한 결코 우연이 아닌 것이다.

라이샤워가 동아시아학을 재구성하는데 있어 근거로 삼은 근대화담론은 근대화를 유일하게 바람직한 미래의 목표로 제시하는 한편, 일본을 제외한 아시아를 스스로 근대화할 변화의 가능성을 결여한, 과거로부터의 불변하는 연속성에 사로잡힌 존재로 묘사한다는 점에서, 마이클 신이 사이드의 표현을 빌려 비판적으로 언급한 바와 같이 "노골적 오리엔털리즘(manifest orientalism)의 최신형"[19]으로 비판할 만한 요소를 포함하고 있다. 라이샤워가 구성한 동아시아학의 '하위 파트너'로서의 와그너에 의해 정초된 한국학 역시 '불변의 과거'를 중심 테마로 삼고 있다는 점에서 이같은 지역학의 구도에 복무하는 결과를 낳았다고 볼 수 있는 여지를 남길 뿐만 아니라 와그너의 인적 네트워크는 일제 식민사관의 미국 내 지역학적 재배치를 적극적으로 돕는 직접적인 요소로 작용했다고 할 수 있다. 꼼꼼한 학자, 훌륭한 은사로 기억되는 와그너의 교육자로서의 면모[20]에도 불구하고 이러한 신랄한 지적들을 수용한다

19 마이클 신, 앞의 글, 76쪽.

20 에드 와그너의 첫 번째 제자였던 제임스 팔레는 스승 와그너를 "개방적이고 학생들에게 늘 열려 계신 분"으로 기억하는 한편, 그의 학문적 성과에 대해, "완벽주의자라서 저술이 많지는 않지만 한 편 한 편이 모두 중요한 논문"으로 평가하고 있다(한홍구, 「미국 한국학의 선구자 제임스 팔레 : 정년 기념 대담」, 『정신문화연구』 24.2, 한국학중앙연구원, 2001(여름), 209~210쪽 참조).

면 하버드는 한국학의 태동시킨 요람이기도 하지만 동시에 식민사관으로 대표되는 어두운 과거의 유산을 출발점에서 부터 끌어안고 있었다는 점에서 무덤이기도 한 셈이다.

4. 한국학의 잊혀진 전사(前史) : 워싱턴대의 두 선구자 선우학원과 서두수

그곳을 요람으로 보든 무덤으로 보든, 미국 내 한국학의 발전 과정에서 하버드대는 확실히 지대한 영향을 미쳤다. 그러나 그 중요성에 대한 인정과 별도로 하버드대를 미국 내에서 한국학이 최초로 시작된 장소로 보는 것은 별도의 검토를 요한다. 본격적인 한국학이 미국에서 지역학의 제도화와 함께 하버드대에서 자리를 잡은 것은 사실이지만 하버드보다 일찍 한국학 관련 과목을 개설한 대학이 존재한다는 점 또한 분명한 사실이다. 시애틀에 자리한 워싱턴대학이 그곳인데, 미국 대학 내에서의 한국학의 정착 과정에 있어 과도하게 하버드대의 중요성을 강조할 경우, 워싱턴대의 역할이 시야에서 사라지게 될 우려가 있다. 이 절에서는 본격적 한국학의 전사(前史)에 해당하는 워싱턴대의 역할과 그곳에서 한국학 담당교수로 근무한 두 사람의 한국 출신 학자의 공적을 검토함으로써 미국의 지역학 체계에 긴밀히 포섭되기 이전, 한국학의 보다 원형적 형태를 살피고자 한다.

크게 보아 워싱턴대학은 한국학이 미국의 대학 제도 내에 뿌리를 내리는 과정에 있어 하나의 교두보와 같은 역할을 담당했던 곳이라 할 수 있다. 미국 내 한국학의 연원에 관한 기존 검토가 하버드를 중심으로 한 동부 대학들 및 한인 이주자 비중이 큰 L.A.에 자리한 UCLA의 한국학 프로그램의 상징적 중요성에 대한 강조에 치중해온 경향으로 인해 그간 워싱턴대학이 갖는 중요성이 덜 부각되었으나, 제임스 팔레(James B. Palais, 1934~2006)와 그 제자그룹이라 할 수 있는 존 던컨(John Duncan), 카터 에커트, 클락 소렌슨, 마이클 로빈슨(Michael Robinson), 도널드 베이커(Donald Baker) 등 미국학계에서 한국학의 제도화에 중추적 역할을 수행한 학자들을 다수 배출했다는 점에서 워싱턴대학의 중요성은 보다 강조될 필요가 있다. 이러한 중요한 기여는 워싱턴대학이 아무도 한국학에 관심을 갖지 않았던 초창기에 있어 산파역과도 같은 역할을 담당해왔다는 전통과도 무관하지 않다.

워싱턴대학은 1943년 군사용 언어교육의 일환으로 한국어 강좌를 개설함으로써 한국학과 처음으로 인연을 맺게 된다.[21] 태평양 연안의 시애틀에 자리한 지역적 특수성은 워싱턴대학으로 하여금 미국이 대서양 중심에서 태평양 중심으로 세계전략을 전환하는 역사적 변화의 흐름과 맞물려 아시아(학)에 대한 깊은 관심을 이 대학의 학문적 정체성을 구성하는 중요한 일부로 포함하게 만들었으며, 한국학에 대한 이른 관심 또한 이러한 역사적 맥락에서 이해될 수 있다. 1915년부터 1926년까지 워싱턴대학 총장을 역임한 헨리 수잘로(Henry Suzzallo, 1875~1933)의 다음 연설은 태평양시대를 맞이하여 워싱턴대학이 스스로의 사명에 대해 '자각'하고 있음을 잘 보여주고 있다.

21 2차 대전 당시 미국 정부가 227개의 대학과의 파트너십을 통해 군인들에게 제공한 엔지니어링, 의료, 외국어 관련 단기 집중 과정.

> 워싱턴대학은 미국 대학 가운데 가장 서쪽에 위치하고 있습니다. 동서양을 하나로 이어주는 바다인 태평양을 굽어 보는 위치에서 다양한 아시아의 인민과 기관들을 이웃과도 같이 함께 하고 있는 것이지요. 이 장소는 가장 오래된 문명과 새로운 문명이라는 두 장의 옷감이 하나의 옷을 이루는 봉제선과도 같은 자리라 할 수 있습니다. 이 위치는 워싱턴대학에게 특별한 지적 책임을 부여하는데, 그 책임이란 동양(Orient)과 서양(Occident) 양자에 대한 해석(interpretation)을 통해 서로를 이해할 수 있도록 도와야할 책임입니다. 이 한 가지 과업을 이행함으로써 워싱턴대학은 세계의 평화와 협력이라는 우리의 목표를 실현할 토대를 구축하는데 기여할 수 있을 것입니다.[22]

1943년 군사특수훈련과정으로 개설된 워싱턴대학의 한국어/한국학 프로그램은 이듬해인 1944년 록펠러재단 및 멜론재단의 지원으로 민간에까지 문호를 개방함으로써 본격화되었다. 최초로 이 프로그램을 담당한 사람은 한국(식민지 조선) 출신의 선우학원(鮮于學源, Harold Sunoo, 1918~2015)으로, 1943년부터 1949년까지 한국어 강의를 담당하였으며 1955년부터는 서두수(徐斗銖, Doo Soo Suh, 1907~1994)가 선우학원의 뒤를 이어 받게 된다. 이 두 사람은 본격적인 의미에서 한국학 연구자들을 길러냄으로써 학계에 영향력을 행사하지 못했다는 한계로 인해 미국 내 한국

22 Henry Suzzallo, "The President's Message"(1926) : "The University of Washington is the farthest West of the American Universities. It looks over the waters which unite the East and the West and is neighborly with the peoples and institutions of Asia. It lies on the seam of the garment of world civilization, where the oldest and the newest cultures meet. Its location charges it with a special intellectual responsibility-to interpret the Orient and the Occident to each other. By the discharge of this simple duty it enlarges common understanding, the one solid ground for our hope of world cooperation and peace."

학의 정착과정에 대한 검토에서 제외되는 경우가 많으나 초창기의 어려운 여건 속에서 선우학원과 서두수가 남긴 선구적 발자취는 재평가될 여지가 있으며 특히 한국 근현대사와 미주한인동포사회 발전 양상과 관련하여 조명될 필요가 있다.

1918년 평양에서 태어난 선우학원은 1937년 평양 숭인상업학교를 졸업한 후, 18세의 나이에 일본에 유학하여 아오야마가쿠인대학(青山學園大學)에서 신학을 전공하는 한편, 크리스천으로서 진보적 평화운동과 노동운동에 종사하여 훗날 노벨평화상 후보로도 오른 가타와 토요히코(賀川豊彦, 1888~1960)의 영향을 받아 사회운동에도 관심을 갖게 된다. 1938년에 미국으로 유학길에 오른 선우학원은 파사데나시립대학(Pasadena City College), 버클리대학 등에서 수학하였고 1943년 워싱턴대학에서 석사학위를 취득하였다. 선우학원은 미국 체류 기간 동안 약산 김원봉이 이끄는 조선의용대의 미국 내 지원모임 창립을 주도하였는데, 당시 미국 내 한인독립운동의 주류를 이루었던 이승만이 이끄는 동지회나 안창호가 주도하는 국민회가 아니라 좌파적 성향이 강했던 조선의용대를 선택했다는 점에서 그의 사상적 경향을 엿볼 수 있다.

태평양전쟁 당시인 1945년 일제 패망을 앞둔 시점에 선우학원은 미국정부로 부터 OSS에 징집되어, OSS 보조요원으로서 당시 함께 징집된 재미한인 20명 가운데 한 사람으로서 일어 통번역 등의 업무를 담당하게 된다. OSS에서 근무한 공로로 선우학원은 전쟁 종료 후 당시 동양계 이민자에게는 매우 제한적으로 주어졌던 미국 시민권을 취득하게 된다. 1948년 선우학원은 미국 체류를 마치고 귀국하는 음악가 남궁요설을 통해, 남북 좌익 진영의 지도자라 할 수 있는 박헌영과 김일성에게 각각 자신을 소개하고 조국의 통일에 이바지할 수 있는 기회를 줄 것을 요청하는 편지를 보내는데, 훗날 임화를 거쳐 박헌영에게 자신의 편지가 전해졌다는 남궁요설의 전언을 듣게 된다.[23] 1949년 체코로 떠나 같은 해 프라하대학에서 철학박사 학위를 취득한 후 1950년 6월 미국으로 돌아온 선우학원은 1960년 4·19를 계기로 한국으로 귀국하여 연세대에서 강의하는 한편 영자신문 코리아헤럴드(Korea Herald) 편집에 관여하는 등 언론 활동에도 종사한다. 1962년 다시 미국으로 돌아온 선우학원은 1963년 미주리주 센트럴 감리교대학에 정치학 담당교수로 부임하여 1989년 은퇴하기까지 대학 교육에 몸담는다.

선우학원은 1973년 박정희정권의 김대중 납치사건의 충격으로 한국의 민주화운동에 관심을 기울이기 시작하였으며, 1980년 광주민주화운동 당시 미국의 부정적 영향을 기화로 통일을 가로막는 요인으로서의 미국의 정치적 영향력에 대해 각성하게 되었고, 이는 그가 1981년 워싱턴 DC에서 재미한인들의 통일운동 조직인 '통일을 위한 심포지움' 창립을 주도하는 등 미국 내 통일운동의 조직화 사업에 나서는 계기가 된다. 통일운동에 투신한 '운동가' 선우학원의 면모는 1994년 카터 전 대통령의 비공식 북한 방문 및 김일성과의 회담을 주선하는 막후 역할을 수행함으로써 북미간의 전쟁위기를 해소하고 제네바합의를 이끌어 내는 데 기여한 사실에서 찾아볼 수 있다. 이를 높이 산 북한 당국에 의해 2015년 사망한 선우학원의 유해는 2016년 평양으로 옮겨져 신미리 애국렬사릉에 안장되기도 하였다.

23 이 편지는 훗날 선우학원이 미국 정보요원에게 체포되어 취조를 받게 되는 계기가 된다. 한 인터뷰에서 선우학원은 자신의 편지가 미국 정보요원 손에 돌아온 사실을 통해 박헌영의 '미제 스파이설'을 믿는다는 입장을 밝힌 바 있다.

1949년까지 워싱턴대학에서 한국어 강의를 담당한 선우학원의 뒤를 이어 1955년 서두수가 한국어 및 한국학 프로그램 담당교수로 부임함으로써 워싱턴대학의 한국 관련 프로그램 선구자로서의 명맥은 이어진다. 대한제국기인 1907년 경주에서 출생한 서두수는 1925년 예과 제2회 입학생으로 경성제대에 입학하여 조선인으로서는 최초로 '국문학'(즉 일본문학)을 전공하게 된다. 졸업 후 만요슈(萬葉集) 등 일본 고전문학을 연구에 관심을 보이는 한편, 조선어문학회에도 가입하여 조선민요채집 등 조선문학 연구 영역에서도 활동했던 서두수는, 1937년 '국문학'(즉 일본문학) 담당교수로 이화여전에 부임하여 일본문학 교육과 연구에 본격적으로 종사하였고, 해방 후에는 연희전문을 거쳐 서울대에서 1945년에서 1948년까지 '국문학'(즉 한국문학) 강의를 담당한다. 이처럼 두 개의 서로 다른 '국문학' 담당교수로서 분열적 역할을 담당한 바 있는 서두수의 독특한 경험은 그가 1949년 도미(渡美)하여 콜럼비아대학으로 유학을 선택하는 하나의 동기가 된다. 미국 유학을 통해 한국 학계 및 문단에서 자연스럽게 멀어지게 되는 길을 선택한 동기를 박광현은 "'국문학'=일본문학 전공자라는 자기 구속과 조선이라는 장소가 갖는 구속성으로부터 자유로워지고자 했던" 욕망으로 설명하고 있다.[24]

1952년 서두수는 "The struggle for academic freedom in Japanese universities before 1945(전전(戰前) 일본 대학에서의 학문의 자유를 위한 투쟁)"이라는 제목의 논문으로 컬럼비아대에서 교육학 박사학위를 취득한 후 같은 해 강사 자격으로 하버드대학에서 한국어와 한국역사를 담당하

24 박광현, 「'국문학'과 조선문학이라는 제도의 사이에서 - '국문학자'로서 서두수의 학문적 동일성을 중심으로」, 『한민족어문학』 54, 한민족어문학회, 2009, 368쪽.

게 된다. (서두수가 강사 자격으로 하버드에서 한국어 강좌를 담당할 당시, 학부생으로 그의 강의를 들었던 제자 가운데 한 사람이 바로 에드 와그너였다.) 1955년 강사 계약이 종료됨에 따라 워싱턴대로 옮긴 서두수는 방문강사(visiting lecturer)에서 시작하여 1977년 명예부교수(associate professor emeritus)로 은퇴하기까지 워싱턴대학에서 한국어 및 고전문학을 중심으로 한 한국문학 강의를 담당한다. 서두수가 워싱턴대학에서 배출한 제자 가운데 한 사람이자 전쟁고아로 미국에 입양되어 워싱턴대학에서 동양사로 박사학위를 취득하였고, 워싱턴주 상원의원으로서 5선의 경력을 가진 신호범(Paull H. Shin)은 한글조차 읽을 수 없었던 자신이 서두수에게서 3년간 한국어를 배움으로써 한국에 대한 전쟁고아 시절의 고통스런 기억에서 벗어나 자신의 뿌리와 정체성을 확인할 수 있었다고 회고한다.[25] 이런 일화에 드러난 강렬한 민족적 정체성의 체현 욕구는 미국 안에서 한국 혹은 한국인이 갖는 미약한 존재감과 겹쳐져 서두수의 예를 통해 엿볼 수 있는 초기 한국학의 과제는 지역학이 표방하는 미국의 정책적 요구에 대한 충족에 앞서, 한국문화에 대한 초보적 이해에 초점이 놓여 있었고 한국 출신의 이민자들에게 있어서는 한국어 및 한국문화에 대한 교육이 한국의 문화적, 민족적 정체성을 유지하고 그 미약한 존재감을 극복하고자 하는 동기에 긴밀히 연결되어 있었음을 보여준다. 지금도 미국 대학에서 한국어 및 한국학을 전공하는 학생들 가운데 이민 2, 3, 4세대 혹은 한국출신의 입양아 및 그들을 아버지 혹은 어머니로 둔 후세들이 드물지 않은 점을 고려할 때 이런 전통은 여전히 사라지지

---

25 Paul H. Shinn, *An Exodus for Hope : The Footsteps of a Dream* (WJ Jisikhouse, 2010).

않고 있는 것으로 판단된다.

선우학원의 계약종료와 서두수의 부임 사이에 비록 중간에 6년의 공백이 있기도 했지만 워싱턴대학에서 한국학의 단초를 연 선우학원(1943~1949)과 서두수(1955~1977)는 한국현대사의 전개와 연관된 삶의 이력과 정치적 성향에 있어 판이하게 다른 길을 걸었던 사람으로서, 한국 내부적 시선으로는 도저히 한 자리에서 논하기 어려운 인물들이라는 점도 음미해볼 대목이다. 선우학원이 3·1운동의 희생자였던 부친을 둔 집안 내력을 가졌으며 1938년 일본 유학생 가운데 요시찰 인물로서 경찰의 감시를 피해 미국으로 건너가 미국 수학 기간 동안 사회주의와 노동운동에 깊은 관심을 가졌던 좌익 성향의 전투적 민족주의자였다면, 서두수는 1941년 친일 성향인 조선문인협회에 가입하여 간부로 활동하였고 1943년 동단체가 조선문인보국회로 개편된 이후에도 이 단체가 주도하는 '보도특별정신대' 등에 참가하는 한편 창씨개명에도 동참하는 등(西野斗銖로 개명) 친일행적에 대한 혐의로부터 자유롭지 못한 경력의 소유자다. 그의 도미 유학이라는 선택 또한 다분히 해방 이후 자신의 난감해진 처지와 무관하지 않은 것으로도 짐작할 수 있다.

한국 내부의 맥락에서 두 사람이 차지하는 전혀 다른 성향과 위상, 즉 좌파 성향의 전투적 항일민족주의자라는 선우학원의 입장과 최초의 조선인 경성제대 입학자로서 일제에 협력한 부역혐의자라는 서두수의 위상과 무관하게 두 사람은 모두 이민자 신분으로 초창기 미국 한국학의 개척자로서 중요한 기여를 했다는 점은 역사의 아이러니한 단면을 보여준다고 하겠다.

2차대전 당시 미국의 군사언어 교육이라는 실용적 필요에서 출발한 워싱턴대의 한국학은 한국전쟁 이후 냉전의 한 축으로서 동아시아 및 세계질서를 재편성하고자 했던 미국의 정책적 수요와 맞물려 이어져 갔다. 한국 이민자 출신으로 고국에 대한 관심과 문화적 정체성의 유지라는 차원에서 한국학의 단초를 연 것이 선우학원과 서두수였다면, 그 뒤를 이어 한국학을 전공으로 선택하여 본격적으로 미국 내 한국학의 기틀을 다진 미국인 학자들에게 있어 한국어 혹은 한국에 대한 관심은 우연적인 요소가 적지 않게 포함되어 있었다는 점에서 일정한 차별성이 존재한다. 앞서 언급했듯 공통적으로 군인 신분으로 한국을 처음 접한 에드 와그너, 제임스 팔레, 존 던컨으로 이어지는 3대의 사승(師承) 관계에 있어, 에드 와그너는 근무지인 일본으로 향하던 중 일본 패망으로 인해 공교롭게도 한국으로 배치되었고, 제임스 팔레는 몬트레이군사언어학교에 입학하여 러시아어를 지원했으나 러시아반의 모집인원이 다 차는 바람에 한국어반으로 배정된 것이 한국과 접하는 계기가 되었다. 훈민정음해례 연구로 박사학위를 받은 콜럼비아대의 언어학자 개리 레쟈드(Gari Ledyard)의 경우도 제임스 팔레와 유사하게 몬트레이군사언어학교에 러시아어 지망으로 입학했으나 본인의 의지와 상관없이 한국어반으로 재배정된 사례이다.[26]

이들이 우연적 계기로 한국어 혹은 한국을 접한 것과 대조적으로 한국 이민자 출신의 초창기 한국학자들에게 한국학이란 하나의 필연적 선택이었으며 약소국 출신 이민자로서 품을 수밖에 없는 소수자로서의 실존적 고뇌와도 연관이 있었다. 이들은 미국 땅에 건너와 있었지만 조국은 일제의 식민지에서 벗어나는 과정에서 남북의 분단과 전쟁이라는 혹독

---

26 Charles Armstrong, "An Interview with Gari Ledyard," *The Review of Korean Studies* 6:1 (June 2003), pp.147-148.

한 어려움을 겪는 현실을 지켜보지 않으면 안되는 심리적 곤혹과 더불어 분단체제의 고착 과정에서 벌어지는 동포사회의 혼란과 분열을 목도하지 않으면 안되었고, 이는 자신의 문화적 뿌리에 대한 재확인의 열망으로 자연스럽게 이어졌다. 또 전쟁은 한국에서 일어났음에도 불구하고 분열된 조국의 참담한 실상은 일본과 중국을 우선시하는 미국의 전략적 필요에서 뒤로 밀려나게 만듦으로써 한국학이 오랫동안 비주류의 위치에 머무르게 만드는 요인이 되었다. 2차대전 종결과 한반도 분할, 뒤이은 한국전쟁과 냉전의 고착 등이 미국 지역학의 기본구도를 형성하는데 핵심적 계기를 제공했음에도 불구하고 정작 한국학은 미국 지역학의 전형적 틀 속에 포섭되지 못하는 역설적 상황이 초창기 한국학의 실상인 셈이었다. 미국이 일본을 파트너로 삼고, 다시 한국을 그 하위 파트너로 삼아 적대국인 중국 및 그 하위 파트너인 북한을 봉쇄하고자 하는 미국의 전략적 구도가 낳은 자유주의국가동맹(Free World Alliance)의 질서와 이 질서에 학문적으로 복무하는 신흥 분과학문로서의 동아시아학의 체계 속에서 한국학은 일종의 비어 있는 중심과도 같은 존재로 남아 있었다. 그런 의미에서 주류에서 배제된 한국학은 그 존재 자체의 모호성을 통해 미국 지역학의 구도에 일종의 균열을 초래하는 존재가 되었다. 선우학원과 서두수라는 두 인물은 지극히 대조적인 성향에도 불구하고 초창기 미국 한국학의 불모적 상황 속에서 한국학이 문화적 정체성 담론의 차원과 미국의 전략적 이익과는 별개의 한반도의 분단극복이라는 민족적 목표를 추상적인 차원에서나마 자생적으로 온양함으로써 미국의 전략적 구도 안으로 온전히 포섭되지 않는 지역학의 예외 서사를 형성했다는 점에서 단순한 전사(前史)로서 폄하하기 어려운 성격을 갖는다고 할 수 있다. 직접적 사승 관계에 있다고 보기는 어렵지만 다음 세대의 미국 출신 한국학자들에게서도 연구자의 한국문화에 대한 정체성을 강조하는 경향(특히 평화봉사단 출신)과 미국의 정책적 이해관계를 우선시하는 지역학 구도에 대한 비판 및 한국의 분단극복 등 민족주의적 관심사를 우선시하는 태도(브루스 커밍스를 비롯하여 지역학에 대해 비판적 입장을 가진 일군의 학자들)가 일정하게 발견되는 것도 초기 한국학의 어떤 형질이 일정하게 후대로 이어지고 있다는 면에서 주목을 요한다.

5. '평화봉사단 세대' 한국학의 빛과 그림자

존 리는 앞의 글에서 와그너에서 팔레로 이어지는 '동아시아학의 하버드 패러다임(Harvard East Asian Studies paradigm)'의 부정적 면모가 평화봉사단으로 한국을 다녀온 후 한국학에 투신한 다음 세대 학자들에게로 다시 이어진다고 주장하고 있다. 평화봉사단이란, 1961년 케네디 대통령의 행정명령에 따라 미 정부 주도로 창설된 청년 조직으로, "미국의 훈련된 인력을 파견하여 초청국가를 돕고, 초청국의 국민에게 참다운 미국과 미국국민을 이해시키며, 귀국하여 초청국가와 그 국민의 참다운 면을 미국 국민에게 이해시킨다."[27]라는 것을 목표로 하였다. 베트남전쟁의 와중에서 1967년부터는 평화봉사단 참여자를 징집에서 제외하는 조치가

27 새가정 편집부, 「미 평화봉사단의 활동」, 『새가정』 6, 1970, 47쪽. 평화봉사단의 홈페이지에 실린 원문은 다음과 같다 : "(1) To help the people of interested countries in meeting their need for trained men and women; (2) to help promote a better understanding of Americans on teh part of the peoples served; (3) to help promote a better understanding of other peoples on the part of the Americans."

발표되어, 소극적인 차원에서나마 베트남전에 비판적 입장을 가진 상당수의 미국 젊은이들이 평화봉사단에 적극 참여하는 계기가 되기도 한다.

평화봉사단은 인류 보편의 가치라 할 수 있는 '평화' 문화적 소통과 상호이해 등을 표방하였음에도 불구하고 이에 대한 미국 내부에서의 비판은 지속적으로 존재해 왔다. 이러한 비판의 대표적 사례로는 마샬 윈드밀러(Marshall Windmiller)가 『평화봉사단과 팍스아메리카나』(The Peace Corps and Pax Americana)라는 저서를 통해, 평화봉사단이 실질적으로는 "미국의 경제적, 정치적, 군사적 팽창주의를 정당화하는 홍보 수단"으로 기능해왔으며, 미국 영향 하에 놓인 국가들의 "사회적 변화를 선도하는 조력자로 가장한 채, 교활한 방식으로 이를 저지하"는 역할을 담당해온 "미군의 전진 부대(advance guard)"였다고 비판한 것을 들 수 있다.[28]

한국의 경우, 1966년부터 평화봉사단 코리아(Peace Corps Volunteers Korea, 약칭 PCVK)라는 이름으로 단원을 파견하기 시작하여, 프로그램이 폐지된 1981년까지 15년 간 총 1,800여 명이 한국 각지에 배치되어 영어교육, 보건사업(특히 결핵퇴치사업) 등에 종사하였다.[29] 평화봉사단으로 한국에서 활동한 후 귀국한 미국 청년들 가운데 상당수는 한국에 대한 학문적 연구에 관심을 가져 한국학 전문연구자의 길에 투신하기도 하였다. 이들 가운데는 박사학위를 마치고 미국 대학에서 한국학 담당교수

---

28 Marshall Windmiller, *The Peace Corps and Pax Americana*(New York : Public Affairs Press, 1970). 인용문 원문은 다음과 같다. "public relations device to give legitimacy to the economic, political, and military expansionism of the United States" (jacket); "the advance guard of the military"; (93) "subtle pacifiers masquerading as agents of change" (93).

29 Ki-Suk Lee, "The Impact of the Peace Corps Program on English Education in Korea," *Journal of Mirae English Language and Literature* 19:4 (2014) : pp.537 -560.

로 활동한 사례도 상당 수 있어 10여 명(아래 리스트 참조)이라는 적지 않은 숫자의 미국 대학 종신교수(tenured professor)를 배출하였다. 한국학의 불모지라 할 수 있었던 미국에서 평생을 바쳐 한국학 연구와 교육을 통해 미국 주류사회에 한국과 한국문화를 알린 이들의 행적은, 위에서 언급하였듯 평화봉사단이 공식적으로 내건 세 번째 목표, 즉 "귀국하여 초청국가와 그 국민의 참다운 면을 미국 국민에게 이해시킨다"를 어떤 의미에서 지극히 충실하게 이행한 셈이다.

박사학위 배출대학	한국학전공 교수	박사학위 취득자	전공분야	소속기관	비고
워싱턴대	제임스 팔레	카터 에커트	역사학	하버드대	
		도날드 베이커	종교학	UBC	
		클락 소렌슨	인류학	워싱턴대	
		마이클 로빈슨	역사학	인디애나대	은퇴
하버드대	에드 와그너	도날드 클라크	역사학	트리니티 칼리지, 텍사스	은퇴
		데이빗 맥캔	문학	하버드대	은퇴
		마일란 헤지트마넥	역사학	서울대	은퇴
컬럼비아대	게리 레쟈드	브루스 커밍스	정치학	시카고대	
		로렐 켄달	인류학	컬럼비아대	
하와이대	휴 강	에드워드 슐츠	역사학	하와이대	은퇴
서울대	권영민	브루스 풀턴	문학	UBC	

이들은 미국 내 한국학의 중추를 이루며 한국학의 제도화와 저변 확산에 크게 기여하였다. 그러나 이들 평화봉사단 출신 한국학 연구자들에 대한 매우 부정적인 평가 역시 존재한다. 존 리는 앞의 글에서 이들을

한국학 내부의 "구태세력(old guard)"으로 지목하고 있는데, 그에 따르면, 와그너-팔레-평화봉사단 세대의 한국학 연구자로 이어지는 계보에 속한 연구자들은 중국에 대해서 사대주의적 시각을 취한다는 점, 이론이나 새로운 학술적 방법론에 대해 배타적이고 폐쇄적인 입장을 취한다는 점에서 위에서 언급한 "하버드 동아시아 패러다임"의 부정적 면모를 답습하고 있다는 것이다. 이들은 학술적 생산성의 지표가 되는 학술저서(monograph) 출간이 평균 1권에 불과함에도 불구하고 경쟁이 치열한 다른 분야라면 꿈도 꾸기 어려운 종신교수직을 비교적 손쉽게 취득한 것에서 볼 수 있듯, 백인 남성으로서의 기득권을 십분 활용하여 소략한 성과에도 불구하고 학계 내부에서 큰 영향력을 행사하면서 학계 내부에서 새로운 학문적 시도를 막아서는 방해자-문지기(gate keeper)의 역할을 담당했을 뿐이라는 것이 존 리의 주장이다.

존 리에 의해 싸잡아 비난당한 평화봉사단 출신 한국학자로서 예외적으로 비판의 칼날이 비껴간 사례로서 브루스 커밍스의 존재는 흥미롭다. 1943년 뉴욕주 로체스터에서 출생한 브루스 커밍스는 대학 졸업 후 1967년부터 1968년까지 한국에 와서 평화봉사단으로 근무하였고 귀국 후 인디애나대학을 거쳐 1975년 컬럼비아대학 정치학과에서 한국전쟁에 관한 연구로 박사학위를 취득한다. 베트남전 이후 미국 학계 내부에서 제기된 기존 지역학의 은폐된 제국주의적 성격에 대한 반성과 대안모색이 진행되는 분위기 속에서 커밍스는 '수정주의(revisionism)'로 통칭되는 비판적 시각에 근거하여 한국전쟁에 관한 미국 헤게모니 중심의 설명구도를 비판함으로써 국제정치학 및 동아시아 현대사 분야에서 새로운 학문적 시야를 성공적으로 제시한 한 인물이다. 브루스 커밍스의 제자이기도 한 마이클 신은 브루스 커밍스를 지역학의 오리엔털리즘적 토대를 무너뜨린 "비판적인 한국학 연구"의 선도자적 측면을 강조하는 한편, 한국학을 포함한 동아시학 분야 바깥에까지 학문적 영향력을 행사한 드문 사례로 설명하고 있다.

평화봉사단 출신 한국학 연구자들에 대한 비판의 관점에서 볼 때, 브루스 커밍스는 한국에서의 평화봉사단 근무 이력에도 불구하고 다른 대다수의 학자와 구분되는 특이 사례로 예외적으로 설명되고 있으나 필자는 굳이 이들 사이의 차이를 강조하기보다 커밍스가 평화봉사단세대가 공유하는 지점에 주목함으로써 이들의 표면적 차이의 이면에 존재하는 공통성에 주목하고자 한다. 평화봉사단이 근대의 '전진부대'에 불과했다는 회의적 관점에도 불구하고 선뜻 타국에 가서 '봉사'를 결심한 동시대의 많은 젊은이들에게 '평화'는 단지 기만적 수식어만은 아니었다. 이들은 케네디식의 이상주의의 세례를 받고, 미국의 부끄러운 민낯을 드러낸 베트남전쟁의 상황 속에서 소극적으로나마 제국주의로서의 미국에 반기를 든 세대라 할 수 있다. 비록 이들의 순수(혹은 순진)한 의도와 실제적 효과 사이에 모순이 존재했다하더라도 최소한의 진정성과 진보적 성향을 가지고 있는 존재였다고 볼 수 있다. 이런 점에서 이들이 가진 진보적 성향은 물론 젊음을 바쳐 직접 목도하고 체험한 모든 것은 라이샤워식의 지역학이 빠져있는 함정, 즉 미국의 국익이야말로 세계평화의 첩경이라는 식의 무반성적 태도에 대해 유의미한 거리를 확보할 수 있는 토대가 되었다고 볼 수 있다.

이들은 적이나 통치대상으로서가 아니라 이웃으로서, 다시 서로 얼굴을 대면하고 교류하는 살아있는 인간으로서의 대상을 만났다는 점에서 지역학의 몰(沒)대면성과 그로 인한 추상성의 지적 폭력의 위험성에 대해 의식적·무의식적 차원의 면역기제를 갖추고 있었던 셈이다. 영어

교사로서 보건요원으로서 먼 곳의 가난한 '이웃'들을 만나고 또 그 경험을 바탕으로 평생을 바쳐 한국학을 자신의 업(業)으로 선택한 이들이 단지 영어의 패권과 미국식 개발이데올로기에 입각한 생체통치의 차원에서 패권국의 선봉대로서의 역할에만 충실했을 뿐이라는 평가는 그 비판적 의도에 공감할 수는 있으되 지나치게 평면적인 관점일 수 있다.

평화봉사단 출신 한국학자들은 주로 1980년대 후반에 미국 각 대학에서 교수로 임용되어 한국학의 확산에 기여했는데 이들이 대학원에서 공부하면서 본격적인 학자로서 활동하기 시작한 시기는 라이샤워식 지역학이 전후의 확고한 주류적 지위에서 물러나 점차 회의와 비판의 대상이 되기 시작했던 시기이기도 하였다. 그런 점에서 이들의 학문적 태도를 라이샤워식 지역학의 충실한 하위 파트너로서 오리엔탈리즘적 성향을 띠는 와그너의 부정적 학풍을 단순히 계승하면서 부정적 영향을 끼쳤다는 비판은 자칫 이들의 인간적 학문적 진정성은 물론 어려운 여건 속에서 한국학의 확산에 기여한 공로를 완전히 부정하는 과도한 것이 될 수 있다. 평화봉사단 세대의 한국 경험 및 이후 학문적 발전 과정에 대해서는 보다 전면적이고 실증적인 연구가 필요하겠지만, 이들이 막 학계 일선에서 물러나고 있는 이 시점에서 이들 세대의 긍정적 영향에 대해서는 미국의 한국학계 안팎에서의 보다 진지한 관심이 필요하다.

6. 맺으며

한국학의 새로운 비상을 준비하는 이 시점에서 미국 내 한국학의 지나온 역정을 되돌아보면서 그로부터 반성과 교훈을 찾는 작업은 간과할 수 없는 소중한 의미를 갖는다. 위에서 살펴 본 바와 같이, 냉전 체제의 본격화와 함께 미국의 '군산학복합체'에 의해 기획되고 창출된 지역학의 구도 속에서 하버드대학의 라이샤워가 주도한 일본학을 하나의 모범적 '이상형'으로 설정할 때, 한국학의 과거는 양과 질 두 가지 면에서 그야말로 '가난한' 전통이 아닐 수 없다. 또한 그 빈곤함과 '후진성'을 대표하는 인물로 한국학의 실질적 창시자라 할 하버드대의 에드 와그너를 꼽는 것이 무리는 아닐 것이다. 라이샤워와 같이 군인으로 경력을 시작해서 아시아를 체험하고 '현지인'과 재혼, 하버드대라는 상징적인 장소에서 교수로서 자신이 설계한 일본학을 모델로 지역학 전체를 구성해내는가 하면 일본대사 자격으로 국제정치 무대에서 활약한 전방위적 인물과 비교할 때, 평생을 하버드대학에서 학자로 봉직한 에드 와그너의 위상은 왜소한 것이 사실이다. 비판적 논자들의 지적처럼, 박사학위 논문을 고쳐 쓴 단 한 권의 연구서와 한 권의 공역서 밖에 별다른 학문적 성과물을 선보이지 못하였고 라이샤워가 주도한 동아시아 관련 저술에서도 철저히 한국 관련 항목의 보조적 검토자 역할만을 수행했다는 점에서 확실히 그는 '생산성이 떨어지는' 학자였을지도 모른다.

그러나 역설적으로 보자면 그와 그의 제자들로 이어지는 한국학자들은 주변부의 위치했기에 신흥 학문 분과로서 주목 받는 지역학의 판도에 있어 적극적 가담자가 아닌 소극적 방관자의 위치에 머무를 수 있었다. 이런 소극성은 한국학이 지역학의 구도 속에서 미국이 대학 체제에 자리를 잡을 수 있었지만 지역학 특유의 정치적 지배의 욕망과 학문 간의 밀착이라는 구도로부터 자유로울 수 있는 여지를 제공했다고 볼 수 있다.

과거의 지역학이 갖는 한계와 폐해에 대한 회의와 비판이 상식이 된 지금, 새로운 대안의 모색 과정에서 전형적인 지역학에서 벗어나 있었던 한국학의 사례는 단순히 주변성과 후진성으로만 치부할 수 없는 가난한 유산의 가능성을 내포하고 있다고 볼 여지가 충분하다. 총을 든 군인으로서 혹은 영어교과서와 결핵약 봉투를 손에 든 평화봉사단으로서 현실의 살아 있는 인간들과의 대면 접촉 속에서 대상을 이해해 가는 경험을 통해 학문을 시작한 미국 출신 한국학자들 특유의 현장성과 그로부터 자연스럽게 우러나는 책임성과 윤리적 지향성은 상대적으로 빈약한 학문적 산출에도 불구하고 그 긍정성이 새롭게 평가될 필요가 있는 것이다.

다른 한편으로는 이런 한국학의 독특한 지향성을, 본격적으로 미국 대학 내에 한국학이 제도화되기 이전의 '전사'에 해당하는 워싱턴대의 선우학원과 서두수의 사례로까지 거슬러 올라가 그 연관성을 검토하였다. 서로 다른 성향의 두 사람이 각자의 방식으로 체현한 한국학에 관한 태도에는 일견 이질적이면서도 어떤 공통성을 찾아볼 수 있다. 이들은 한국 이민자로서 분단과 전쟁이라는 엄혹한 현실로 인해 모국에 대한 깊은 우려와 민족주의적 관심을 학문의 기초로 삼았으며, 미국의 전략적 구도 속에서 역설적으로 한국이 일본 및 중국에 비해 부차화된 상황은 한편으로 한국학이 오랜 동안 미국 지역학의 전형적 배치구도에서 밀려나 있게 만들어 이들에게 일정한 무관심의 자율적 공간을 허락했다고 볼 수 있다. 역설적인 의미에서 한반도에 대한 지적 관심이 미국의 직접적 정책 수요에서 일정하게 벗어나 있었던 방치상황으로 인해 미국 현지 출신 학자들의 진출이 늦어졌으며 이는 극소수의 한국 출신 학자들이 가늘게나마 명맥을 유지할 수 있게 만들었다. 이들에게 있어 한국학은 문화적 차원의 민족적 정체성의 확인 수단이라는 점이 우선시 되었고, 또 이런 한국 출신 이민자 정서가 일정하게 각인된 변방 학문으로서의 성향은 한국학을 지역학의 본격적 구도 속으로 끌어들이는 데 장애요인이 됨으로써 한국학은 어떤 의미에서는 존재 그 자체로서 애초부터 미국의 지역학 구도에 균열을 가하는 포섭하기 어려운 균열 요소로 기능했다고 볼 수 있다.

백인남성이 중심이 된 미국 출신 학자들이 본격적으로 미국 대학 내에 한국학을 제도화하기 이전인 이들의 사례는 다시 외부인의 입장에서 한국과 한국문화를 보다 깊이 이 몸으로 겪은 평화봉사단의 체험과도 그 지향점에 있어 일정한 공명을 일으켜 일본학 혹은 중국학과는 다른 한국학 특유의 학문적 성향을 형성하는 출발점이 되었다는 점에서 이들에 대한 심층적 연구와 재평가가 요청된다.

요컨대, 이 글에서는 선우학원과 서두수의 사례, 에드 와그너와 제임스 팔레의 사례 그리고 다시 평화봉사단 세대로 이어지는 미국 내 한국학의 가난한 전통을 검토함으로써 한국학이 가지는 미국 지역학 내의 타자성의 단초를 발견할 수 있었다. 한편에서는 후진적이고 주변적이며 생산성이 떨어지는 폐쇄적 자족성에 머물러 있다는 비판이 가능하지만, 여러 가지 여건이 좋아지고 저변이 확대된 지금, 한국학이 가난한 전통 속에서 길러온 대면성의 체험과 그로 인한 윤리적 책임성의 측면은 지역학의 패권지향성과 추상적 무책임성에 대한 하나의 비판으로서 대안적 요소를 담고 있는 것으로 볼 수 있다. 본격적 비상(飛上)의 시대를 맞이한 오늘의 한국학이 어떻게 이 가난한 전통이 갖는 뜻밖의 유산을 발전의 자양분으로 전환할 것인지의 문제는 앞으로 더 많은 주목과 토론을 요하는 문제일 것이다.

이 글은 2019년 1월 17일과 18일 양일간 개최된 전남대 BK21플러스 지역어 기반 문화가치 창출 인재양성 사업단이 주최한 '세계 속의 한국어문학 연구의 현황과 과제'를 주제로 한 국제학술회의에서 발표한 글을 수정, 보완한 것임을 밝혀둔다.

참고문헌

권영민, 「한국 문학」, 『2018 해외한국학백서』, 을유문화사, 2018.

김동택, 「한류와 한국학 : 해외한국학 현황과 지원 방안」, 『역사비평』 74, 역사비평사, 2006.

김수영, 『김수영 전집1』, 민음사, 2003.

김일수, 「이병도와 김석형 – 실증사학과 주체사학의 분립」, 『역사비평』 82, 역사비평사, 2008.

마이클 D. 신, 「미국 내 한국학 계보」, 『역사비평』 59, 역사비평사, 2002.

박광현, 「'국문학'과 조선문학이라는 제도의 사이에서 – '국문학자'로서 서두수의 학문적 동일성을 중심으로」, 『한민족어문학』 54, 한민족어문학회, 2009.

박광현, 「다카하시 도오루와 경성제대 '조선문학' 강좌 – '조선문학' 연구자로서의 자기동일화 과정을 중심으로」, 『한국문화』 40, 규장각한국학연구소, 2007.

새가정 편집부, 「미 평화봉사단의 활동」, 『새가정』 6, 새가정사, 1970.

이성환, 「조선 총독부의 지배정책과 다카하시 토오루」, 『오늘의 동양사상』 13, 예문동양사상연구원, 2009.

장세진, 「라이샤워 (Edwin O. Reischauer), 동아시아, '권력/지식'의 테크놀로지–전후 미국의 지역연구와 한국학의 배치」, 『상허학보』 36, 상허학회, 2012.

한국국제교류재단 엮음, 『2018 해외한국학백서』, 을유문화사, 2018.

한홍구, 「미국 한국학의 선구자 제임스 팔레 : 정년 기념 대담」, 『정신문화연구』 24.2, 한국학중앙연구원, 2001.

황동연, 「냉전시기 미국의 지역연구와 아시아 인식」, 『동북아역사논총』 33, 동북아역사재단, 2011.

Bruce Cumings, "Boundary Displacement : The State, the Foundations, and Area Studies during and after the Cold War" in *Learning Places : Afterlives of Area Studies*, edited by Masao Miyoshi and Harry Harootunian, Durham : Duke University Press, 2002.

Charles Armstrong, "An Interview with Gari Ledyard," *The Review of Korean Studies* 6:1, June 2003.

Harry Harootunian, "Postcoloniality's unconscious/area studies' desire," *Postcolonial Studies* 2:2, 1999.

John Lie, "The Tangun Myth and Korean Studies in the United States," *Transnational Asia* 1.1, 2016, online.

John Trumpbour, ed., *How Harvard Rules : Reason in the Service of Empire*, Boston : South End Press, 1989.

Ken Gewertz, "Edward Wagner dies at 77," *The Harvard Gazette*, December 13, 2001.

Ki-Suk Lee, "The Impact of the Peace Corps Program on English Education in Korea," *Journal of Mirae English Language and Literature* 19:4, 2014.

Marshall Windmiller, *The Peace Corps and Pax Americana*, New York : Public Affairs Press, 1970.

Michael Dimock, "Defining generations : Where Milennials end and Generation Z begins," *FactTank : News in the Numbers* (Pew Research Center), 17 January 2019 참조. http://www.pewresearch.org/fact-tank/2019/01/17/where-millennials-end- and-generation-z-begins/

Paul H. Shinn, *An Exodus for Hope : The Footsteps of a Dream*, WJ Jisikhouse, 2010.

체코에서의 한국학 교육 현황 및 발전 방안 연구

곽부모

1. 머리말

본 연구는 체코 대학교에서 운영되고 있는 한국학 교육 동향을 분석하고 이를 통해 체코에서 한국학 교육 발전 방향을 모색하는 데 목적이 있다.

체코 대학의 교육과정은 1999년에 유럽 대학의 국제 경쟁력을 높이기 위하여 만든 볼료냐 프로세스(Bologna Process)를 따르고 있다. 볼료나 학제는 학위과정을 학사 3년제, 석사 2년제, 박사 3년제로 나누어 학위 단계 하나하나에 독립성을 부여하고 있다. 또한 유럽연합 대학 간의 학점 교환(European Credit Transfer and Accumulation System)을 가능하게 하여 국가 간 이동 수업을 자유롭게 하였으며 유럽대학연합(European University Association)에서 정한 유럽 지역 학제 표준화 교육제도를 기준으로 운영하고 있다. 학문적이고 방법론적인 연구보다는 고용시장을 염두에 둔 실용성에 집중하고 있는 추세이다.[1]

1 보다 자세한 내용은 곽부모·자밀 자이눌린, 「러시아연방대학과 유럽대학의 한국(어)학

본 연구에서는 한국어 강좌 및 한국학 전공이 개설된 체코 대학교에서 직접 얻은 자료를 토대로 현재 체코 한국학 교육의 현황을 분석하였다. 체코에서의 한국학 교육 현황은 다음과 같이 세 가지 단계의 대학으로 나눌 수 있다.

첫째, 한국어 언어 과정만 개설되어 있고 전임 교원이 없는 한국학 초기 단계의 대학
둘째, 기본적인 학사 학위과정을 운영하고 한국어를 중심으로 사회, 경제, 문화 등을 가르치며 전임 교원이 있는 한국학 발전 단계의 대학
셋째, 석사 과정과 박사 과정이 개설되어 있고 전임 교원 여러 명이 역사, 정치, 종교 등 다양한 분야의 교육과정을 운영하고 있는 한국학 성숙 단계의 대학

메트로폴리탄대학교와 오스트라바대학교의 경우가 한국학 초기 단계의 대학으로 한국어 강좌만 운영하고 있다. 팔라츠키대학교는 개별 학문 분과에서 이루어지는 실용한국어학을 운영하고 있는 발전 단계의 대학이다. 그리고 체코에서 한국학 교육의 역사가 가장 오래된 한국학 성숙 단계의 까렐대학교는 한국학이 지역학으로 분류되어 개편되는 과정에 있다.[2] 본 연구는 체코 전 지역을 대상으로 한국학 교육 동향을 파악하여 새로운 데이터를 제시하고, 체코 한국학 교육의 발전 방안을 제안한다는 측면에서 의미를 가진다고 하겠다.

교육과정 비교 연구」, 『국어교육학연구』 제51집 3호, 2016, 71~72쪽 참조.

2 까렐대학교 한국학과 또마쉬 호락 교수는 아시아학에서 한국학을 중점으로 연구하는 지역학(Asian Studies – Koreanology)으로 개편되는 과정이라고 말하였다.

2. 체코에서의 한국학 교육 동향

1) 체코 한국학 교육의 역사

체코 내 대학에서 한국학 교육이 처음 시작된 것은 북한과의 교류와 협력을 위해 1950년에 까렐대학교 동양언문역사학부에 개설된 조선어 과정이 처음이다.[3] 이후 1993년에 대한민국과 체코슬로바키아(현 체코공화국과 슬로바키아공화국)가 외교관계를 수립하고 한국 기업이 진출하게 되면서 조선어 과정은 한국어를 가르치는 한국학 과정으로 바뀌게 되었다. 체코에서의 한국학 교육은 60년이 넘었지만 2014년까지는 까렐대학교에서만 유일하게 한국학 전공 과정이 개설되어 운영되었다. 까렐대학교에서 한국학 전공 과정이 오랫동안 운영될 수 있는 이유는 1966년부터 까렐대학교에서 한국어와 한국학을 가르친 블라디미르 푸첵 교수가 중심이 되어 현지 한국학 전문가와 교수를 지속적으로 양성해내었기 때문이다.

까렐대학교와 비교하면 팔라츠키대학교 한국학 교육의 역사는 짧다. 체코를 크게 보헤미아지역, 모라비아지역, 실레시아지역 등으로 나누는데 2007년에 모라비아지역에 현대자동차 완제품 공장이 생기면서 많은 한국 기업이 진출하게 되었다. 이를 계기로 2015년 9월에 유럽 대학 중에서는 최초로 비즈니스한국어학 전공이 개설되었다. 비즈니스한국어학

---

3 교육과정 중에 북한에서의 현장 실습이 포함되어 있었다. 그리고 조선어학과 학생들을 위하여 기초 조선어, 조선 문자 입문, 조선어 회화, 조선 경제 입문 등의 학습 자료를 만들었다. 보다 자세한 내용은 또마쉬 호락, 「체코 까렐대학교 한국어프로그램의 체계와 한국어 교수법」, 『효과적인 한국어교수법과 말하기 평가 방안』, 한국국제교류재단·국제한국어교육학회 2018 해외한국어교육자 워크숍, 2018, 53~54쪽 참조.

전공은 실용한국어학으로 응용경제학과와 같이 운영되는 학사 과정이다. 현재 실용한국어학 68%, 경제학 32% 교육과정으로 운영되고 있다.

2017년부터 오스트라바대학교와 메트로폴리탄대학교에서는 한국학 학위 이전 단계로 한국어 과목이 교양이나 선택 수업으로 개설되어 운영되고 있다. 오스트라바대학교는 라틴어문학과에서, 그리고 메트로폴리탄대학교는 아시아와 국제관계학과에서 임시 고용 인력이 수업을 담당하고 있어서 수강생 수가 계속 줄어들고 있는 상황이다.

2) 체코 한국학 교육의 현황

(1) 한국학 성숙 단계의 까렐대학교 한국학 현황

본 연구에서는 체코 한국학 교육의 현황을 각 대학의 한국학 과정 설치 현황, 한국학 담당 교원, 한국학 교육 개설 과목을 중심으로 분석하였다. 먼저 체코에서 한국학 교육 역사가 가장 오래된 까렐대학교의 한국학 교육 현황을 살펴보면 다음과 같다.[4]

한국학 교육은 한국인 교원 1명, 현지인 교원 4명이 담당하고 있다. 현재 재학 중인 학생은 학사과정 51명, 석사과정 11명이 있다. 한국학 과정 신입생은 격년제로 뽑다가 한국 대중문화의 확산, 한국 기업의 진출, 그리고 한국인 관광객이 많아지고 한국에 대한 인지도가 크게 향상되면서 2005년부터 매년 신입생을 뽑고 있다.[5] 한국학과의 전공 과정 및 한국학 담당 교수 현황을 표로 정리하면 다음과 같다.

4 본 자료는 까렐대학교 한국학과 또마쉬 호락 교수가 도움을 주었다.

5 2018년에 한국학 전공에 지원한 학생은 82명이며, 그 중에서 16명이 최종 입학하였다.

〈표 1〉 까렐대학교 한국학과

학교	전공[6] 과정	교육 목표
프라하 까렐대학교 (Univerzita Karlova v Praze)	한국학과 학사, 석사, 박사과정 (아시아언어, 문화, 역사, 문학)	한국 언어, 문학, 역사 교육을 통한 한국학 전문 인재 양성[7]

〈표 2〉 까렐대학교 한국학과 전공 학생 및 교수 현황

전공 학생 수	교수진	직위	전공분야
학사(B.A.) : 51[8] 석사(M.A.) : 11	Miriam Löwensteinov	부교수(학과장)	한국학
	Tomáš Horák	조교수	한국학(언어학)
	Marek Zemánek	조교수	한국학(언어학, 종교학)
	Štěpánka Horáková	강사	한국학
	정연우	전임강사	언어학

한국 언어, 문학, 역사, 문화 등 다양한 형태의 한국학 교육과정에서 현재 지역학으로 개편되는 과정에 있으며 아시아학에서 한국학을 집중 연구하는 과정으로 바뀌고 있다. 학사 과정에서 강의 발표, 보고서, 논문 작성 등은 체코어로 진행되고 한국어 의사소통 능력보다는 독해 능력을 중요시하는 교육과정으로 운영하고 있다. 과목별로 석사과정의 과정 구성을 보면 국어학적 접근 방식이다. 한국어사, 전근대 사상 등 한국어와 한국 문화 이해를 위한 필요한 배경 지식을 쌓는 데 중점을 두고

6 까렐대학교에서 중국학 전공은 Sinology로, 일본학 전공은 Japanese Studies로 프로그램이 운영되고 있고, 한국학 전공은 Koreanistika(It means basically Korean Studies but with focus on Language)로 운영되고 있다.

7 한국어 말하기, 쓰기 등의 표현 능력보다는 한국어 읽기 능력을 키우는 데에 중점을 둔다.

8 학사과정 신입생 입학 정원은 16명이다.

있다. 한국학 학사 과정과 석사 과정 전공 필수 과목은 다음과 같다.

〈표 3〉 까렐대학교 한국학 전공 학사과정 및 석사과정 전공필수과목

학사과정 필수과목	주당 수업시간	학점
한국학 입문	2	3
한국학 입문 세미나	2	3
한국어 입문(음운론, 문자론)	2	4
한국어 문법1	2	9
한국어 문법2	2	6
한국문학1	2	5
한국문학2	2	6
한국역사1	2	4
한국역사2	2	3
실용한국어1	4	7
실용한국어2	4	6
실용한국어3	4	7
한자와 한문	2	6
한자/한문 읽기	2	6
오늘의 한국	2	3
문학 작품 읽기	2	5
텍스트 읽기	2	6
언론 및 전문 한국어 읽기	2	4
시청각 연습(듣기)	2	4
학사논문 세미나	2	4
한국어 어휘론	1	4
동양 사상	2	9

석사과정 필수과목	주당 수업시간	학점
한국어 문체(쓰기)	2	9
한국어 발달사	2	8
전문 텍스트 해독	2	6
고전 해독	2	6
한국어 이론 문법	2	8
통/번역 연습	2	10
번역 세미나	2	5
고급 말하기	2	6
한국 역사 해석	2	7
한국의 문학 창작	2	6
석사 논문 세미나	2	3
문학/종교, 철학/언어 연구이론 입문	2	9

(2) 한국학 발전 단계의 팔라츠키대학교 한국학 현황

2007년부터 체코 모라비아 지역에 30개 이상의 한국 기업이 진출하였다.[9] 한국 기업들과 한국 관련 기관에서 관리자와 생산자를 이어주는 중간 관리자의 업무를 담당할 한국어를 구사하는 현지 체코인 직원이 요구되었다. 이를 계기로 2015년 9월에 유럽 대학 중에서는 최초로 비즈니스한국어학 전공이 개설되었다. 비즈니스한국어학 전공은 전문 한국어 구사 능력 및 경제학 지식을 갖춘 인재를 배출하기 위한 실용한국어학으로 응용경제학과와 같이 운영되는 학사 과정이다. 현재 실용한국어학 68%, 경제학 32% 교육과정으로 운영되고 있다.

9 2017년 주체코대한민국대사관 자료에 의하면 체코 GDP(국내총생산)의 3.5%를 한국 기업이 차지한다.

현재 전공 교육은 한국어교육학과 언어학을 전공한 한국인 교수, 팔라츠키대학교 한국인 박사과정생, 독문학을 전공하고 한국에서 고전문학을 수료한 오스트리아인 교수, 까렐대학교에서 한국학을 전공한 체코인 교수, 그리고 중국학, 일본학 등 아시아학을 전공한 체코인 교수가 하고 있다. 그리고 응용경제학과의 체코 현지 교수 Jaroslava Kubatova, Pavla Slavickova, Richard Pospisil, Martin Drastich 등이 전공 학생들의 경제학 관련 수업을 담당하고 있다. 조금 아쉬운 점은 한국 경제를 강의할 전문 교원이 없다는 것이다. 팔라츠키대학교의 한국학 교육 현황을 살펴보면 다음과 같다.

〈표 4〉 팔라츠키대학교 비즈니스한국어학과

학교	전공[10] 과정	교육 목표
올로모우츠 팔라츠키대학교 (Univerzita Palackého v Olomouc)	비즈니스한국어학과 학사	한국어와 경제에 대한 지식을 습득하고 체코와 한국과의 교류를 위하여 주 정부기관에서 근무할 전문가와 한국기업 및 한국 관련기업에서 근무할 전문 인재 양성

〈표 5〉 팔라츠키대학교 비즈니스한국어학과전공 전공 학생 및 교수진(담당 과목) 현황

전공 학생 수	교수진	직위	전공분야
학사(B.A.) : 77 1학년 : 35[11] 2학년 : 24 3학년 : 18	David Uher	부교수(비즈니스한국어학과장) : 한국 역사, 한자	중국학
	Andreas Schirmer	조교수 : 한국 문화	독문학, 한국학 수료

10 팔라츠키대학교에서 비즈니스한국어학 전공은 Korean for Business 학사학위 프로그램으로 운영되고 있다.

11 2018년에 비즈니스한국어학 전공에 170명이 지원하여 신입생 35명이 입학하였다.

Blanka Ferklová	조교수 : 한국어 번역	한국학
Martin Šturdík	강사 : 한국 지리와 경제	일본학(국제경제)
곽부모	조교수 : 일반한국어, 비즈니스한국어	한국어교육학, 언어학
곽영란	강사 : 일반한국어, 비즈니스한국어	박사과정생(언어학)

팔라츠키대학교 비즈니스한국어학전공 교육과정은 비즈니스한국어 및 일반 언어학 관련 비중이 전체 180학점 중에 68% 정도를 차지한다. 다른 한국학 전공과 구별되는 교육과정으로 필수선택과목 중에서 인턴십 과정이 있다. 인턴십은 한국회사 및 한국 관련회사 등에서 인턴십 프로그램으로 최대 160시간 근무를 하고 인턴십 인증서를 받게 되면 10학점[12]으로 인정을 받게 된다. 그리고 TOPIK(한국어능력시험) 3급 자격증을 취득하게 되면 3학점으로 인정을 받는다. 학생들은 비즈니스한국어학 학사학위를 받기 위하여 한국어와 언어학 관련 전공필수과목뿐만 아니라 미시경제학, 거시경제학, 회계학, 경영학, 국제경제와 유럽연합 경제, 경제관련 법규 등의 필수과목들의 시험을 통과해야 한다. 그리고 3학년 때는 국가시험을 통과해야 하고 논문도 써서 발표해야 한다. 아직까지 학사과정만 운영하고 있지만 2018년에 교육부의 인증을 통과하여 2019년 9월부터는 한국학 석사과정이 개설될 예정이다. 비즈니스한국어학 전공 학사과정 전공필수과목을 살펴보면 다음과 같다.

12 2019년 봄학기부터는 최대 14학점까지 인정을 받을 수 있다.

〈표 6〉 팔라츠키대학교 비즈니스한국어학과 학사과정 전공필수과목

한국어 및 언어학 관련 필수과목	주당 시간	학점
한국어 회화1	3	3
한국어 듣기1	2	2
한국어 쓰기1	2	2
한국어 읽기1	2	2
한국어 회화2	3	4
한국어 듣기2	2	2
한국어 쓰기2	2	3
한국어 읽기2	2	2
비즈니스한국어 회화1	4	4
비즈니스한국어 회화2	4	4
비즈니스한국어 회화3	4	4
비즈니스한국어 읽기1	4	4
비즈니스한국어 읽기2	4	5
비즈니스한국어 읽기3	4	5
번역1	2	2
번역2	2	3
한국문화	2	3
한국경제	2	3
한국의 지리·경제	2	3
학위논문 세미나1	2	10
학위논문 세미나2	2	10
경제학 관련 필수과목	**주당 수업시간**	**학점**
법학 입문1	2	2
법학 입문2	2	3
미시경제학	3	3
거시경제학	3	3

경영1	2	2
경영2	2	3
마케팅1	2	2
마케팅2	2	3
기업경제	3	4
재무회계1	2	2
재무회계2	2	3
금융1	2	2
금융2	2	3
국제경제1	2	2
국제경제2	2	3
인적자원관리1	2	2
인적자원관리2	2	3
민법1	2	2
민법2	2	2
프로젝트 경영	2	2

(3) 한국학 초기 단계의 오스트라바대학교와 메트로폴리탄대학교의 한국학 현황

한국학 성숙 단계에 있는 까렐대학교 한국학과, 발전 단계에 있는 팔라츠키대학교 비즈니스한국어학과와 달리 오스트라바대학교와 메트로폴리탄대학교의 한국어 강좌 한국어교육 현황은 한국학 초기 단계이다.

오스트라바대학교(Ostrava University)에는 한국어 강좌만 있고 아직까지 한국학 관련 전공이 개설되지 않았다. 현재까지 운영되고 있는 한국어 강좌와 한국어교육 현황을 살펴보면 다음과 같다.[13]

〈표 7〉 오스트라바대학교 교양 선택과목 한국어 강좌 현황

강좌	등록 학생 수	교수진	직위	전공분야
한국어1 (한 학기-주2시간)	12	Marcela Šimonidesová	강사	일본학
한국어2 (한 학기-주2시간)	9	Ondřej Kodytek	강사	일본학
한국어3 (한 학기-주2시간)	3	Marcela Šimonidesová		
한국어4 (한 학기-주2시간)	없음	Ondřej Kodytek		

한국어1, 2, 3, 4 강좌의 학습 목표 모두 언어 학습, 교수, 평가를 위한 유럽공통참조기준(Common European Framework of Reference for languages : learning, teaching, assessment : CEFR for L)[14]의 기초 단계인 A1 수준을 목표로 하고 있다. 그리고 한국어를 교양 수업으로 듣고 일본학 학사 학위를 가진 체코인 강사가 가르치고 있다. 프로그램 책임자인 라틴어문학 학과장의 말에 의하면 수강 학생들이 계속 줄고 있어서 한국어 강좌가 폐강이 될 가능성이 크다고 하였다.

메트로폴리탄대학교(Metropolitan University)에서는 아시아학과에 아시아와 국제관계학 교육과정에 교양 선택과목으로 아시아 언어 과정 한국어 입문 강좌가 개설되어 있다.[15] 프로그램 책임자인 아시아학과 부학과장의 말에 의하면 수강생이 일정 수 이상 되어야 강좌가 개설되는데 이번 학기에는 수강생이 적어 강좌가 개설되지 않았다고 한다.

13 본 자료는 오스트라바대학교 라틴어문학과 학과장 안나 펌프로바 교수가 도움을 주었다.

14 공통 참조 수준은 초급(A1, A2), 중급(B1, B2), 고급(C1, C2) 단계로 되어 있다.

15 본 자료는 메트로폴리탄대학교 아시아학과 부학과장 미할 콜마쉬 교수가 도움을 주었다.

3. 체코에서의 한국학 교육 발전 방안

유럽에서 한국학이 발전하기 위해서는 한국 정부의 지속적인 재정적 지원도 중요하겠지만 유럽에서 한국학을 교수할 수 있는 현지 교원을 양성하는 것이 가장 중요할 것이다. 이에 앞서 현지 교육 체계에 맞는 한국학 교육과정이 마련될 수 있도록 나라별로 교육의 실정 및 현황이 구체적으로 파악되어야하고 지역별로 특성화된 교육과정을 구축하는 것이 필요하다. 본 연구에서는 체코 대학교에서 운영되고 있는 한국학 교육 동향을 분석하여 체코에서 한국학 교육 발전 방향에 대하여 다음과 같이 제언한다.

첫째, 외교부, 문화체육관광부, 교육부 산하기관에서 지원하고 있는 다양한 한국학 지원 사업의 결과에 대한 사후 판단이 필요하다. 사업운영 기관이 상이함에 따라 지원이 중복될 수 있고, 그 결과에 대해서도 단기적인 사업운영 평가에 머물러, 해당 학교의 발전에 중장기적으로 어떤 영향을 미치고 있는지는 자세한 관찰이 되고 있지 않다. 따라서 체코에서의 한국학 발전과 향후 발전 방향 설정에도 도움이 될 수 있는 체코 한국학의 내부적 상황에 대한 보다 깊은 이해가 필요하다.[16]

둘째, 한국학 지원은 현지의 한국학 운영에 도움이 되어야 하지만 현지 기관의 의존성을 키우는 방향으로 흘러가지 않도록 주의할 필요가 있다. 이를 위해서 체코 현지 대학의 역량과 한국의 지원이 함께 시너지

16 2018년에 폴란드한국어교육자협회를 만들어 2019년부터 폴란드에서의 한국학 발전 방안에 대하여 정기적인 모임을 가질 예정이다. 한국학 교육 역사가 오래된 체코에서도 체코 한국학 교육 전문가와 연구자를 중심으로 체코에서의 한국학 발전 방안에 대한 모색을 위하여 정기적인 모임을 가지는 것이 필요하다.

를 창출할 수 있는 지점을 지속적으로 관찰하고, 유럽연합 장학프로그램인 Erasmus+(플러스) 프로그램[17] 활용 등을 통해 공동연구 및 공동교육 형태의 사업을 구상할 필요가 있다. 체코에서의 한국학 지원은 현지에서 한국학 기관이 자생력을 가지고 뿌리내릴 수 있도록 도움을 주는 역할이 가장 중요하다는 점을 기억해야 할 것이다.

셋째, 유럽에서 한국학의 표준을 높이는 것이 필요하다. 유럽에서 한국학 연구를 하지만 전혀 한국어를 구사하지 못하는 학자나 한국어 교수가 많다. 특히 한국 정부에서 지원하는 한국학 관련 사업의 책임연구원이나 공동연구원 중에서 한국어를 전혀 구사하지 못하는 일본학 또는 중국학을 전공한 교수들이 책임자로 있는 경우도 있다. 유럽에서 일본학이나 중국학을 연구하는 학자들에게 요구되는 일본어와 중국어 수준에 상응하는 한국어 수준을 한국학 전문가와 연구자에게도 요구해야 될 것이다. 그래야 최소 아시아어의 비교연구 차원에서라도 한국학을 연구할 수 있을 것이다.

넷째, 현지의 한국학 교원을 포함한 한국학 전문가를 양성하기 위해서는 한국학의 발전, 보급 정도에 따라 차별적으로 지원이 이루어져야 하며, 해외 한국학의 주체는 한국 정부 기관이 아니라 해외에서 한국학

17 유럽연합 장학 프로그램으로 비유럽 국가에서도 Erasmus+ 프로그램에 선정된 유럽 대학교에 신청이 가능하다. Erasmus 프로그램과 다른 점은 학생 교환뿐만 아니라 대학 연구원, 교수 교환까지 모든 비용을 유럽연합에서 지원하는 프로그램이다. Erasmus+ 프로그램은 교환학생뿐만 아니라 교수 및 전문가들의 교환방문을 지원하여 유럽 내 대학교의 교육 및 연구능력을 배양하기 위한 프로그램이다. 이 프로그램을 통하여 방문하게 되는 교수진들은 학기 중에 초청대학의 학생들에게 강의를 통하여 교육을 제공하는 교육 프로그램(mobility for teaching) 또는 초청대학의 교수진들과 공동으로 연구를 하면서 연구 역량을 제공하는 연구 프로그램(mobility for training)을 수행하게 된다.

을 주도할 수 있는 현지 교원 및 연구 인력이 주체가 되어야 한다. 그러면 현지 대학 측에서도 자연스러운 지원과 협력이 이루어져 지속적으로 발전할 수 있을 것이다.

4. 맺음말

본 연구에서는 체코에서의 한국학 교육에 대한 현황을 분석하여 각 대학의 한국학 교육 사례를 살펴보며, 체코 한국학의 발전 방안을 알아보았다. 그 과정에서 체코 대학의 측면에서 현재 운영되고 있는 한국학 교육과정의 분석, 그와 연결고리를 형성해가는 한국학 담당 교원, 그리고 한국학 발전 방안을 한국정부의 재정적 지원에 주목하고 이들을 핵심적인 발전요인으로 보았다. 특히 체코 한국학에 대한 한국정부의 지원은 촉매제에 비유할 수 있을 것이다. 느리게 진행되는 현상에 어느 정도 가속도를 붙일 수 있기 때문이다. 지원기관의 의지만으로는 한국학을 발전시킬 수 없으며, 그 주체는 한국에 관해 연구를 이어나가는 체코 현지 한국어교수와 한국학전문가들이다. 그러나 그 과정에서 현지 체코대학의 한국학 발전에 대한 의지와 한국의 지원이 함께 할 수 있는 방향도 모색되어야 할 것이다. 체코에서의 한국학은 체코와 한국을 이어줄 인적 자원을 만들어내는 길이고, 그 과정에서 과거보다 더 많은 시간과 노력이 있어야 할 것이다.

이를 위해 외교부와 문화체육관광부 산하 기관은 한국학이 도입되고 발전 가능성이 있는 해외대학을 지원하고 사후 관리하는 것이 바람직하며 교육부 산하 기관은 한국학이 이미 자리를 잡고 있는 거점 대학을 중심으로 학문적인 지원을 하는 것이 바람직하다고 본다.

끝으로 본 연구가 유럽에서 한국학 과정을 굳건히 하고 새로이 한국학 전공을 개설하고자 하는 대학에 유용한 자료가 되기를 기대한다.

이 글은 2019년 1월 17일과 18일 양일간 개최된 전남대 BK21플러스 지역어 기반 문화가치 창출 인재양성 사업단이 주최한 '세계 속의 한국어문학 연구의 현황과 과제'를 주제로 한 국제학술회의에서 발표한 글을 수정, 보완한 것임을 밝혀둔다.

참고문헌

강란숙, 「해외 고등교육기관의 외국어 교육 과정 사례로 본 유럽 한국학의 한국어 교육 과정 설계 연구 – 벨기에 루뱅대학교의 사례를 중심으로」, 『한국어 교육』 제26권 제2호, 한국어교육학회, 2014, 1~35쪽.

곽부모·Jamil Zaymullin, 「러시아연방대학과 유럽대학의 한국(어)학 교육과정 비교 연구」, 『국어교육학연구』 제51집 3호, 2016, 69~91쪽.

곽부모, 「팔라츠키대학교 비즈니스한국어학 전공의 현황과 발전 방안」, 제7차 한국어교육 국제학술대회, 유럽한국어교육자협회, 핀란드 헬싱키대학교, 2018, 139~147쪽.

______, 「유럽 대학에서의 한국학 교육과정 현황과 발전 방안 연구 : 체코 팔라츠키대학교, 슬로베니아 류블랴나대학교, 러시아 카잔연방대학교의 교육과정 분석을 중심으로」, 제1회 중앙 유라시아 한국학 국제학술대회, 터키 이스탄불대학교, 2018, 51~53쪽.

곽수민, 「해외한국학 동향 분석 및 발전 요인 연구」, 『정신문화연구』 제35집 3호, 한국학중앙연구원, 2012, 211~241쪽.

연재훈, 「유럽 지역 대학에서의 한국어 교육 현황」, 『이중언어학』 제18권 1호, 이중

언어학회, 2001, 381~401쪽.
박수영, 「동유럽 대학의 한국학 현황과 과제」, 『역사문화연구』 25, 2012, 339~421쪽.
Tomáš Horák, 「체코 까렐대학교 한국어프로그램의 체계와 한국어 교수법」, 『효과적인 한국어교수법과 말하기 평가 방안』, 한국국제교류재단·국제한국어교육학회 2018 해외한국어교육자 워크숍, 슬로바키아 코메니우스대학교, 2018, 53~58쪽.

불가리아의 한국어 교육 및 한국학 연구의 현황과 과제

김소영

1. 머리말

한국과 불가리아는 1990년 3월 공식 외교관계를 수립하였고, 1992년 소피아 국립대학교에 한국어 강좌가 최초로 개설되었다. 1995년에는 소피아대학교 내 동양어문화센터에 한국학 전공이 개설되었고, 이후 동유럽 최초로 대학원 석·박사과정이 개설되는 등 불가리아에서 한국어 교육은 빠른 속도로 정착하였다. 특히 2000년대 초반부터 한국 드라마와 영화가 인기를 얻으면서 한류팬들이 생겨났고 10대를 중심으로 K-pop과 컴퓨터 게임이 큰 인기를 누리면서 한국어 학습자가 점점 증가하였다. 한류열풍으로 한국어 학습 붐이 일면서 공립 중·고등학교에도 한국어가 정식 과목으로 개설되는가 하면 세종학당 등 다양한 교육기관에서 학생 및 일반인을 위한 한국어 강좌가 개설되었다.

지난 26년 동안 15개 이상의 사립, 공립 교육기관에 초등학생부터 중년까지의 다양한 계층의 학습자 대상으로 한국어강좌가 개설되면서 한국어 교육이 불가리아 전 지역으로 확산되고 있다.

2. 불가리아 한국어교육 현황

1) 소피아대학교[1] 한국학 현황

불가리아에서의 한국어 교육은 1992년 3월 소피아대학교의 고대 및 현대어문학대학, 동양어문화센터에서 처음으로 시작되었다. 그 당시 한국어강좌는 일본학 전공생과 터키학 전공생을 대상으로 제 2 아시아어 선택필수 과목으로 2년 과정이었다. 일주일에 4시간씩 실용 한국어(한국어 회화)를 위주로 운영되었고 담당 교수는 당시 한국 국비장학생으로 소피아대학교에서 박사과정을 밟고 있던 최권진 선생이었다. 선택필수 과목으로 출발한 한국어 강좌는 1995년 10월 아시아어문화학과 한국학 전공으로 승격되었다. 2010년 3월 전임교원을 7명으로 늘리면서 일본학, 중국학이 속해 있는 아시아어문화학과에서 분리되어 한국학과로 독립하였다. 2013년 10월에는 일본학·중국학·한국학 공동 석사과정 '동아시아문화' 외에 한국학과 단독 석사과정 '한국 사회와 문화'를 개설하였다. 현재 동양어문화센터에는 한국학과 외 일본학과, 중국학과, 고전 아시아학과(인도학, 이란학, 아르메니아학), 터키-알타이학과(터키 및 알타이학 전공), 아랍학과 등 6개 학과가 있고[2], 2013년에 동남아시아학전공이 추가로 개설되었다. 동남아시아학과 학생들은 선택과목으로 한국어를 일주일에 4시간씩 배우고 있다. 현재 한국학과 학생 수는 학부생 60명, 석사과정생 5명, 박사과정생 2명으로 총 67명이다. 최근 몇 년

1 설립 - 1888년, 학생수 - 23,000명

2 일본학전공과 중국학전공은 동아시아어문화학과에 속해 있다가 2018년 3월 전임교수를 7명으로 늘리고 일본학과, 중국학과로 독립하였다.

동안 소피아대학교의 여러 학과들이 정원미달로 3차에 걸쳐 신입생을 모집했지만 한국학과는 1차 모집에서 마감이 되는 인기학과가 되었다.

한국학과 입학생의 입학 동기를 보면 흥미로운 점이 발견된다. 과거에는 입학생의 절반 이상이 1지망인 일본학과에 들어가지 못해서 한국학과에 들어왔다고 했는데, 2010년부터는 한국학과 입학 동기가 좀더 다양해졌다. 일본학 전공에 불합격해서 한국학과에 입학했다는 학생들은 1, 2명에 불과하고 한국 영화, 드라마, 가요, 게임 등이 좋아서 한국학과에 입학하는 학생들이 늘어났다. 한국학과에 들어오는 학생들의 일부는 한국 대중문화로 한국을 이미 접한 학생들로 기초 한국어를 미리 배우고 온 학생들이다. 한국학과에 입학하지 못한 학생들은 중국학과, 동남아시아학 전공 등 소피아대학교의 다른 학과로 입학하여 한국학과로 편입을 하기도 한다.

(1) 커리큘럼

소피아대학교 한국학 전공에서 현재 시행중인 4년제 학사과정 커리큘럼은 크게 4개의 세부 분야 - 1) 실용한국어, 2) 한국어학, 3) 한국문학, 4) 한국지역학(문화, 역사, 경제)으로 구성되어 있으며, 학년별로 개설된 한국학 관련 강좌와 주당 수업 시간은 다음과 같다. 소피아대학교 한국학과는 주당 한국어 수업시간이 1학년 14시간, 2학년부터 4학년까지 12시간으로 언어교육에 가장 큰 비중을 두고 있다.

(2) 한국관련 행사 및 학술활동

○ 말하기대회

소피아대학교 한국학과는 2005년부터 국제교류재단의 지원을 받아 말하기대회를 조직하였다. 2013년 제 9회 말하기대회 주제는 '한국은 어떤 나라인가?' '한국에 소개하고 싶은 불가리아 문화'였다. 이 대회에는 한국학과 학생, 소피아 18번 중·고등학교 한국어반 학생, 일반인들이 참가하여 열띤 경쟁을 벌였다.

현재 말하기 대회는 소피아대학교 산하 기관인 소피아 세종학당에서 매년 1회씩 조직하고 있고, 1등 수상자에게는 세종학당재단에서 조직하는 '세종학당 우수학습자 초청연수'에 참가할 기회가 주어진다.

○ 한국문화의 날

한국대중문화, 전통, 한국어 등에 대한 불가리아인들의 관심이 높아짐에 따라 한국문화 홍보 및 전파를 위해 소피아대학교 한국학과에서 2014년 6월부터 매년 1회 한국문화의 날을 개최하고 있다. 오전에는 한국어 연극, 한복 패션쇼, 사물놀이 공연, K-pop 댄스, 노래 등 공연을 하고, 오후에는 전통놀이, 한국가요, 종이접기, 붓글씨, 한복 입어보기 등 한국의 문화를 직접 체험할 수 있는 체험방을 운영한다.

○ 한국어 능력시험

불가리아 소피아대학교는 주불가리아 한국대사관과 공동으로 2011년부터 한국어능력시험(TOPIK)을 실시하고 있다. 시험 진행을 주관하는 기관은 소피아대학교로 보통 응시자는 한국학 전공자, 비전공자, 일반인, 중·고등학생 등 불가리아 국적자와 불가리아, 마케도니아에 거주하고 있는 한국 교민과 마케도니아에서 한국어를 공부하는 대학생이다. 토픽 응시자는 매년 약 70~90명이었는데 재작년부터는 응시자가 100~120명으로 늘었다.

○ 불가리아 중·고등학교 교사 워크숍 조직

2010년부터 2014년까지 총 4회에 걸쳐 불가리아 공립학교 교사를 대상으로 워크숍을 열었다. 이 워크숍의 대상은 주로 한국어반이 개설된 '윌리엄 글래스톤' 소피아 18번 공립학교 교사이다. 이 워크숍에는 소피아대학교 한국학과 교수, 불가리아 외무부 직원 등이 참가하여 한국정치, 경제, 역사, 문화, 현대사회 등을 주제로 강의를 하였다. 2016년에는 소피아대학교와 주불가리아 대한민국대사관이 공동으로 교사 워크숍을 조직하였고 2017년에는 대사관에서 교사워크숍을 조직하였고 한국학과 교수들 몇 명이 강사로 참여하였다.

(3) 일반인을 위한 한국어 강좌 및 문화 강좌

2009년 10월 소피아대학교 한국학센터는 일반인을 위한 한국어 강좌를 개설하였다. 초기에는 강좌 당 수강생 수가 3~7명에 불과했지만 그 숫자가 점점 늘어 초급반 1개, 중급반 1개가 운영되었으며, 2013년 9월에는 소피아대학교 고전, 현대 어문학대학교 내에 주불가리아 대한민국대사관과 연계형으로 세종학당을 설치하였고 한국어 및 한국문화 강좌를 개설하였다. 현재 세종학당에서는 매 학기마다 70~80명 이상의 수강생이 등록하여 한국어 및 한국문화를 배우는 등 한국어와 한국문화 확산에 기여하고 있다.

2) 불가리아의 한국어교육 현황

한류열풍의 영향으로 한국대중문화 관심이 커지면서 한국어 수요도 현격하게 늘어났다. 불가리아 내 공립학교에 한국어를 제 1 외국어로 배우는 '한국어 전공반'이 생겼고 한국어강좌를 개설하는 사설학원도 점점 늘어나고 있다.

과거 불가리아에서의 한류열풍의 주된 원인은 불가리아의 인터넷 보급률이 다른 유럽국가에 비해서 상대적으로 높아서 한국 영화, 드라마, 가요 등을 인터넷으로 다운받는 것이 어렵지 않기 때문이었다. 인터넷을 통해 한국대중문화 팬들이 빠른 속도로 늘어났는데 한류팬들의 80~90 프로가 여성이고 연령은 10대부터 40대까지 아주 다양하다. 직업도 변호사, 회사원, 공무원, 학생 등으로 교육수준도 상당히 높은 편이다.

2천여 명의 회원을 보유하고 있는 인터넷 동호회 'Eastern Spirit'도 한류 붐을 일으키는 데 큰 역할을 했다고 할 수 있다. 이 모임은 2008년 불가리아의 아시아 영화 팬 30명이 모여서 발족시킨 동호회로 불가리아 내에서 한국문화 홍보 행사를 조직하는 등 한류 전도사 역할을 했다. 또한 2012년 싸이의 '강남스타일' 뮤직 비디오가 유튜브의 모든 카테고리를 아울러 역대 '가장 많이 본 동영상' 순위 1위에 오르면서 불가리아의 신문, 라디오, 텔레비전 등에 보도되어 한류 열풍이 더욱 거세어졌다. 불가리아 배우가 텔레비전 방송에서 싸이 흉내를 내면서 춤을 추고 한국말로 노래를 불렀으며, 유치원 아이들도 말춤을 추면서 '오빠, 강남스타일'을 외치며 엄청난 화제를 불러일으켰다.

인터넷 외에도 불가리아 텔레비전을 통해 한국 드라마가 알려졌는데 2011년 '천만번 사랑해'가 공중파를 통해 불가리아에서 처음으로 방영되었고, 같은 해 8월에는 '아이리스'가 지상파로 방영되어 인기를 끌었다.

한국 드라마 중 '아이리스'는 36%라는 시청률을 기록하여 8월의 최고 인기 드라마로 많은 불가리아 시청자의 사랑을 받았다.[3] 그 후 불가리아 국영 방송국인 BNT에서 '파스타'를 방영하였고 올해 7월에는 '대장금'이 방영되어 불가리아 시청자들에게 한국음식을 알리는 계기가 되었다.

소피아대학교 외에도 수도인 소피아와 지방에서 한국어 및 한국학을 교육하고 있는 사립, 공립기관이 여러 개 있다.

(1) 플로브디프 '파이시이 힐렌다르스키' 국립대학교[4]

2014년 10월 플로브디프대학교는 응용언어학 내 세부전공인 '영어와 한국어' 및 '불가리아어와 한국어'전공을 개설하였다. 두 전공 모두 한국어를 제 2 외국어로 하며 기초부터 배운다. 응용언어학과 '영어와 한국어'전공자들은 필수외국어인 영어를 높은 수준으로 구사해야 하지만 '불가리아어와 한국어'전공 학생들은 외국어를 꼭 알아야 할 필요는 없다. 2014년 응용언어학과 '영어와 한국어'전공 신입생은 총 17명이었고 '불가리아어와 한국어'전공 신입생은 11명이었다.

(2) 벨리코 터르노보 '성 키릴 메토디' 국립대학교[5]

2012년 10월 벨리코 터르노보대학교에 한국어 강좌가 처음으로 개설되었고 35명이 등록하였다. 수강생들은 대학생뿐만 아니라 중고등학생, 일반인으로 대부분이 K-pop 팬이거나 한국 드라마 및 영화팬이었다.

---

3 출처 - 불가리아 전자신문 'Blitz', 2011년 9월 9일.

4 설립 - 1945년 7월 31일, 학생수 - 13,000명

5 설립 - 1961년, 학생수 - 18,000명

2013년 10월 벨리코 터르노보대학교는 응용언어학 학생들에게 제 1 외국어로 영어, 불어, 독일어, 러시아어를 배우게 하고, 제 2 외국어로 한국어 및 다른 외국어를 선택할 수 있도록 하였다. 1학년 1학기 한국어수업은 375시간이고 2학기는 150시간으로 1학년 동안 한국어를 집중적으로 배운다. 2013년 한국어를 제 2 외국어로 선택한 학생 13명 중 11명이 시험을 통과하여 2학년으로 진학하였다. 2학년 1학기에는 한국어(60시간), 정치·사회 텍스트 번역(30시간), 한국의 역사와 문화(45시간)를 배운다.

(3) 18번 소피아 공립학교 "William Ewart Gladstone"

이 학교는 1905년에 설립되었으며 깊은 전통과 역사를 자랑하는 불가리아 우수 공립학교이다. 현재 재학생 수가 2,000명으로 불가리아에서 학생 수가 가장 많은 학교이다. 이 학교의 교육과정은 1학년부터 12학년까지이며 영어, 불어, 독어, 러시아어, 스페인어, 일본어, 중국어, 아랍어 등 주로 외국어를 집중적으로 가르친다. 2011년 초 불가리아 교육부의 인가를 받아 유럽 최초로 9월부터 한국어 전공반을 개설하었다.[6] 한국어 전공반 학생들은 8학년부터 12학년까지 한국어를 제 1 외국어로 공부한다. 2011년 6월에 실시된 한국어반 입학생 모집에 총 156명이 응시하였고, 이 중 26명을 선발하였는데 한국어반은 일본어반 다음으로 커트라인이 높았다. 2013년 9월부터는 초등학교 1학년부터 한국어를 제 1외국어

6 필자는 2010년 18번 공립학교에서 중국어, 일본어를 전공으로 배우는 반이 있다는 소식을 전해 듣고 이 학교를 방문하여 교장선생님과 만나서 한국어 반 개설을 부탁했다. 그 후 이 학교의 브라티슬라프 이바노프 교감선생님을 몇 차례 만나서 한국어 반 개설을 구체적으로 논의하였고 한국어교육을 맡을 불가리아인 교사와 한국인 교사를 구해주는 등 한국어 반 개설을 위해 기여하였다.

로 배우는 반이 개설되어서 현재 한국어 전공반은 1학년부터 12학년에 각각 한 반씩(정원 25명) 개설되어 있다. 한국어 담당 교사는 불가리아인 3명인데 불가리아인은 모두 소피아대학교 한국학과 졸업생이다. 이 학교에서 한국어를 제 1 외국어로 공부하고 있는 학생은 300명으로 향후 한국학의 저변확대는 물론 한국학의 확산에 기여할 것으로 보인다.

(4) 방케르 상업학교

1994년에 설립된 사립학교로 8학년부터 12학년 과정으로 '경제와 경영', '은행업무' 전공이 있다. 이 학교에서는 한국어를 선택 과목으로 가르치고 있으며 소피아대 한국학과 학생이 한국어 강사로 채용되어 한국어를 가르치고 있다. 현재 15명의 학생이 한국어를 선택과목으로 배우고 있다.

(5) 바르나 한국어센터

바르나 한국어센터는 2010년 10월에 설립되었다. 이 센터는 흑해 연안 도시 바르나에 불고 있는 한류 열기에 부응하여 한국어와 한국문화 보급을 위해 바르나에 거주하는 김세희 씨가 설립해서 운영하고 있다. 이 센터에서는 한국어뿐만 아니라 한국에 대한 이해를 돕기 위해 한국문화를 체험할 수 있는 한국음식 만들기, 한국 민속 놀이 배우기 등의 다양한 강좌를 운영하고 있다.

(6) 바르나 1번 학교

2016년부터 한국어 강좌 2개를 개설하였고 일주일에 4회씩 한국어를 가르치고 있다. 학생 수는 모두 23명이며 교사는 바르나에 거주하고 있는 한국인 1명이다.

(7) 부르가스

부르가스에는 2018년 10월 3개의 중등학교에[7] 5개의 한국어 강좌가 개설되었다. 불가리아 지역신문은 니콜라이 이바노프 부르가스 시장의 말을 인용하여 '한국어를 배우려는 학생들이 많아 우선 2개의 학교에서 한국어 수업을 개설하였다. 36명의 5, 6학년 학생과 30명의 8학년 학생들이 한국어 수업을 듣게 된다. 부르가스에 있는 다른 학교에서도 한국어 수업 개설을 희망하고 있기 때문에 앞으로 한국어 강사를 구하게 되면 한국어 수업을 더 늘릴 계획이다'라고 보도하였다.[8]

(8) 소피아시립도서관 한국코너 한국어 강좌

소피아시립도서관은 2015년 3월 15일 주불가리아 대한민국대사관의 도움으로 한국 코너를 만들었으며 한국어뿐만 아니라 한국 문화, 역사, 문학 등 여러 가지 강좌를 조직하여 운영하고 있으며 3년 전부터는 소피아대학교 한국학과와 공동으로 독후감대회를 조직하고 있다. 불가리아어로 번역된 한국 책을 읽고 불가리아어로 독후감을 쓰는 대회로 올해는 학생, 일반인 등 81명이 응시원서를 냈다. 올해 독후감 대상 작품은 현진건의 단편 'B 사감과 러브레터'이다.

7 컴퓨터 및 혁신 기술 고등학교, 영어고등학교, '알렉산더르 게오르기에프' 학교
8 출처 : 불가리아 '트루드' 신문, 2018년 10월 15일.

(9) 소피아와 플로브디프 사설학원 한국어 강좌

2012년 소피아와 플로브디프 사설학원에 일반인을 위한 한국어 강좌가 개설되어 있으며 한국어 강사는 소피아대학교 한국학과 졸업생 및 재학생이다.

(10) 소피아 한국문화센터

한국인 선교사가 운영하는 문화센터로 2013 초 한국어강좌를 개설하였다.

(11) 스타라자고라 한국 클럽

2014년 스타라자고라의 한류 팬 스무 명이 모여서 트라키대학교에 한국친구 클럽(K-club)을 발족시켰다. 트라키대학교의 영문학과에서 교편을 잡고 있는 소피아대학교 한국학과 졸업생인 제냐 씨가 주축이 된 이 모임은 한국어를 배우고 한국관련 행사를 조직하는 등 활발하게 활동하고 있다.[9]

3. 불가리아의 한국학 연구 동향

소피아대학교는 2010년부터 5년간 두 차례 한국학진흥사업단의 씨앗

9 스타라자고라에서는 2016년부터 '한국의 날'을 매년 조직하고 있다. 트라키대학교 전임강사인 제냐 씨와 소피아대 한국학과 김소영 교수가 스타라자고라 시립도서관, 소피아대 세종학당, 불가리아 대한민국 대사관의 후원으로 행사를 조직했다.

형 사업으로 선정되어 10차례 이상 국제학술회의 및 워크숍을 조직하여 사업 성과물을 산출하였다. 2010년 11월 1일부터 2012년 6월까지 '일제 강점기와 터키 식민지 시절의 한국과 불가리아 문인의 삶과 내면세계 비교 연구'라는 주제로 1단계 씨앗형 사업을 수행하였고, 이 주제를 심화 발전시켜 2012년 7월부터 2015년 6월까지는 "식민지 유산과 사회발전 : 정치·법제·문화 – 불가리아와 한국의 비교 및 교재개발 기초연구"라는 주제로 2단계 씨앗형 사업을 추진하였다. 씨앗형 사업의 성과로 동유럽 한반도 관련 자료 수집과 그 학술적 가치의 중요성을 파악함으로서 1948년 이후 현재까지 한국 현대사를 객관적으로 인식할 수 있는 자료학의 가능성을 확보하였다. 5년간 수행된 씨앗형 사업에 대한 평가를 통해 그 성과와 한계를 살펴보고 그 기초 위에서 중핵 사업을 기획하여 진행하고 있다.

중핵사업의 일환으로 소피아 대학교 동양어문화센터 학부생을 대상으로 한국학 교양강좌 〈한류로 만나는 한국〉, 〈한국 현대사회〉 등의 교과목을 개발하였는데 이는 한국학 교양강좌로 한국학에 대한 학문적 관심을 유도하고, 지한파 고급인재의 육성을 위한 기반 확립을 목표로 하고 있다. 이 강좌는 전공을 초월하여 타 전공 학부생들에게 한국에 대한 초보적인 이해를 도모하기 위해 설치된 고급 교양강좌이다.

중핵 프로젝트의 주요한 과제 중의 하나는 동유럽 기관 소장 자료학의 정립을 위한 한반도 관련 자료 수집 및 해제로 이 작업을 위해 소피아대학교 한국학과 교수와 역사학 전공 교수가 팀을 구성하여 불가리아에서 기록된 한반도 관련 자료 정리와 해제 작업을 수행했다. 이는 동유럽의 시각을 통해 남북한의 문제를 다양하게 확인함으로써 한반도의 냉전사를 재해석하는 것을 목적으로 한다. 불가리아 문서보관서 소장 자료들은 해외공관 주재국에서 본국으로 전해진 실로 다양한 주제의 정보들을 그 특징으로 하고 있는데 이를테면 이들 자료에서 정치·경제는 물론 이외에도 문학·철학·예술 등을 비롯하여 심지어 자연과학 관련 전공자들까지도 관심을 기울일만한 내용들을 확인할 수 있다. 이렇듯 다방면에 걸쳐 있는 문서와 자료의 해제 및 기초 자료를 구축하는 것은 향후 연구자들의 심도 있는 연구를 가능케 하는데 결정적인 역할을 할 것이다. 동유럽의 시각을 통해 남북한의 문제를 다양하게 확인함으로써 해방 전후 한반도의 국가 수립 과정을 재인식하는데 공헌할 것이며 한국전쟁 또한 지금까지 많은 연구가 진행되지 않은 동유럽의 관점으로 살펴 볼 수 있는 기회를 제공할 것이다.

불가리아 문서보관소의 남·북한 관련 자료 수집 외에 현지답사 및 인터뷰 증언을 통한 구술 및 사진자료 수집, 한국전쟁 고아들이 거주했던 방키아, 퍼르보마이 등을 방문한 자료 수집 및 인터뷰를 통해 과거의 체험을 기록하고 있다. 또한 냉전시기 한반도 관련 기록 영화를 수집하여 정리하는 작업도 하고 있다. 한반도 관련 기록 영화 및 사진 자료 등은 국립문서보관소, 영상자료보관소, 국영방송국 등에 보관되어 있다.

불가리아에서 생성된 한반도 관련 자료의 확보로 동유럽과 한국 내 대학 및 연구기관과의 협력과 연구로 국내외 한국학 연구 방법과 시각의 새로운 가능성을 제시할 수 있을 것이다.

현재까지 수집된 냉전 자료를 연구한 논문, 대학원생의 석사 논문들도 꾸준히 나오고 있으며 올해는 불가리아의 냉전시기 자료를 정리한 자료집을 한국에서 출간하였다. 이 자료집은 냉전사를 연구하는 한국과 외국인 연구자에게 큰 도움이 될 것으로 생각한다.

4. 맺음말

불가리아는 폴란드, 체코, 헝가리와 비교할 때 한국어교육의 역사는 짧지만 한국과의 수교 후에 바로 한국어 강좌를 개설하고 소피아대학교에 한국학전공을 개설하는 등 빠르게 성장하고 있다. 한국에서 지원하는 씨앗형 프로젝트와 중핵사업으로 동유럽 한국학 거점대학으로 선정되면서 한국어 교육 확산과 한국학 연구의 질적인 성장을 시도하고 있다.

불가리아 한국학의 지속적 발전을 위해 맺음말을 대신하여 몇 가지 제언을 하고자 한다.

(1) 한국어 교재 개발 및 현지 한국어 교사 연수

한류 열풍에 힘입어 불가리아에서 한국어와 한국문화에 대한 관심과 수요가 늘고 있다. 불가리아 공립학교에서 한국어를 제 1 외국어로 가르침에 따라 체계적인 한국어 교육문제가 중요한 과제로 부상하였다.

불가리아 학습자의 요구 및 특성, 학습 환경, 그리고 학습목표와 학습자의 모국어 특성 등을 고려한 맞춤형 한국어 교재 개발이 필요하다.

현재 불가리아에서 개발된 한국어 교재는[10] 모두 4권이며 그 중의 2권은 절판되었고 나머지 2권은 소피아대학교 한국학과 등 한국어교육기관에서 부교재로 사용되고 있다. 한국어교재 외 불가리아어-한국어 사전(8만 단어), 한국어-불가리아어 학습용 사전, 한국어 문법서(초급,

10 김소영·최권진, 『한국어 초급』, 세마르쉬, 2001.
김소영·최권진, 『한국어 중급』, 이스토크-자파드, 2006.
김소영·최권진, 『한국어 초급』, 이스토크-자파드, 2010.
김소영·최권진, 『한국어 중급 개정판』, 이스토크-자파드, 2014.

중급) 등이 출판되었다.

(2) 한국학 교재 개발

현재까지 불가리아에서 개발된 한국학 교재는 한국어 교재, 역사교재, 문학개론서 등이 있다. 체계적인 한국학 교육을 위해 다방면으로 한국학 관련 교재가 더 개발되어야 한다. 한국에서 출판된 역사, 정치, 경제, 문화 등 여러 분야의 우수 도서를 불가리아어로 번역하여 출판하는 것도 하나의 방법일 것이다.

(3) 불가리아 한국학 연구자의 학문적 성장

소피아대학교 한국학과 전임 교수는 모두 7명으로 유럽에서는 가장 많은 교원 수를 확보하고 있다. 이 중 5명은 소피아대학교 한국학과 졸업생이다. 그러나 이런 양적인 성장에 비해 한국학의 학문적인 수준은 아직 서유럽에 비해 많이 뒤떨어져 있다. 그간 한국학의 토대를 위해 오직 한국어 교육 확산에 힘을 쏟은 결과이다. 최근 3년 동안 불가리아의 A&HCI 저널, 한국의 등재학술지에 7편의 논문을 게재하는 등 작은 성과를 이루어 가고 있다. 앞으로도 계속해서 우수 저널에 논문을 게재하고 한국학자와의 학술교류 및 수준 높은 공동연구 등으로 한국학의 질적 향상과 학문적 수준을 제고시켜야 한다.

(4) 한국학의 지역적 특성화

불가리아와 한국은 식민지 경험을 공유하고 있을 뿐만 아니라 세계사적 차원의 냉전과정에도 깊이 연관되어 있는 국가이다. 제국의 침략으로 식민지배와 억압을 당한 두 나라는 해방 후 강대국의 이권다툼으로 또다시 그들에게 휘둘리며 약소국으로서 피해를 당했다. 한반도는 남한과 북한으로 분단되는 민족상잔의 비극을 겪었고 불가리아는 소비에트연방의 압력으로 군주를 폐위시키고 인민공화국을 설립하며 공산주의 정치이념을 수용했다. 소비에트연방의 침공으로 공산화된 동구권의 대표적 친소 국가 불가리아는 냉전시기 북한의 동맹국이며 형제국이었다. 1948년 불가리아는 북한과 공식 외교관계를 수립하였고 한국전쟁 시 북한에 구호품 지원, 의료진 파견, 복구 지원 등으로 긴밀한 협조관계를 유지했다. 냉전시기 동유럽국가 불가리아에서 생성된 남·북한관련 비밀문서, 신문자료, 서적 등은 당대 북한의 외교정책을 정확하게 파악하고, 북한과 구동유럽 사회주의 국가와의 관계를 알 수 있는 귀중한 연구자료이다. 이러한 자료는 불가리아 국가기록원, 외무부, 국립학술원, 국립도서관 '키릴 메토디', 소피아대학교 도서관, 시립도서관 등에 산재해 있는데 이러한 자료를 수집, 해제하여 남·북한관련 기밀 외교문서 목록을 만드는 작업은 불가리아지역 한국학 연구의 특성화 및 심화를 위한 하나의 전략이 될 수 있을 것이다.

(5) 한국학 학문후속세대 양성

한국학이 학문으로서 체계적이고 지속적으로 발전해나가기 위해서는 한국에서 석, 박사학위를 받은 소피아대 한국학과 졸업생이 다시 불가리아로 돌아와 한국학 교수로 정착할 수 있도록 지원해야 한다. 유학생들은 보통 한국이나 다른 나라로 가서 일을 하거나 불가리아에 돌아와도 임금이 낮은 학교보다는 회사를 선호하기 때문에 학교로 와서 자리를 잡는 경우는 거의 없다. 우수한 한국학 인력을 키우기 위해서는 이러한 학생들을 소피아대 한국학과 교수로 끌어올 학교 차원의 전략이 필요하다.

(6) 중·동유럽지역 한국학 연구 활성화

2003년 소피아대학교 파견교수 최권진 교수와 서울대학교 윤희원 교수는 중·동유럽 국가들의 한국어교육자를 소피아대학교에 초청하여 세미나를 열었고 중·동유럽한국학회(CEESOK)를[11] 발족시켰다. 소피아대, 에르지예스대, 바르샤바대, 비엔나대 등에서 매년 1회 14번 국제학술회의를 개최했다. 이 학회에는 중·동유럽지역과 러시아 그리고 한국의 한국학 학자들이 참석하여 학술교류의 장을 열었고, 이 지역의 한국학 연구를 활성화시키는 자극제가 되고 있다. 중·동유럽학회에는 동유럽지역 학자뿐만 아니라 러시아, 한국의 학자들도 참석하여 논문을 발표하고 발표된 논문은 심사를 거쳐 2013년부터 교보문고의 전자저널로 발간되고 있다. 중·동유럽학회를 계속 발전시켜 지역 간의 학술교류 및 한국학 연구를 활성화해야 한다.

이 글은 2019년 1월 17일과 18일 양일간 개최된 전남대 BK21플러스 지역어 기반 문화가치 창출 인재양성 사업단이 주최한 '세계 속의 한국어문학 연구의 현황과 과제'를 주제로 한 국제학술회의에서 발표한 글을 수정, 보완한 것임을 밝혀둔다.

11 Central and East European Society of Koreanology

참고문헌

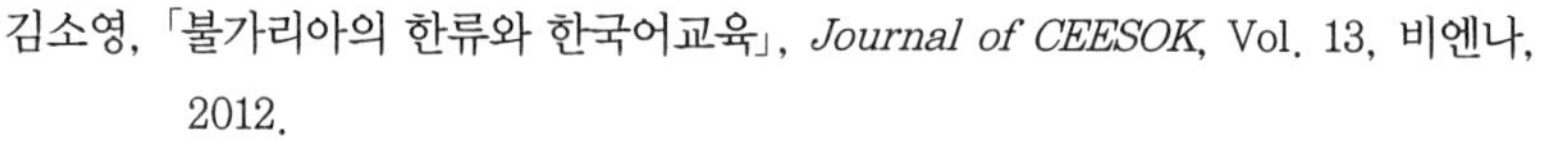
김소영, 「불가리아의 한류와 한국어교육」, *Journal of CEESOK*, Vol. 13, 비엔나, 2012.

______, 「불가리아에서의 한류 현황과 고전문학 콘텐츠를 활용한 한국어 교육의 실제 – 소피아대학교 한국학과 교육내용을 중심으로」, 『겨레어문학』 51권, 겨레어문화학회, 2013.

[부록] 소피아대학교 한국학과 커리큘럼

겨울 학기 (2018.10.01 ~ 2019.02.15)

강좌명	주당 수업시간	대상 학생	학점	필수/선택
한국학 입문	2	1학년	3	필수
실용 한국어 1	14	1학년	17	필수
언어학 입문	4	1학년	3	필수
문학이론(강의+실습)	4	1학년	3	필수
중국문화	2	1학년	2	선택
실용한국어 3	14	2학년	15	필수
한국어사	2	2학년	2	필수
고대 한국사	2	2학년	3	필수
한국어 어휘·음성론	2	2학년	2	필수
고대 한국 문학	4	2학년	3	필수
한국 종교와 철학 1	2	2학년	2	필수
티벳의 역사와 문화	2	1학년 2학년 4학년	2	선택
토픽 2	2	2학년	2	선택
실용한국어 5	14	3학년	16	필수
근·현대 한국문학	3	3학년	3	필수
제2외국어-일본어 1	4	3학년	4	선택
한국어 통사론	4	3학년	2	필수
외국어 교육 교수법	4	3학년/4학년	4	모듈
심리학	3	3학년	3	모듈
현대한국의 예술과 문화	2	3학년	2	필수
일본역사의 사회적 현상 -사무라이주의	2	3학년	2	선택

강좌명	주당 수업시간	대상 학생	학점	필수/선택
한국현대사	3	3학년	3	필수
실용한국어 7	14	4학년	17	필수
제2외국어-일본어 3	4	4학년	4	선택
중세한국어 문법3	4	4학년	3	필수
사회언어학	2	4학년	2	필수
일본 제국주의 통치	2	4학년	2	선택
실용한국어 9	8	석사	8	필수
20-21세기 동아시아의 외교관계	2	석사	2	
불가리아-한국 외교관계	3	석사	2	선택
근대한국사회	2	석사	3	필수
한국문화	3	석사	3	필수
한국 국제법과 정치기구	3	석사	4	필수

여름 학기 (2017.02.20 ~ 2017. 06.09)

강좌명	주당 수업시간	대상 학생	학점	필수/선택
실용한국어2	14	1학년	17	필수
한국어-알타이어 언어학 입문	2	1학년	3	필수
한국 민속학	2	1학년	2	필수
컴퓨터 한국어	2	1학년	2	필수
불교예술	2	1학년	2	선택
언어 문화	2	1학년	3	필수
중국민속	2	1학년	2	선택
한국어 연극	2	1학년	2	선택
실용한국어 4	14	2학년	17	필수
한국전통예술과 문화	2	2학년	2	필수

강좌명	주당 수업시간	대상 학생	학점	필수/선택
한국의 종교와 철학 2	2	2학년	2	필수
중세 한국문학	2	2학년	3	필수
중세 한국사	2	2학년	2	필수
한국어 형태론	2	2학년	4	필수
세계 속의 한류	2	2학년	2	선택
중국민속	2	2학년	2	선택
실용한국어 6	14	3학년	16	필수
제2외국어-일본어	4	3학년	4	선택
베트남 사회학	3	3학년/4학년	2	선택
한국어 토론	2	3학년	4	필수
여행 가이드를 위한 한국어	2	3학년/4학년	2	선택
제2외국어-베트남어	4	3학년	4	선택
불가리아-한국의 관계	2	3학년	2	선택
한국 사회학	2	3학년	2	필수
번역 이론과 실제	4	3학년/4학년	4	필수
실용한국어 8	14	4학년	16	필수
제 2외국어-일본어	4	4학년	4	선택
제2외국어-베트남어	4	4학년	4	선택
미디어로 배우는 한국어	2	4학년	4	선택
중세한국어 문법	4	4학년	4	필수
현 동아시아의 경제-사회 발전상	2	석사	2	필수
북한의 사회·정치·문화 경향	3	석사	2	필수
신세대 문화	2	석사	2	필수
불가리아 문서를 통해 본 불가리아와 남북한의 관계	2	석사	2	선택
동아시아와 중앙아시아 간의 문화-역사 관계	3	석사	2	선택

영국에서의 한국어 교육의 현황과 과제

셰필드대학교 한국학과를 중심으로

조숙연

1. 머리말

이 글은 영국 내 한국어 교육의 현황을 간략하게 검토한 후, 셰필드대학교 한국학과(공식 영어 명칭은 Korean Studies, The University of Sheffield)에서 이루어지고 있는 한국어 교육의 현황, 특징과 장점, 그리고 문제점 및 한계에 대해 살펴보고, 한국어 교육의 발전을 위한 방안을 모색하는 데 목적이 있다.

영국에서 한국어 교육이 최근에야 관심을 끌고 있는 것처럼 보이지만 실제로는 그렇지 않다. 영국에서의 한국어 교육은 역사가 오래된 편이다. 가령, 런던대학교의 아시아－아프리카대학(SOAS, School of Oriental and African Studies)은 이미 1940년에 한국어 강의를 시작하였다. 셰필드대학교에서는 한국어 강좌를 1979년에 처음 개설하였으며, 한국학 학사과정은 1993년에 개설하여 운영해 오고 있다.

이러한 역사적 맥락이 이어지는 가운데 한국의 국제적 위상이 높아짐에 따라, 현재 영국에서는 한국어 교육이 활발하게 이루어지고 있다. 영국의 20개 대학에서 한국어 강좌를 운영하고 있으며, 영국 전역에서

21개의 주말 한글학교 및 세종학당이 운영 중에 있다. 이 외에도 주영한국교육원에서 운영하는 한국어 강좌, 주영한국교육원의 지원으로 영국 초중등학교에서 운영하는 방과후 한국어 수업 등도 활발하게 진행되고 있다. 한국어 교육을 시행하는 기관도 다양할 뿐만 아니라, 한국어 교육을 진행하는 형식도 다양하다.

1993년에 한국학과가 개설된 이래 셰필드대학교는 런던대학교의 SOAS와 더불어 영국에서 한국학으로 학사 및 석·박사 학위 과정을 이수할 수 있는 대표 기관으로 성장해 왔다. 런던대학교의 SOAS가 영국의 남부를 대표하는 한국어 교육 기관이라면, 셰필드대학교는 현재 영국의 중부 및 북부 지역을 대표하는 한국어 교육 기관이라 할 수 있다. 몇 년 전에는 센트럴랭카셔대학교에서 한국학 학사 학위 과정을 개설하여 영국 중북부 지역의 한국어 교육의 저변을 더욱 더 확대해 가고 있다.

10년 전까지는 셰필드대학교의 한국학 전공 학생 수는 많지 않았다. 일본학 전공이나 중국학 전공 학생들이 교양 과목으로 한국어를 수강하는 형태로 명맥을 유지하였다. 그러나 이후에 한국 대중 문화에 대한 열풍이 이어지고 한국에 대한 인지도가 높아지면서 교양 과목으로 한국어 강좌를 수강하는 학생뿐만 아니라 전공자도 크게 증가하였다. 2016년 이후로는 한국학 전공 학생 수가 일본학이나 중국학을 전공하는 학생 수를 추월하였다.

셰필드대학교에서 한국학을 개설해서 운영해 온 역사는 길지만 지리적이나 문화적으로 불리한 상황에 놓여 있다. 한국어를 접하기가 어려운 영국에 위치하고 있으며, 그것도 런던이나 런던 근교 지역이 아닌, 영국의 중부 지역에 위치하고 있기 때문이다. 셰필드대학교 한국학과 학생들은 교실을 나서면 한국어나 한국 문화를 직접적으로 접할 수 있는 기회가 거의 없다고 할 수 있다. 또한 한국 정부의 지원 측면에서도 소외되어 있다. 셰필대학교 한국학과는 런던에 위치한 런던대학교 SOAS, 지명도가 높은 옥스포드대학 및 케임브리지대학에 비해 상대적으로 한국 정부의 적극적인 지원을 받기가 어렵다.

이러한 상황에서 셰필드대학교가 어떻게 한국어 교육을 해 나가고 있는지를 살펴보고자 한다. 이는 유사한 상황에서 한국어 교육을 수행하는 다른 교육 기관에게 유용한 정보가 될 수 있을 것이다. 이 글에서 제공하는 정보나 논의의 내용이 한국어 교육의 방향을 설정하거나 한국어 교육과정을 운영하는 데 도움이 될 수 있기를 기대한다.

2. 한국어 교육의 개괄적 현황

이 장에서는 우선 영국에서 이루어지고 있는 한국어 교육의 현황을 개괄적으로 살펴보고자 한다. 이후 셰필드대학교에서 시행하고 있는 한국어교육의 현황도 검토해 보고자 한다. 이를 통해서 영국 내 한국어 교육의 대체적인 현황을 파악할 수 있을 것이다.

1) 영국 대학 한국학 강좌 운영 현황

현재 영국에서 한국어 강좌를 운영하는 대학교는 모두 21개에 이른다. 적지 않은 규모라고 할 수 있다. 이는 그만큼 영국에서의 한국어 교육이 점점 자리를 잡아가고 있음을 뜻한다고 할 수 있다. 한국어 강좌를 운영하는 영국 내 21개 대학교를 정리하면 〈표 1〉과 같다.

〈표 1〉 영국 대학 한국학 강좌 운영 현황

대학명	대학명(영어)	강좌 내용
뉴캐슬대학교	Newcastle University	한국어
더럼대학교	Durham University	한국어
런던대학교 SOAS	SOAS(The School of Oriental and African Studies) University of London	한국학
런던정경대학교	London School of Economics and Political Science	한국어
라스터대학교	University of Leicester	한국어
리즈대학교	University of Leeds	한국어
맨체스터대학교	University of Manchester	한국어
몰리칼리지런던	Morley College London	한국어
브리스톨대학교	University of Bristol	한국어
센트럴랭카셔대학교	University of Central Lancashire	한국학
셰필드대학교	University of Sheffield	한국학
에든버러대학교	University of Edinburgh	한국어
엑스터대학교	University of Exeter	한국어
옥스퍼드대학교	University of Oxford	석·박사과정
워릭대학교	University of Warwick	한국어
임페리얼칼리지런던	Imperial College London	한국어
케임브리지대학교	University of Cambridge	석·박사과정
퀸즈대학교-벨파스트	Queen's University Belfast	한국어
킹스칼리지런던	King's College London	한국어
코벤트리대학교	Coventry University	한국학
리버풀대학교	University of Liverpool	한국어

〈표 1〉에서 보는 바와 같이, 한국어 강좌를 개설한 대학교의 규모는 매우 크다. 그러나 대부분의 대학교에서는 한국어 강좌를 교양 과목으

로 운영하고 있다. 정규 학부 과정으로서 한국학 학사 학위를 수여하는 대학교는 셰필드대학교와 런던대학교 SOAS, 그리고 센트럴랭카셔대학교 3개뿐이다. 옥스포드대학교와 케임브리지대학교에는 한국학 학부 과정은 없으며 석·박사 학위 과정만 설치되어 있다.

현재 영국 내 대학들 중에는 한국학 학위 과정 개설을 추진하고 있는 곳도 있다. 에딘버러대학교에서는 2019년 가을부터 한국학 석·박사 학위 과정을 개설할 예정이고, 코벤트리대학교도 한국학 센터를 설립하여 한국학 학사 학위 과정을 개설할 예정이다.

이와 같이 최근 영국에서는 한국학에 대한 수요가 빠르게 증가하고 있고 이에 맞춰 한국학 학위 과정 개설을 추진 중인 대학교도 늘어나고 있어 앞으로 더 다양하고 심도 있는 한국어 교육이 이루어질 것으로 예상된다.

2) 셰필드대학교 한국학 현황

이 절에서는 셰필드대학교 한국학의 역사와 전체적인 교육과정을 살펴보고, 학생 현황 및 교수진을 소개하고자 한다. 이를 통해서 셰필드대학교 한국학 전공의 개략적인 현황을 파악할 수 있을 것이다.

(1) 한국학의 역사

한국학의 역사와 교육과정을 소개하기 전에, 먼저 셰필드대학교가 위치한 셰필드와 셰필드대학교를 간략하게 소개하고자 한다. 셰필드대학교는 런던의 북서쪽에 위치한 도시 셰필드에 자리잡고 있다. 열차를 이용할 경우, 런던에서는 2시간 정도 걸린다. 셰필드는 인구 70만 명

규모로 영국 5대 도시에 꼽힐 만큼 큰 도시이다. 산업혁명 이래 철강업으로 영국의 산업을 이끌던 철강 도시였으나, 1980년대에 포항제철을 포함한 동아시아 철강 회사들과의 경쟁에서 밀려나면서 한동안 침체기를 겪었다. 하지만 대학 도시 및 문화 도시로 거듭나면서 이제는 성공적인 '재생 도시'로 세계적인 평가를 받고 있다.

셰필드대학교는 시민들의 자발적인 기부금으로 1905년에 설립되어 100년이 넘는 오랜 역사를 가지고 있다. 또한 노벨상 수상자를 6명이나 배출한, 세계 대학 순위 75위(QS World University Ranking 2019)인 연구 중심의 명문 대학이다. 현재 학생수는 28,000명 가량이며, 이 가운데 7,000명은 120개국에서 유학 온 국제 학생이다.

셰필드대학에서 한국학 학위 과정을 관장하는 곳은 동아시아학과(School of East Asian Studie)다. 동아시아학과는 1964년에 일본학 전공을 중심으로 설립되었다. 현재 동아시아학과에는 일본학 전공, 중국학 전공, 한국학 전공, 그리고 동아시아 전반을 공부하는 동아시아학 전공이 있다. 셰필드대학교 동아시아학과는 현재 유럽의 동아시아학 연구에서 다섯 손가락 안에 꼽힐 정도로 주도적인 역할을 하고 있다. 동아시아학과 소속 교수들은 영국 정치인들의 자문 위원으로도 활동하고 있다.

셰필드대학교는 산학 재단으로부터 교수 한 명과 한국어 강사 한 명의 급여를 5년 간 지원하는 기금을 받은 것이 계기가 되어 1979년에 한국어 강좌를 개설하였다. 초창기에는 주로 일본학이나 중국학을 전공하는 학생들이 교양 과목으로 한국어 강좌를 수강하였지만, 1990년 초에 교수 두 명을 더 채용하고 1993년에 한국학 학사 및 석·박사 학위 과정을 개설하면서 전공 강의를 개설·운영하게 되었다. 그러므로 2019년은 셰필드대학교에서 한국어 강좌를 개설한 지 40주년, 한국학을 개설한 지 25주년이 되는 해이다. 이를 기념하기 위해 현재 한국학 전공에서는 다양한 행사를 기획하고 있다.

하지만 10년 전에는 한국학 전공이 폐지의 위기에 직면하기도 했다. 오랫동안 한국학 전공을 지켜온 제임스 그레이슨 교수가 은퇴하는 시점에 영화를 가르치던 이향진 교수도 일본으로 떠나면서 한국학 전공 교수 4명 중에서 2명만 남게 되자, 재정 문제를 이유로 내세워 전공 폐지를 논의하게 되었던 것이다. 이때는 더럼대학교도 재정 적자를 이유로 동아시아학과를 폐과하는 등 많은 대학교가 적자가 나는 학과를 과감하게 정리하던 시기였다. 셰필드대학교 한국학 전공은 다행히 한국국제교류재단(Korea Foundation)에서 지원을 받아 전공 폐지의 위기를 무사히 넘길 수 있었다. 한국국제교류재단에서는 5년 동안 재단에서 교수 급여를 지원하되 그 후에는 셰필드대학이 해당 교수직을 영구 운영하는 조건으로 TTP(Tenure Track Position) 한국학 교수직 설치 지원을 하였다.

전공 폐지 논의가 있던 당시만 해도 동아시아학과에 속해 있는 일본학, 중국학, 한국학, 동아시아학 전공 중에서 한국학을 전공하는 학생 수가 가장 적었다. 그러나 그 이후 점차 한국학 전공자가 늘기 시작하여 6년 전부터는 한국학 전공 신입생 수가 동아시아학 전공자 및 중국학 전공자 수를 넘어서게 되었다. 또한 3년 전부터는 결코 넘을 수 없을 것이라고 생각했던 일본학 전공자 수도 넘어섰다. 이제는 동아시아학과 신입생 중 절반이 넘는 학생들이 한국학 전공을 선택하고 있다. 근래에는 매년 60명 정도의 한국학 전공 신입생이 입학하고 있다.

한국학 전공자가 늘어나면서 교환 학생 자격으로 한국 내 대학교에서 한국어를 공부하는 학생들도 자연스럽게 늘어났다. 이에 따라 한국 내 협력 대학도 증가하게 되었다. 현재는 첫 학생 교환 협정을 맺은 연세대학교 이외에도 성균관대학교, 서강대학교, 고려대학교, 한양대학교, 숙명여자대학교(학생 교환 협정 맺은 순)와 학생 교환 협정을 맺어 셰필드대학교 한국학 전공자들은 2학년 때에 1년 동안 교환 학생 자격으로 한국에 가서 한국어를 배우고 있다.

(2) 교육과정의 편성과 운영

셰필드대학교에는 모두 4개의 한국학 관련 학위가 있다. 한국학 단일 전공 외에 한국학과 경영학, 음악과 한국학, 한국학과 일본어 전공이 있다. 영국의 대학은 통상 수학 기간이 3년이지만, 언어 전공 학생들에게는 해당 언어의 국가에서 1년 동안 언어를 배우는 것이 필수적이다. 그래서 영국 대학의 언어 전공은 실제로는 4년 과정으로 운영된다. 1년은 2학기 또는 3학기로 운영하는데, 셰필드대학교는 2학기제를 채택하고 있고 한 학기는 15주이다.

한국학은 언어를 기반으로 하는 지역학(area studies)으로 분류된다. 따라서 전공 학생들은 4년에 걸쳐 한국어뿐만 아니라, 동아시아 및 한국과 관련된 다양한 교과목을 배운다. 1학년은 '동아시아이해'라는 과목을 통해 동아시아 전체를 개괄적으로 공부하고, 학년이 올라갈수록 한국의 역사, 사회·문화, 정치·경제 등을 심도 있게 공부한다. 한국에 교환 학생 자격으로 유학하는 1년을 제외하면, 학생들은 총 학점의 절반은 한국어 강의를, 나머지 학점은 한국 또는 동아시아 관련 교과목 강의를 수강한다. 물론 복수 전공을 하는 학생들은 이들 교과목 대신 복수 전공하는 교과목을 이수해야 한다. 4학년 때에는 한국과 관련된 주제로 졸업 논문을 작성해서 제출해야 한다. 한국어와 영어 자료를 참고하되 논문은 영어로 작성하도록 되어 있다.

대부분의 한국학 전공 신입생들은 매우 기초적인 한국어 실력을 가지고 있다. 한글 쓰기도 독학으로 익힌 수준에 불과하다. 셰필드대학교 한국학 전공에서는 이러한 상황을 고려하여 한국어 교육과정을 편성·운영하고 있다. 1학년 교육과정은 한글 창제 원리를 소개하는 것으로 시작해서 한국어 초급을 배우는 것으로 설계되어 있다. 수업 시수는 일주일에 6시간이고, 중간고사, 발표, 학기말고사 기간 등을 제외하면, 한 학기에 10주 수업을 한다. 그러므로 1년 동안 한국어를 배운다고 해도 실제 공부할 수 있는 수업 시간은 총 120시간 밖에 되지 않는다.

그러나 셰필드대학교 한국학 전공에서는 1학년 동안 초급 문법을 모두 배우도록 교육과정을 편성·운영하고 있다. 이는 한국의 대학에서 운영하는 여러 어학당이나 외국에 있는 타 대학들과 비교해 볼 때 진도가 상당히 빠른 편이다. 그래서 학생들이 공부해야 할 양이 적지 않다. 1년 동안 학기 중에 편성할 수 있는 수업 시간은 많지 않은데 학습량이 매우 많아 학생들이 자발적으로 성실하게 한국어를 공부하지 않으면 수업의 진행 속도를 따라오기가 어렵다. 신입생들은 한국어 능력이 매우 초보적인 수준이어서 어려움을 더 크게 느끼는 경우도 많다. 그래서 한국학 전공 교수들은 수업 시간에 사용할 자료, 수업 내용을 보완할 수 있는 자료를 셰필드대학교 포털 사이트에 올려 두고, 학생들이 학습 내용을 예습·복습·보충할 수 있도록 돕고 있다.

한국학 전공 교수들은 열린 태도로 새로운 교수법을 도입하는 데에도 관심을 기울이고 있다. 그 한 예로 2018년 가을학기부터는 문법 수업에 이른바 역순학습(Flipped Learning)을 새롭게 도입했다. 이에 따라, 교수는 학생들에게 문법 수업 내용을 미리 제공하여 학생들이 그 내용을 수업 전에 미리 공부해 오도록 안내 한 후, 수업 시간에는 문법 내용의 이해 여부를 퀴즈로 간단히 확인하고, 곧바로 문법 활용 연습을 진행하는 것이다. 이 교수법은 문법 내용에 대한 이론적 설명을 줄이고 실제적인 활동을 바탕으로 한국어를 학습할 수 있도록 해 준다는 점에서 매우 효과적이다.

이 교수법은 문법 수업에서는 전혀 시도된 바 없는, 새로운 수업 방법인데다 한국어 능력이 충분하지 않은 상황에서 학생들이 잘 적응하고 따라올 수 있을까 하는 우려도 있었다. 그러나 실제 시행해 보니 전혀 무리가 없었다. 오히려 수업 시간을 더 유용하고 흥미롭게 활용할 수 있게 되어 교수가 문법을 하나하나 설명하는 기존의 지루한 문법 수업 방법보다 더 효과적이었다. 학생들의 반응도 긍정적이었다.

한국학 전공 학생들은 2학년이 되면 교환 학생 자격으로 한국의 협력 대학 어학당에서 집중적으로 한국어 교육을 받는다. 이때 대부분의 학생들은 한국어 능력 수준에 따라 2급반 또는 3급반에 배정되어 한국어 공부를 시작한다. 셰필드대학교 규정상 학생들은 한국 유학 기간 동안 어학당 입학 당시의 급(수준)보다 2개급 이상을 달성해야 한다. 즉, 2급반으로 입학한 학생은 어학당을 마칠 때 4급을, 3급반으로 입학한 학생은 어학당을 마칠 때 5급을 달성해야 한다. 학생들은 최소 4급 이상의 실력을 갖추어야 하며, 이러한 조건을 충족했을 때에만 셰필드대학교로 돌아와서 한국학 전공으로 공부를 계속할 수 있다. 이는 셰필드대학교에서 정해 놓은 강제 규정이다. 이러한 조건을 충족하지 못한 학생들은 동아시아 전반을 공부하는 동아시아학으로 전공을 변경해야 한다. 전공을 동아시아학으로 변경하면 한국어 강의를 집중적으로 받을 수 없다.

이 조건을 충족한 3학년 및 4학년 학생들은 다양한 자료로 고급 한국어를 배운다. 한국학 전공에서는 고급 한국어 교재를 사용하는 수업뿐만 아니라, 한국어 작문 수업, 한국어를 위한 한자 수업, 한영 번역 수업, 한국어 방송 수업 등을 편성해서 운영하고 있다. 학생들은 이러한 수업을 통해서 폭넓으면서도 심도 있는 한국어 및 한국어 언어 문화 교육을 받고 졸업하게 된다.

(3) 학생 수의 증가와 한국어 교원

여기에서는 지난 15년 동안 셰필드대학교 한국학 전공 신입생의 수가 어떻게 변화해 왔는지, 교양 한국어를 수강한 학생들의 규모가 어떻게 변화해 왔는지, 그리고 한국어 교원은 어떻게 변화해 왔는지를 살펴보기로 하자. 다음 〈표 2〉에 그 현황을 정리하였는데 이를 통해서 셰필드대학교에서 한국학이 어떻게 발전해 왔는지를 한눈에 파악할 수 있을 것이다.

〈표 2〉 셰필드대학교 한국학과 전공 신입생 수 연도별 현황

연도	신입생 수	교양한국어 수강 학생 수	한국어 교원
2004	1	10	시간강사 1명
2005	4	15	시간강사 1명
2006	3	16	시간강사 1명
2007	5	15	전임 1
2008	3	10	전임 1
2009	6	25	전임 1
2010	16	16	전임 1
2011	7	30	전임 1
2012	18	36	전임 1, 시간강사 1명
2013	31	35	전임 1, 시간강사 1명

2014	30	교원 부족으로 미개설	전임 1, 시간강사 1명
2015	33	80 (교양 한국어 개설함. 수강인원 제한)	전임 2
2016	52	80	전임 2
2017	58	80	전임 2
2018	60	80	전임 3

한국학 전공 학생을 성별로 구분하면 남학생보다는 여학생의 비중이 월등히 높다. 이는 언어 전공 학과의 보편적인 특성인 것처럼 보인다. 국적으로 분류하면 영국 학생들이 과반수를 차지한다. 그 외 유럽, 아프리카, 아시아 등 20여 개 나라에서 온 다양한 학생들로 구성되어 있다. 한국학 전공자가 대부분 한인 교포인 북미 지역과는 달리, 세필드대학교 한국학 전공은 현지인인 영국인이 주를 이루고 있으며, 유럽인이나 아프리카인, 아시아인이 같이 포함되어 있다는 특징이 있다. 셰필드대학교 한국학 전공에는 북미 지역과는 달리, 민족적으로 한국 혈통을 가진 학생들이 거의 없다. 그러므로 셰필드대학교 한국학 전공은 '한국어'의 단순 습득만을 목적으로 하는 학생들보다는 '한국학'을 본격적으로 공부하고자 하는 한국 이외의 국가의 학생들로 이루어져 있다고 할 수 있다.

2019년 1월 현재 한국학 교수는 모두 5명이며 이 중 한국어 전담 교수는 3명이다. 지난 10년 동안 한국어 강좌 수강자가 늘고 있음에도 불구하고, 학과에서는 한동안 그것이 얼마나 지속될지에 대해 의문을 가졌다. 그래서 전임 교원의 추가 채용을 주저하였고 시간강사에 의존했다. 하지만 한국어 수강자 증가 현상이 지속될 전망이 확실해지자 2014년에 한국어 전임 교원을 한 명 더 채용하였고, 2018년에 추가로 한 명을 더 채용하였다.

영국에서 취업 비자를 받으려면 기본적으로 고용자가 후원을 해 주어야 한다. 심사 과정에서 요구하는 조건도 까다롭고 발급 비용도 많이 들어 실제적으로 취업 비자를 받는 것은 쉽지 않다. 그래서 한국어 강좌를 개설하고 있는 대부분의 대학들은 취업 비자를 발급해 주는 조건으로 한국에서 전임 교원을 초빙하는 것보다는 비자에 문제가 없는 사람을 대상으로 한 영국 현지 채용을 선호한다. 필자 역시 이러한 조건으로 한국어 교육을 시작하게 되었다. 하지만 셰필드대학교에서는 한국학의 중요성을 깨달으면서 취업 비자를 발급받을 수 있도록 후원을 해 주고 있으며, 이에 따라 한국에서 한국어를 가르치던 전문가 두 명을 추가로 한국학 전공 전임 교원으로 공개 채용할 수 있었다.

이에 따라 셰필드대학교 한국학 전공은 현재 시간강사의 비중이 낮고 전임 교원에 대한 처우나 급여 수준, 업무 지원 등 여러 면에서 다른 지역의 대학보다는 상황이 좋은 편이다. 전에는 종교나 경제를 전공한 현지인 교수들이 한국어 강의도 담당하는 경우가 많았지만, 현재는 언어학이나 한국어 교육을 전공한 교수진이 대부분의 한국어 교육을 맡고 있어서 한국어 교육의 질을 안정적으로 유지할 수 있게 되었다.

전임 교원 확충으로 얻은 또 하나의 발전은 전공자반과 비전공자반으로 한국어 강좌를 분리할 수 있게 되었다는 점이다. 이전에는 전공 학생 수도 적고 강의를 담당할 전임 교원도 부족해서 전공 학생들이 비전공 학생들과 같이 한국어 강좌를 들어야 했다. 그러나 2014년에 전임 교원을 한 명 더 채용하면서 교양 한국어를 개설하여 전공자반과 비전공자반을 구분해서 운영할 수 있게 되었다. 현재 전공자반은 좀 더 심도 있게, 그리고 비전공자반은 교양 과목 수준으로 강의를 진행하고 있다.

하지만 한국어 수요를 고려했을 때 전임 교원은 아직도 부족하다고 할 수 있다. 한국어 강의에 대한 수요가 넘치고 있음에도 불구하고 교양 한국어 수강 인원을 80명으로 제한하고 있는 실정이다. 비전공자들을 위한 한국어 중고급반 개설 요구도 높지만, 전임 교원 부족으로 강의를 개설할 수 없는 상황이다. 전임 교원 확충이 이루어진다면 또 다른 학생 요구 중의 하나인 통역 수업도 개설할 수 있을 것이다.

3. 셰필드대학교 한국어 교육의 특징과 장점

이 장에서는 셰필드대학교 한국어 교육의 특징과 장점을 살펴보고자 한다. 그리고 한국 문화를 접할 기회가 거의 없는, 영국의 지역 도시인 셰필드에서 어떻게 취약점이나 단점을 극복하고 있는지에 대해서도 설명하고자 한다.

1) 실용학문으로서의 접근 방식

한국학 전공이 속해 있는 셰필드대학교 동아시아학과는 독특하게도 예술인문대학(Faculty of Arts and Humanities)이 아닌 사회과학대학(Faculty of Social Sciences)에 속해 있다. 그래서 동아시아학과는 유럽언어학부(European language department) 뿐만 아니라, 정치학과, 사회학과, 경영학과, 역사학과, 도시계획학과 등과 밀접하게 연결되어 있고 공동 연구와 교육을 하기도 한다.

한국학 전공에서도 역시 고전 문학 교육이나 고대 역사 연구보다는 근·현대의 한국 정치 및 경제, 사회·문화를 중점적으로 다룬다. 다른 여러 대학에서 진행하고 있는 한국학 학위 과정의 고학년 한국어 수업에서는 신문 기사를 발췌한 자료나 뉴스 자료를 위주로 하여 읽기 중심의 교육을 하는데 반해, 셰필드대학교 한국학 전공에서는 언어의 4개 영역 모두를 골고루 습득하는 것을 목표로 삼고 있다.

예를 들어, 런던대학교 SOAS는 시나 소설 장르의 고전 문학 강의가 많은 반면에 셰필드대학교 한국학 전공에서는 실생활에 유용하게 사용할 수 있는 한국어 교육에 중점을 둔다. 물론 셰필드대학교 한국어 전공에서도 문학 작품을 일부 다루지만, 그것은 어디까지나 한국어 교육을 위한 자료로 다룰 뿐이다. 그러므로 한국어 전공에서는 고전문학 작품이 아니라 현대문학 작품을 다루며, 문학을 가르치기 위한 수업을 진행하는 것은 아니라고 할 수 있다. 이런 면에서 셰필드대학교의 한국어 교육은 '도구로서의 한국어'라는 성격이 매우 강하다고 할 수 있다. 4학년 학생들이 자기 소개서 쓰기, 취업 면접과 같은 실생활에서 활용할 수 있는 한국어를 배울 수 있도록 한국어 교육과정을 편성하여 운영하는 것도 이러한 접근과 관련이 있다.

셰필드대학교 한국어 교육에서는 의사소통 중심의 한국어 수업을 강조하고 있다. 셰필드대학에서도 10년 전까지만 해도 주로 문법 번역식 교수법으로 수업을 하였다. 그러나 현재는 의사소통 중심의 교수법을 도입하였으며, 수업 시간에 게임, 노래, 자체 제작한 동영상 자료 등을 많이 활용하고 있다.

2) 언어 교환 프로그램 및 한국 관련 동아리의 운영

셰필드대학교는 영국 중부에 위치하고 있어 런던 중심으로 이루어지는 한국 정부의 지원이나 문화 행사의 혜택을 받기가 어렵다. 셰필드에는 한국 슈퍼마켓도 없어서 한국 음식 재료를 구할 때조차 중국인이 운영하는 슈퍼마켓을 이용해야 한다. 한국 음식점이 하나 있기는 하지만, 이 역시 중국인이 운영하는 식당이고, 종업원들도 한국어를 전혀 구사하지 못 한다. 따라서 한국학 전공 학생들이 교실에서 한국어를 배워도 교실 밖에서 한국어를 실제로 사용해 볼 수 있는 기회가 거의 없다.

셰필드대학교가 지역에 자리잡고 있다 보니 한국 정부의 지원을 받는 것도 어려움이 있다. 한국 정부가 주도하는 재정적 지원이 대부분 런던 지역을 중심으로 이루어져 왔기 때문이다. 그러나 최근 들어 주영한국문화원 및 주영한국교육원에서 런던 이외의 지역에도 재정 지원을 하는 것으로 결정함에 따라, 2018년에 처음으로 'Sheffield Korea Day' 행사와 'Sheffield Korean Video Contest' 행사에 지원을 받은 바 있다. 이러한 지원이 지속적으로 이루어질 필요가 있다.

이러한 불리함을 극복하기 위해서 셰필드대학교 한국학 전공에서 채택한 방법이 있는데, 그것이 바로 '언어 교환 프로그램'이다. 필자가 시간강사로 강의를 시작한 2006년 이후, 매 학기마다 한국어를 공부하는 학생과 셰필드에서 공부하는 한국인 학생을 1대1로 연결하여 언어 교환을 하도록 하고 있다. 이 프로그램은 일주일에 한 번이나 두 번, 학생들이 서로 편한 시간과 장소를 정해서 2시간 정도를 만나서 서로의 언어 학습을 도와주는 것이다.

이 프로그램을 처음 시작했을 때에는 연결만 해 주고 언어 학습이 어떻게 진행되는지를 점검하지 않았더니 흐지부지되는 경우가 많아 한국학 전공 학생들에게는 이를 선택이 아닌 필수 사항으로 제도화하였다. 한 학기에 최소한 7번은 한국인 학생을 만나야 하며, 만날 때마다 공부한 내용을 간략하게 적고 서명을 받도록 했다. 그리고 그 결과를 학기말에 제출하도록 했다.

이 언어 교환 프로그램을 통해 한국학 전공 학생들은 교실 밖에서도 한국인을 만나서 한국어를 연습하거나 배울 수 있게 되었다. 한국어 수업 시수가 많지 않고 교실 밖에서는 한국어에 전혀 노출되지 못 하는 환경에서 이 프로그램은 한국학 전공 학생들이 한국어 의사소통 능력을 기르는 데 많은 기여를 했다. 이러한 장점에 따라 지금도 이 프로그램을 적극적으로 운영하고 있다.

이 프로그램은 한국어 공부뿐만 아니라 한국인 친구를 통해 한국 문화도 체험할 수 있어서 한국에 대한 관심을 지속적으로 유지하도록 돕는 장점도 있다. 또한 한국에 교환 학생으로 갔을 때 한국인 학생에게 도움을 받는 경우도 많았다. 한국인 학생들 역시 외국 학생들을 만남으로써 다른 언어와 문화에 대한 이해의 폭을 넓힐 수 있고 보람도 느낄 수 있어서 외국 생활을 좀 더 따뜻하고 의미있게 지낼 수 있다는 장점이 있다.

셰필드대학교에서는 학생들이 주축이 되어 운영하고 있는 한국 관련 동아리도 몇 개 있다. Korea Society 동아리, K팝 댄스 동아리, 태권도 동아리 등인데 이러한 동아리도 한국인 유학생들과 한국어를 공부하는 학생들이 커뮤니티를 형성하는 데 도움이 된다. 이 밖에도 2018년에 시작한 Sheffield Korean Video Contest와 Korea Day 등이 있다. 이런 행사나 프로그램을 통해 학생들이 작지만 효과적인 커뮤니티를 형성함으로써 수도권이 아닌 지역에 위치한 대학교로서 부족할 수밖에 없는 문화적, 언어적 공백을 채우고 있다.

3) 높은 성취 목표 설정과 한국어 수준

앞에서 언급한 것처럼, 셰필드대학교 한국학 전공은 수업이 일주일에 6시간밖에 되지 않고 교실 밖에서 한국어를 자연스럽게 접하기 어려운, 열악한 환경에 놓여 있음에도 불구하고, 셰필드대학교 학생들의 한국어에 대한 열정은 대단히 높고 성취도도 매우 높다. 이것은 성취 목표를 높게 설정해 놓은 다음, 교수진은 학생들이 그것을 달성할 수 있도록 도와주고, 학생들은 그것을 잘 인식하고 열심히 공부하며 따라오기 때문이라 할 수 있다.

셰필드대학교 한국학 전공 학생들의 한국어 실력에 대해서는 2016년에 보도된 〈시사저널〉 1413호의 기사를 참고해 볼 수 있다. 다소 길지만 직접 인용하면 다음과 같다.

> 시사저널 기자와 만난 학생들은 두 사람을 비롯해 4명이었는데 놀라운 것은 한국어 실력이었다. 그들은 기자와 한국어로 인터뷰하는 데 전혀 무리가 없을 정도의 실력을 가지고 있었다. 이들이 준비하는 논문의 주제도 기자를 깜짝 놀라게 했다. 셰필드대학교 한국학과 4학년인 케이티 모리스(여. 22. 영국)의 논문 주제는 제주 4·3사건이었다. 한국에 교환학생으로 1년 간 온 적이 있다는 그는 "(교환 학생 기간에) 한국인들이 지나치게 과도한 '애국심'을 가지고 있다는 느낌을 받았다"며 4·3사건과 같은 어두운 일들에 대해서 과연 한국 정부의 입장은 어떻게 달라져 왔는지를 연구하고 싶다"고 말했다. 같은 학년인 미글레 프로코스카리테(여. 23. 리투아니아)는 '중앙아시아 고려인들에 대한 논문을 계획하고 있다"고 말했다. 그는 "(리투아니아 인근에 있는) 카자흐스탄의 고려인들을 많이 만난 적이 있는데 자신들이 한국인의 피를 가졌다든가 고려 사람이란 얘기를 잘 안 한다"며 "과연 그들이 어떤 정체성을 가지고 살아가는지를 연구해 보고 싶다"고 포부를 밝혔다.

재학생들 역시 자신들이 한국학을 전공하고 있다는 것에 대해 자부심이 높은데, 이는 대학 설명회에 참여하는 학생들을 보아도 알 수 있다. 영국에서는 고등학생들이 입학할 대학을 결정하기 전에 관심이 있는 대학의 설명회에 직접 참여해서 교육과정이나 시설 등을 살펴본다. 고등학생들은 이러한 과정을 거친 후에 입학하여 공부할 대학을 결정한다. 한국학 전공의 재학생들은 이러한 대학 설명회에도 적극적으로 참여하여 한국학에 대해 홍보를 하고 있다. 실제로 셰필드대학교 설명회에 온 예비 대학생이나 학부모들은 한국학 전공 재학생들이 매우 행복하고 열정적으로 보인다며 이 학생들이 어떤 보상을 받기에 이렇게 열심히 하느냐고 농담처럼 질문을 하기도 했다.

이러한 여러 가지 사례에서 볼 수 있듯이, 셰필드대학교 한국학 학생들은 높은 수준의 한국어를 구사하고 있으며 이에 대한 자부심도 높다는 것을 알 수 있다.

4) 화목한 분위기

'셰필드는 영국에서 가장 큰 마을이다(Sheffield is the biggest village in the UK)'라는 표현이 있다. 이것은 셰필드가 대도시이면서도 작은 마을처럼 정감이 서려 있는 곳임을 나타내는 표현이다. 이러한 셰필드에 위치한 대학교여서인지 셰필드대학교는 학생들 복지에 대해 관심을 많이 쏟는 편이다. 한국학 전공 교수진도 이러한 셰필드의 특징과 셰필드대학교의 정책을 잘 살리기 위해 여러 가지 노력을 기울이고 있다. 그 결과, 한국학 전공 학생들은 교수와의 면대면 상담, 커피 타임, 종강파티, 언어 교환 친구 프로그램 등을 통해 가족과 같은 유대감을 느낄 수 있다고 말하곤 한다. 실제로 학생들의 강의평가표나 인터뷰, 대학 설명회 등에서 자주 언급되는 화제는 한국학과의 가족같은 친밀한 분위기이다.

이제 학생 수가 많이 늘어서 예전만큼 친밀하게 지낼 시간이 없어 아쉽지만, 대신 선후배 멘토링 시스템 등을 통해 서로를 도와주는 분위기를 유지하려고 노력하고 있다. 이러한 노력이 학생들의 한국어 능력 향상에 직접적으로 기여하지는 않을 수도 있으나, 학생들에게 심리적 안정감을 주어 더 행복하고 더 열정적으로 한국어 공부를 할 수 있도록 돕는다고 할 수 있다.

4. 문제점과 앞으로의 과제

지금까지 셰필드대학교에서 이루어지고 있는 한국어 교육의 특징과 장점에 대해 알아보았다. 이 장에서는 셰필드대학교 한국어 교육이 당면해 있는 문제점과, 한국어 교육이 안고 있는 한계가 무엇인지를 살펴보고자 한다.

1) 한국학 전공 중도 포기 학생 수의 증가

신입생의 수가 늘면서 중도 포기자도 증가하고 있다. 이것은 비단 한국학 전공만의 문제는 아니다. 셰필드 동아시아학과에서 가장 역사가 길고 학생 수도 많은 일본학 전공의 경우에도 통상적으로 신입생의 3분의 1정도만 일본학으로 졸업을 한다. 나머지 학생들은 언어를 집중적으로 공부하지 않는 동아시아학 전공으로 전공 변경을 하거나 자퇴를 한다. 이것은 언어를 기반으로 하는 지역학이라는 특성에 따른 것이라고 할 수 있는데, 한국학 전공 역시 신입생 수가 증가하면서 이러한 문제가 나타나고 있다.

중도 포기 학생 수가 증가하는 데에는 여러 가지 요인이 영향을 미쳤을 것이다. 그러나 가장 큰 요인은 한국학 전공 신입생이 늘면서 한국어 학습 능력이 부족한 학생들의 입학도 많아졌다는 점이다.

영국에서 학생들은 중등 졸업 시험인 GCSE(General Certificate of Secondary Education)를 본 후에 대학에 진학할 학생들은 대학 준비 과정인 'A 레벨'이라는 2년 과정을 선택한다. 학습 능력이 부족하거나 대학에 진학할 의사가 없는 학생들은 직업 학교인 칼리지에 입학하여 2년 동안 공부를 한다. 그런데 최근 영국에서 이른바 K-pop이라 불리는 대중 문화가 폭발적인 인기를 끌면서 칼리지에서 공부하는 학생들이나 직장을 다니던 사람들이 뒤늦게 한국학을 공부하고자 대학에 진학하는 사례가 많아졌다. 물론 이렇게 진학하는 신입생들은 BTEC(Business and Techonology Education Council) 성적이나, Access Course를 통해 입학 조건을 충족하는 성적을 받아야 하지만, 배우는 과목이 'A 레벨'보다 학구적이지 않아 전체적인 학습 능력이 부족한 경우가 많다. 그래서 중도 포기자 중에는 칼리지 졸업생의 비율이 매우 높다. 칼리지 졸업생의 입학생이 증가하면 중도 포기자의 비율도 자연스럽게 증가하는 현상을 보인다.

또 다른 이유로는, 학생 수가 적었을 때에는 개인별 지도가 가능했는데 학생 수가 급격히 늘면서 그것이 가능하지 않게 변화한 점도 꼽을 수 있다. 이러한 문제는 언어 교환 친구나 선배들의 멘토링 시스템 도입 등으로 해결을 시도하고 있으나, 이전에 교수들이 직접 학생을 자주 만나 지도했을 때만큼의 성과는 기대하기 힘든 실정이다.

2) 학습자 간 한국어 능력의 편차

또 다른 문제 중의 하나는 한국어 능력 편차가 큰 학생들을 같은 반에서 가르쳐야 한다는 점이다. 1학년 학생들 중에는 이미 한국어를 독학하여 어느 정도 한국어를 구사하는 상태에서 입학하는 학생들도 있지만, 전혀 그렇지 않은 학생들도 있다. 그렇다 보니 한국어를 전혀 익히지 않은 상태에서 입학한 학생들은 점수가 낮을 수밖에 없다. 그러나 1학년 성적은 졸업 평점에 포함되지 않으므로 큰 문제가 되지 않는다. 한국에 교환 학생 자격으로 가 있는 2학년 학생들도 어학당에서 자신에게 맞는 수준의 수업을 들을 수 있으니 문제가 되지 않는다.

그러나 한국에서 돌아온 후 3학년이 되면 문제가 심각해진다. 4급을 간신히 합격한 중급 수준의 학생부터 모어 수준으로 한국어를 유창하게 구사하는 학생들이 같은 반에서 공부를 해야 하기 때문이다. 수준별 수업을 하면 좋겠지만, 학교 교육과정을 따라야 하고 시험 내용도 같아야 하기 때문에 이것은 불가능한 일이다. 이런 상황에서는 학생 수준에 맞는 수업을 계획하는 것도 어려우며 학생들을 만족시키기도 어렵다. 중급 수준의 학생들은 자신감이 떨어져 수업 시간에 자신 있게 말을 하지 못 하고 고급 수준의 학생들은 수업 내용이 너무 쉬워서 새로 배우는 것이 없다고 느끼기 때문이다.

상황이 이러하다 보니 학생들은 보통 수업 시간에 자신과 한국어 실력이 비슷하거나 마음이 편한 친구들끼리 모여 앉는다. 이는 문제 상황을 더욱 더 고착화한다. 한국어 능력이 낮은 학생들이 더 나은 한국어 실력을 가진 학생들과 교류할 수 있는, 그래서 한국어 능력을 더 발전시킬 수 있는 가능성을 막아버리기 때문이다. 한국어 능력이 우수한 학생들은 우수한 학생들끼리, 한국어 능력이 부족한 학생들은 부족한 학생들끼리 폐쇄적인 대화를 하고 부정적인 감정을 더욱 강화하는 문제를 불러일으키기도 한다.

이 문제를 해결하기 위해 매주 월요일 첫 수업 시간에 모둠을 추첨해서 그 주의 수업 시간에는 반드시 해당 모둠 학생들과 같이 공부하게 하는 방법을 써 보기도 하였다. 그러나 이것도 학생들이 심적 부담을 크게 느껴 더 이상은 쓰지 못 하고 있다. 이러한 어려움을 반영하듯 3학년 때의 강의 평가는 언제나 전 학년 중에서 가장 낮다. 4학년에 올라가면 학생들도 해결하기 어려운 이 상황을 이해하고 받아들이게 되어 좀 더 편하게 수업을 진행할 수 있지만, 한국에서 막 돌아온 3학년 첫 학기의 한국어 수업은 교수에게나 학생들에게나 매우 힘든 적응 기간이 아닐 수 없다.

3) 전임 교원 부족

한국어 교원은 양적으로 계속 늘고는 있지만 아직도 필요한 인원보다 상당히 부족하다. 동아시아학과의 중국학 전공이나 일본학 전공에 비해서 학생수는 더 많은 반면에 교원 수는 현저히 적은 편이다.

외국 대학에서는 언어 교육을 쉽게 생각하는 경향이 있어 해당 언어를 사용한다는 이유만으로 언어 교육 경험이 전무한 교과목 교수에게 언어 교육 강의를 맡기는 경우도 있다. 한국학 전공 역시 예외는 아니다. 하지만 한국어 교육이 효과적으로 이루어지기 위해서는 교육 경험이 풍부한 전문 교원에게 한국어 교육을 맡기는 것이 적절하다고 할 수 있다. 그래야 한국어 교육의 지속성도 기대할 수 있다.

셰필드대학교 한국학 전공에서는 현재 교원 부족으로 인해 비전공자반 한국어 수업은 80명으로 수강 인원을 제한하고 있다. 학생들의 요구가 높음에도 불구하고 교양 한국어 중고급 과정도 개설하지 못 하고 있으며, 고학년 전공 학생들이 원하는 통역 수업 등도 개설하지 못 하고 있다. 이러한 문제를 해결하기 위해서는 전임 교원을 더 확보해야 한다. 한국어 교육의 발전을 위해서는 전임 교원의 확보가 절실하다.

4) 교재 개발의 필요성

셰필드대학교 한국학 전공에서는 현재 자체 교재를 개발하지 않고 한국에서 구입하여 사용하고 있다. 그렇다 보니 영국 또는 학생들의 실정에 맞지 않는 학습 내용이 종종 발견되곤 한다. 많이 개선이 되었지만 한국어 교재에서 문법을 중요한 학습 내용 요소로 다루는 것도 학생들에게는 한국어 학습을 어렵게 만드는 요소 중의 하나라고 할 수 있다. 교재의 단원을 편성할 때 학생들의 흥미나 관심을 반영하는 것도 고려할 필요가 있다.

교재의 구성 측면에서 볼 때에도 불편이 매우 크다. 영국 대학의 학기 운영이 한국의 대학과 다르다 보니 한국에서 발행한 교재로는 영국의 학기 시스템이나 학사 운영의 특성에 맞추어 강의를 진행하기가 어렵다. 한국어 교육의 특성상 학생 활동을 지원하는 워크북 형태의 자료가 많이 필요하지만 현재의 한국어 교재는 이러한 것이 부족하다. 학생들의 한국어 발표나 한국어 토론을 지원하는 자료도 부족해서 이를 준비하는 학생들이 한국어 교재에서 도움을 얻지 못 하고 있다. 이런 부족한 부분을 필요할 때마다 프린트물로 학생들에게 제공하고는 있으나 이것은 효율적이라고 할 수 없다. 따라서 이를 고려한 한국어 교재를 개발할 필요가 있다. 한국어 교재 개발이 쉽지는 않지만, 영국에서의 한국어 교육의 발전을 위해서는 반드시 도전해야 할 과제라고 할 수 있다.

5) 졸업생들의 취업 기회 부족

한국학 졸업생들의 취업도 큰 문제이다. 영국에서 한국학 전공자가 점점 많아지고 있고 한국학을 개설하는 대학교도 늘고 있지만 한국학 학위를 가진 학생들이 졸업 후에 전공을 살려서 취업을 할 수 있는 기회는 턱없이 부족하다. 이 문제는 〈시사저널〉 1413호의 '세계 한국학 현장을 가다-⑨'에서도 집중적으로 다룬 바 있다.

동아시아 국가에서는 한국어과를 졸업하면 한국 기업에 취직할 기회가 많고 급여도 높은 편이어서 한국어를 공부하려는 학생들이 매우 많아졌다. 하지만 영국은 영어 사용 국가이다 보니 영국 내에서는 한국어에 대한 수요가 많지 않아 취업이 쉽지 않다. 게다가 브렉시트와 같은 정치·경제적인 상황 변화를 앞두고 취업 시장이 더욱 더 위축되어 있어 한국어 전공을 살릴 수 있는 취업은 더욱 더 어려워지고 있다.

한국어를 구사할 수 있는 영어 모어 화자에 대한 요구가 특별히 있지 않은 한 한국 내 기업에 취업하는 것도 쉬운 일이 아니다. 통역이나 번역과 같은 언어 자체의 쓰임새가 아니라면, 한국어 구사 능력은 취업의 충분조건이 되지 못 한다. 4학년 학생들에게 통역이나 번역 수업에 대한 요구가 높은 것도 이러한 상황과 관련이 있다.

한국학 졸업생의 취업 문제는 한국어 교육으로 해결할 수 있는 문제라고 보기는 어렵다. 세계적인 경제 상황, 이와 맞물린 영국이나 한국의 정치 및 경제의 상황, 국가 시스템이나 사회 문화의 차이, 기업 문화의 차이 등이 얽혀 있기 때문이다. 따라서 이는 한국어 교육의 문제라기보다는 한국어 교육의 한계로 보는 것이 적절할 듯하다.

한국학을 하는 학생들이 졸업 후에 전공을 살려서 취업을 할 수 있어야 한국학을 전공하려는 학생들이 더욱 많아질 것이다. 이는 결국 영국에서의 한국어 교육의 발전과 맞물려 있다. 한국어 교육의 발전을 도모하고, 한국학 교육의 미래를 밝히기 위해서 좀 더 거시적인 측면에서 한국 정부나 한국 기업의 노력이 필요하다고 할 수 있다.

5. 맺음말

지금까지 오랜 역사를 가졌음에도 불구하고 셰필드대학교 한국학 전공은 일본학이나 중국학의 그늘에 가려 있었다. 그러나 최근 몇 년 동안 셰필드대학교 한국학 전공은 양적으로 급속한 성장을 이루었다. 이를 바탕으로 삼아 이 글에서는 셰필드대학교 한국학의 역사, 한국어 교육의 특징과 장점, 그리고 문제점과 한계를 살펴보았다.

특징과 장점은 다음과 같이 요약할 수 있다.

첫째, 실용 학문으로서의 접근 방식 즉 도구로서의 한국어 교육을 들 수 있다. 읽기 중심의 교육이 아니라, 언어의 4개 영역 모두를 습득하는 것을 목표로 실생활에서 사용할 수 있는 한국어를 중점적으로 공부한다. 의사소통 중심의 한국어 수업을 하는 것도 이러한 접근 방식과 관련이 있다.

둘째, 언어 교환 프로그램 및 한국 관련 동아리의 운영이다. 셰필드대학교는 영국 지역 도시에 위치하여 교실 밖에서는 한국어에 노출되기 어려운 상황이다. 이러한 지리적, 문화적 불리함을 극복하기 위해 언어 교환 친구 프로그램을 비롯한 다양한 방법으로 한국학 전공 학생들의 한국어 학습을 지원하고 있다

셋째, 높은 성취 목표 설정과 한국어 수준이다. 한국어 교육 목표를 높게 설정해서 학생들이 그것을 달성할 수 있도록 적극적으로 지원하고 있다. 따라서 한국어 수준이 높으며 학생 자신들도 세필드대학교에서 한국학을 전공하고 있다는 것에 자부심을 느끼는 것을 볼 수 있다.

넷째, 화목한 분위기이다. 교수와의 면대면 상담, 커피 타임, 종강 파티, 언어 교환 친구 프로그램 등을 통해 친밀감과 유대감을 느낄 수 있도록 하고 있다. 물론 학생들이 증가하면서 예전만큼의 친밀도는 유지하기 어렵지만, 아직도 많은 학생들이 화목한 분위기를 장점으로 꼽고 있다.

반면에 한국어 교육이 안고 있는 문제점이나 한계는 다음과 같이 요약할 수 있다.

첫째, 중도에 포기하는 학생 수의 증가이다. 언어를 기반으로 하는 지역학이라는 특성상 언어 실력이 부족한 학생들이 전공을 바꾸는 것은 새로운 일이 아니다. 또한 신입생 수가 늘면서 학습 능력이 부족한 학생들의 입학도 증가하므로 불가피한 현상이기는 하지만, 한국학 신입생들이 한국학으로 졸업할 수 있도록 도와줄 수 있는 방안을 고민해야 하는 과제가 남아 있다.

둘째, 한국어 능력 차이가 큰 학생들을 같은 수업에서 함께 가르쳐야 하는 문제가 있다. 이것은 대학교의 학위 과정상 수준별 수업이 불가능하므로 해결하는 것이 쉽지 않다. 하지만 능력이 부족한 학생들과 수업이 너무 쉬워서 동기부여가 되지 않는 고급 한국어 구사자들을 가르칠

수 있는 효율적인 방안을 모색할 필요가 있다.

셋째, 전임 교원 부족이다. 최근 한국학 교원이 충원이 되고 있지만, 아직도 학생들의 요구에 비추어볼 때 크게 부족한 실정이다. 교양 한국어 중급반 개설이나 고급반 개설, 전공자 고학년 통역 수업 등을 개설하기 위해서는 추가 교원의 확보가 필요하다.

넷째, 현지 학생들에 맞는 교재 개발이다. 지금까지는 한국에서 만들어진 교재를 사용했지만 영국 학생들과 영국 대학 시스템에 맞는 교재를 개발해야 할 필요가 있다.

다섯째, 졸업생들의 취업 문제이다. 앞으로 한국학이 계속 유지되기 위해서는 졸업생들이 한국학 전공을 살려서 취업할 수 있는 기회를 많이 마련해야 한다. 이것은 정부와 한국 기업 모두 힘을 합쳐 풀어나가야 하는 과제이다.

앞으로도 한동안은 한국 대중 문화에 대한 인기가 지속될 것으로 보이고 정치적으로도 브렉시트 이후 영국이 동아시아 나라들과 더 긴밀한 관계를 맺을 가능성이 높으므로 한국학에 대한 수요는 현 수준으로 유지되거나 더 늘어날 것으로 전망된다. 적어도 위축되지는 않을 것으로 기대된다. 이러한 기회를 잘 활용하고 부족한 부분을 보완한다면 영국 내 한국어(학) 교육의 발전은 지속될 수 있을 것이다.

이 글은 2019년 1월 17일과 18일 양일간 개최된 전남대 BK21플러스 지역어 기반 문화가치 창출 인재양성 사업단이 주최한 '세계 속의 한국어문학 연구의 현황과 과제'를 주제로 한 국제학술회의에서 발표한 글을 수정, 보완한 것임을 밝혀둔다.

제2부

외국에서의 한국문학 교육 및 연구의 현황과 과제

중국에서의 한국문학 교육의 현황과 과제

김장선

1. 머리말

세계적으로 한국을 제외하고 한국문학 교육이 가장 폭 넓게 깊이 있게 활발하게 이뤄지고 있는 나라가 중국이라고 할 수 있다.

중국에서의 한국문학 교육은 1950년대 초반부터 시작하여 현재 70년 역사를 이어오고 있다. 대체로 대학 외국어로서의 한국어(조선어)학과와 민족어(모국어)로서의 조선언어문학과 그리고 중국어로서의 중국언어문학과에서 이뤄지고 있다. 학과 특성에 따라 한국문학사라는 하나의 강좌로 통합적인 방식으로 이뤄지기도 하고 한국 고전문학, 근대문학, 현대문학 등 여러 개의 강좌로 나눠 구체적으로 깊이 있게 이뤄지기도 하며 세계문학의 일환으로 일부 작가 작품만 소개하는 방식으로 이뤄지기도 한다.

중국 대학에서의 외국문학 교육은 이데올로기적 특성을 중요시하고 있다. 중국에서의 한국문학 교육은 근 70년간 사회, 정치, 경제, 문화, 외교 등 여러 사회 여건의 변화 속에서 부동한 양상을 띠게 되었다. 한국문학 교육의 일환으로써 한국문학사 강좌는 중한 수교 전 1990년대 초반까지 『조선문학사』라는 강좌로 한국고전문학과 북한 현대문학을 중심으로 광복 후의 한국 현대문학은 금지구역으로 된 교육이 이뤄졌다. 1990년대 중반부터는 한국 현대문학을 중심으로 교육이 이뤄지면서 광복 후의 북한 현대문학 교육은 몇 개 특정 대학에서만 이뤄지고 있다. 또한 조선-한국현대문학이라는 강좌로 광복 후 한국 현대문학과 북한 현대문학을 포괄적으로 다루는 교육도 이뤄지고 있다.

한국문학 교육의 또 다른 일환으로서의 한국문학강독 강좌는 대체로 1990년대까지 한국 고전명작과 20세기 20-30년대 카프 계열 작가와 작품 그리고 50년대-60년대 북한의 대표 작가 및 작품 소개와 감상이 중점으로 되었고 2000년대부터는 한국 당대 문학 대표작 특히 여러 문학상 수상작품 소개와 감상이 중점으로 되고 있다.

본고는 1차 자료에 대한 정리 분석을 중심으로 중국에서의 한국문학 교육 현황을 세 갈래로 나눠 살펴보고 아울러 문제점에 대비한, 향후 한국문학 교육의 폭과 깊이의 확장을 위한 몇 가지 과제를 제시하고자 한다.

2. 중국 대학 한국어학과와 조선언어문학학과에서의 한국문학 교육 현황

중국 대학에서 한국문학 교육을 단독 강좌로 개설한 학과는 외국어로서의 한국어(조선어)학과와 민족어(모국어)로서의 조선언어문학과이다. 이 두 학과에서의 한국문학 교육은 중국 한국문학 교육의 주축을 이루고 있지만 특징상 상호 다른 양상을 띠고 있다.

1) 중국 대학 한국어학과에서의 한국문학 교육 현황

중국 대학 한국어(조선어)학과의 한국문학 교육은 1950년대 초반 북경대학 조선어학과로부터 시작하여 1992년 중한 수교 전까지는 북경대학, 북경대외경제무역대학, 북경외국어대학 등 일부 한국어(조선어)학과에서 조선문학사라는 강좌로 이뤄졌다. 주요 내용은 대체로 한국 고전문학, 근대문학 그리고 조선현대문학을 망라한 개관 또는 개요 방식으로, 한국 프로레타리아문학과 북한 사회주의 건설 시기 문학을 중심으로 구성되었다. 대체로 냉전체제 하에 사회주의 동질성과 연대성을 구축하는 차원에서 이뤄졌다고 할 수 있다. 중한 수교 후 특히 냉전체제가 무너지고 한국어(조선어)학과가 우후죽순처럼 개설되어 현재 276개 대학에서 한국어교육이 이뤄지고 있다. 따라서 한국문학 교육도 전국적으로 확장되고 그 내용 또한 한국현대문학을 중심으로 이뤄지게 되었다.

사실 1990년대까지만 하여도 한국문학 강좌가 개설되지 않은 학교들도 적지 않았다. 2000년대에 들어와 한국문학이 점차 중요시되고 최근년에는 필수 강좌로 되었다.

2013년, 중국 교육부는『고등학교 외국어전공 대학 강의 질량 검증 국가표준』(이하『국가 표준』으로 약함)을 제정하도록 대학교외국어학과교육지도위원회에 위촉하여 거듭되는 수정 보완을 거쳐 2018년 3월에 공식 반포하였다.

이『국가 표준』에서는 "외국어 전공은 전국 고등학교 인문사회과학학과의 중요한 구성 부분으로 외국언어학, 외국문학, 번역학, 국가 및 지역연구, 비교문학 및 교차문화 연구 등을 기초로 하는 학제적 특색이 있는 학과이다."[1]고 정의하고 외국문학지식을 "지식요구"의 한 부분으로 제시하고 문학감상능력을 "능력요구"의 한 부분으로 제시하였다. "문학감상

능력"은 "외국어문학작품의 내용과 주제 사상을 이해할 수 있고 여러 장르의 문학작품 특징과 풍격, 언어 예술 등을 감상할 수 있으며 문학작품을 평가할 수 있는 능력을 말한다"고 해석하였다.[2] 이어 대학 외국어 비통용어종학과(한국어학과가 망라됨)도 이 범주에 속한다고 명시하였다. 따라서 대학 한국어학과 교육은 한국 언어, 문학, 번역, 국가 및 지역 연구 그리고 관련 전공 이론과 실천 등 내용을 포함시키고 학생들로 하여금 올바른 세계관과 가치관을 수립하고 인문과학 소양을 육성 향상시켜야 한다. 그리고 핵심(필수)과정에는 한국어와 중국어 상호 번역, 한국문학사, 한국 문화 등 과정이 포함되어야 한다. 다시 말하면 한국문학사는 한국어학과에서 반드시 개설해야 할 필수강좌로 되어있다.

또한 교육부의 관련 요구 사항을 반영하여 중국 대학 한국어학과에서는 2014년부터 대학 한국어전공 8급 시험을 보게 되었다. 이 시험은 교육부의 위촉을 받고 중국한국(조선)어교육연구학회에서 주관하여 『전국 대학 조선어전공 8급시험 대강(大纲)』 정하고 실행한 전국 전공 능력 검증 시험이다. "본 시험은 수험생들의 종합언어능력과 인문지식 수준을 테스트하는 것을 목적으로 하며 『대학 고급단계 학부 강의 대강』에 정한 듣기, 읽기, 쓰기, 번역 등 네 가지 기본 능력과 한국(조선)언어문학 지식을 시험 범위로 한다"고[3] 하였다. 그리고 시험 내용을 듣기와 이해, 어휘와 문법, 읽기와 이해, 인문지식, 번역, 작문 등 여섯 개 부분으로

---

1 教育部高等学校教学指导委员会编, 『普通高等学校本科专业类教学质量国家标准』(全2册), 高等教育出版社, 2018, 90쪽 인용.

2 教育部高等学校教学指导委员会编, 『普通高等学校本科专业类教学质量国家标准』(全2册), 高等教育出版社, 2018, 95쪽 인용.

3 教育部高等学校外语专业教学指导委员会朝鲜语测试组, 『全国高校朝鲜语专业八级考试大纲』, 延边大学出版社, 2014, 1쪽 인용.

나눴다. 그중 인문지식 부분은 다시 한국(조선) 언어와 문학기본지식으로 나뉘고 시험문제형식은 단항선택으로, 언어지식 15점 문학지식 15점으로 되었다. 총점 150점을 감안할 때 문학지식은 10%를 차지한다. 이 시험은 매 년 12월에 치르게 되는데 이는 학부과정 제7학기 말에 해당된다. 각 대학마다 채용하는 한국문학사 교재가 다른 상황을 감안하여 중국한국(조선)어교육연구학회에서 8급시험용 통일교재를 편찬하였는데 연변대학출판사에서 2015년 12월에 『한국문학사요』라는 서명으로 이 교재를 출판하였다. 현재 대부분 학교에서 이 교재로 한국문학사를 강의하고 있다. 아래에 한국어(조선어)학과에서의 한국문학 관련 강좌 개설 상황을 도표 1에서 살펴보기로 한다.

〈표 1〉 한국어(조선어)학과에서의 한국문학 관련 강좌 개설 상황

학교	교과목	학점	시수	학기	필수/선택
북경대학교 한국어학과	한국(조선)문학간사(상)	2	34	6	필수
	한국(조선)문학간사(상)	2	34	7	필수
	한국(조선)문학작품선독(상)	2	34	6	선택
	한국(조선)문학작품선독(하)	2	34	7	선택
복단대학교 한국어학과	한국문학사	2	34	6	선택
	한국문학선독	2	34	5	선택
	한국문학명작감상	2	34	8	선택
남경대학교 한국어학과	한국문학사1	2	34	4	필수
	한국문학사2	2	34	6	필수
	조선(한국)문학정전이해	2	34	5	선택
	당대한국작가이해	2	34	7	선택
	중한(조)문학비교	2	34	8	선택

중국해양대 한국어학과	한국문학사1	2	36	6	선택
	한국문학사2	2	36	7	선택
	한국문학작품강독1	2	36	6	선택
	한국문학작품선독2	2	36	7	선택
산동대학교 한국어학과	한국문학사	2	36	7	선택
	한국문학작품강독1	2	36	5	선택
	한국문학작품선독2	2	36	6	선택
청도대학교 한국어학과	한국문학사1	2	36	6	선택
	한국문학사2	2	36	7	선택
연변대학교 한국어학과	한국문학사	3	48	6	필수
	한국문학작품선독	3	48	7	필수
소주대학교 한국어학과	한국문학작품선독	3	72	7	필수
	한국문학사	2	36	6	선택
	중한문학비교	2	36	7	선택
천진사범대 한국어학과	한국문학사	2	34	6	필수
	한국문학작품선독	2	34	7	필수
화중사범대 한국어학과	한국문학사1	2	34	6	필수
	한국문학사2	2	34	7	필수
화남사범대 한국어학과	한국-조선문학간사	2	34	6	선택
	한국-조선문학작품선독	1.5	17	5	선택
	중한문학비교	2	34	7	선택
하얼빈사범대 한국어학과	한국문학사1	2	36	3	선택
	한국문학사2	2	36	4	선택
	한국문학작품선독1			5	선택
	한국문학작품선독2			6	선택
	한국문학토의	1	26	8	선택
대련외국어대 한국어학과	한국문학개론	2	34	5	선택
	한국문학작품감상	2	34	7	선택

광동외어 외무대학교 한국어학과	한국문학사	2	32	7	선택
	한국문학작품선독	2	32	8	선택
	중한문학비교	2	32	6	선택
절강외국어대 한국어학과	한국문학개론	2	32	7	선택
	한국문학작품선독	2	32	7	선택
중남민족대 한국어학과	한국문학사	2	32	5	필수
	한국문학작품선독	2	32	6	필수
상해상학원 한국어학과	한국문학사	2	32	6	선택
	한국문학작품선독	2	32	6	선택
상해해양대학 한국어학과	한국문학사	4	64	5	필수
	한국문학작품선독	2	32	7	선택
연태대학교 한국어학과	한국문학사1	2	36	7	선택
	한국문학사2	2	36	8	선택
요동대학 한국어학과	한국문학사	2	32	6	필수
	한국문학작품선독	2	32	7	선택

위 도표의 20개 대학은 양적으로는 많지 않지만 중핵대학, 일반대학, 전문대학 등 중국 여러 유형의 대학들을 대표하고 있다. 보다시피 어느 대학이든 모두 한국문학사와 한국문학작품선독(한국문학강독)이라는 두 개의 강좌가 개설되어있다. 한국문학사 강좌는 대체로 고전문학부터 현대문학에 이르기까지 시기별로 대표작가와 작품을 소개 전수하고 한국문학강독은 대체로 고전부터 1980년까지의 대표 작품을 15편 내외로 선정하여 이해와 감상을 하는 것으로 이뤄지고 있다. 하지만 이 두 강좌의 수업 내용에는 북한문학이 배제되어 있어 제반 한반도 문학을 체계적으로 이해하기 어렵다. 수업시간 또한 한 학기에 34 교시로 정해져 있어 교양강좌에 불과할 정도라고 할 수 있다. 또한 외국어로서의 한국

문학 교육인 만큼 학생들의 독해 능력, 감상 수준 등 여러 면에서 높은 수준을 기할 수 없다고 하겠다.

2) 중국 대학 조선언어문학학과에서의 한국문학 교육 현황

중국은 소수민족정책 실행의 일환으로 전국 각지에 민족대학들을 설립하여 소수민족인재들을 육성하고 있는데 이런 민족대학에 위구르족어, 몽골족어, 조선어 등 소수민족 언어학과를 개설하여 소수민족언어문자를 보존, 전승하도록 하고 있다.

조선족을 대상으로 한 중국 대학 조선언어문학학과는 연변대학과 중앙민족대학에 개설되어있다. 연변대학 조선언어문학학과는 1949년 2월 연변대학 설립과 더불어 개설되었고 중앙민족대학 조선언어문학학과는 1972년에 한조(汉朝)번역전공으로 개설되었다가 1995년에 조선언어문학학과로 승격되었다. 이 두 학과는 교사와 학생이 모두 조선족으로 구성되고 조선어를 모어(母语)로 사용하기에 한국문학 교육은 외국어로서의 한국문학 교육과 특징상 완전히 다르다. 우선 〈표 2〉를 보기로 한다.

〈표 2〉 조선언어문학학과에서의 한국문학 관련 강좌 개설 상황

학교	교과목	학점	시수	학기	필수/선택
연변대학교 조선언어문학학과	조선고전문학사	3	48	3	필수
	조선현대문학사	3	48	4	필수
	조선-한국당대문학	3	48	5	필수
	조선고대문론	3	48	5	필수
	조선문학작품선독	3	48	3	선택

중앙민족대학교 조선언어문학학과	조선고전문학사	3	54	3	필수
	조선현대문학사	3	54	3	필수
	조선-한국당대문학사	3	54	4	필수
	한국고전명가명작	2	36	7	선택
	한국당대명가명작	2	36	7	선택

위 도표에서 보다시피 조선언어문학학과의 한국문학사만 보더라도 한국 고전문학, 현대문학, 당대문학 등 세 개 강좌로 나눠져 있다. 중국 대학에서 문학사는 대체로 고대문학, 근대문학 현대문학, 당대문학 등 4개 부분으로 구분한다. 고대부터 아편전쟁 전까지를 고대문학으로, 아편전쟁 후부터 1911년 신해혁명 전까지를 근대문학으로, 1911년 신해혁명 후부터 1949년 중화인민공화국 건국 전까지를 현대문학으로, 중화인민공화국 건국 후부터 현재까지를 당대(当代)문학으로 구분하고 있다. 이와 같은 기준에 따라 중국 대학 조선언어문학학과에서는 한국문학사를 조선 고전문학사, 현대문학사, 당대문학사로 구분하여 강좌를 개설, 강의하고 있다. 한국당대문학은 1945년 광복 후 분단된 한반도의 역사 시대적 현실을 반영하여 광복 후의 북한문학을 포함시켜 한반도 이북의 조선현대문학과 이남의 한국현대문학으로 재편성한 것이다. 이를 중국 학계 문학사 구분법에 맞춰 조선-한국당대문학사로 통칭하고 있다.

위 〈표 2〉에서 보다시피 중국 대학 조선언어문학학과에서는 한국문학 교육이 체계적으로 폭 넓고 깊이 있게 이뤄지고 있다. 강좌, 학점, 강의 시수 모두 한국어(조선어)학과 보다 많을 뿐만 아니라 내용 상 광복 후의 북한문학이 포함되어 있다.

또한 조선언어문학학과 학생들은 한국어를 모어로 사용하기에 학부

과정의 한국문학에 대한 이해와 감상 등 여러 면에서 애로 사항이 없고 학부과정에 이어 한국문학 전공 석사, 박사 과정까지 개설되어 한국문학 전공 인재까지 배출할 수 있다. 실제로 현재 중국 대학, 연구소 등 여러 한국문학 관련 영역에서 위 두 대학의 조선언어문학학과 졸업생들이 주류를 이루면서 활약하고 있다. 이는 세계 어느 나라에서도 찾아볼 수 없는 중국의 특수성이라고 할 수 있다.

중국 대학 조선언어문학학과의 한국문학 교육은 한국 대학 국어국문학과의 한국문학 교육과 견줄 만하다 해도 과언이 아닐 것이다.

하지만 조선언어문학학과 졸업생이 양적으로 적고 그 영향 범위가 상대적으로 한계가 있다는 점을 간과할 수 없다.

3. 중국 대학 중국언어문학학과에서의 한국문학 교육 현황

중국 대학 중국언어문학학과는 한국의 국어국문학과에 해당되는 학과로서 대학랭킹 5위권에 속하는 중핵학과이다. 이 학과는 대체로 중국문학전공과 중국언어전공으로 구성되어있다. 중국문학전공에는 중국고전문학, 중국현대문학, 중국당대문학 등 교과목 외에 외국문학사가 필수강좌로 개설되어있다. 석사, 박사 과정에는 '비교문학과 세계문학'이라는 외국문학전공이 개설되어 비교문학 시각에서의 외국문학과 동, 서방 문학의 상호 관련에 대해 강의 연구한다. 비록 학부과정의 외국문학사는 대체로 한 학기에 34교시로 두 학기로 나눠 세계 각국의 대표작가와 작품만 상식적으로 소개하기에 거의 교양강좌에 속한다고 해도 과언이 아니지만 해마다 수 만 명에 달하는 학부생과 대학원생들이 『외국문학사』를 통하여 고금의 외국문학을 접하게 된다. 중국 대학 중국언어문학학과에서의 한국문학 교육은 바로 이 『외국문학사』를 통하여 이뤄진다.

학부과정에서 외국문학사 강좌는 학교 상황에 따라 외국문학사로 통칭되어 있는 경우도 있고 동방문학사와 서방문학사로 나눠진 경우도 있다. 석사 박사과정에서는 연구 전공에 좇아 대체로 국별 문학사를 강의하게 된다. 따라서 중국 대학 『외국문학사』 교재는 크게 세 갈래로 나뉜다. 한 갈래는 동서양 문학을 통합적으로 다룬 『외국문학사』 혹은 『세계문학사』이고 다른 한 갈래는 동, 서양을 분별하여 다룬 『구미문학사(欧美文学史)』와 『동방문학사』이며 또 다른 한 갈래는 국가를 분별하여 다룬 『미국문학사』, 『일본문학사』, 『한국문학사』 등 국별 문학사이다.

아래에 『외국문학사』 교재와 『동방문학사』 교재 속의 한국문학 관련 기술 내용을 통하여 중국언어문학학과에서의 한국문학 교육 현황을 살펴보기로 한다.

1) 『외국문학사』에서의 한국문학 교육 현황

중국 대학에서 동서양 문학을 통합적으로 다룬 『외국문학사』교재는 크게 정규대학 교재와 자습대학 교재로 나뉘며 저서명은 『외국문학사』, 『세계문학사』, 『외국문학교정(外国文学教程)』 등으로 되어있다. 이런 교재 속의 한국(조선)문학 교육 상황을 살피기에 앞서 우선 중국 교육부에서 반포한 『외국문학사강의요강(外国文学史教学大纲)』에 대해 알아보기로 한다.

『외국문학사강의요강』은 국가 교육부 고등교육사(高教司)에서 정한 대학『외국문학사』강좌에 대한 기본 요구이자 수업지침이다. 외국문학사 강의 및 평가뿐만 아니라 그 교재편찬도 이 지침에 따라야 한다.『외국문학사』 강좌에서의 한국(조선)문학 교육도 이를 기준으로 해야 한다.

1995년에 출판된『외국문학사강의요강』은 한국(조선)고전문학은『춘향전』, 근현대은 신경향파문학, "카프", 사회주의 시기문학 등을 조목식으로 기술하고 작가로는 이기영, 송영, 조기천 등 세 명, 작품으로는 이기영의 장편소설『고향』송영의 단편소설「석공노동조합대표」등 2편을 기술하고 있다.

'전국 고등교육자학고시(全国高等教育自学考试)'는 중국 대학교육체계의 다른 한 구성부분으로 그 응시생은 해마다 수 만 명에 달한다. 1999년 9월, 전국 고등교육자학시험지도위원회(全国高等教育自学考试指导委员会)는 전국 고등교육자학고시 중국어언문학전공『「외국문학사」 자학고시요강(「外国文学史」 自学考试大纲)』을 반포하였다. 이 요강에는 고대문학으로『춘향전』을, 현대문학으로 "조선문학"이라 언급하였을 뿐 구체적 내용은 언급하지 않았다.

본고는 1950년부터 2000년대까지 출판된, 동서양 문학을 통합적으로 다룬『외국문학사』 교재 50 여 종을 분석 정리하면서 그중 한국(조선)문학 양상을 대체적으로 살펴보았다. 지면의 제한으로 아래에 15개 대학의『외국문학사』 교재 및 한국(조선)문학 기술 내용을 〈표 3〉에서 살펴보기로 한다.

〈표 3〉 중국 대학『외국문학사』교재 및 한국(조선)문학 기술 내용

저서명	저자	출판사	출판년월	한국(조선)문학 기술 내용
外国文学史 (1-4)	二十四所高等院校	吉林人民出版社	1980.7	第二编 中古文学 第五章 朝鲜文学 第一节 概述 第二节《春香传》 第三节 朴趾源和丁若镛 第四编 现代文学 第九章 朝鲜文学 第一节 概述 第二节 李箕永
外国文学 简明教程	湘赣豫鄂三十四所院校编	江西人民出版社	1982.7	第九章 十九世纪至二十世纪初批判现实主义文学(三) 第一节 概述 三东方批判现实主义文学的特点 (二)描写民族革命的烽火, 塑造民族革命的英雄 第十章 无产阶级文学 第一节 概述 四、其他一些国家的无产阶级文学
外国文学 简编 (亚非部分)	朱维之 雷石榆 梁立基 主编	中国 人民大学 出版社	1983.2	第二编 中古文学 第九章 中古朝鲜文学 第一节 概述 第二节 朴趾源 第三节《春香传》
简明外国 文学史	林亚光 主编	重庆出版社	1983.4	第一编 古代文学 第二章 中古文学 第六节 朝鲜文学和《春香传》
外国文学史 (上中下)	穆睿清 姚汝勤 主编	北京 广播学院 出版社	1986.12	第二编 亚非拉文学 第六章 朝鲜文学 第一节 概述 第二节《春香传》第三节 李箕永 第四节 赵基天
外国文学史 简明教程	韩漱洁 郭定国 主编	广东 高等教育 出版社	1988.3	第四编 现当代文学 第八章 东方现当代文学 第67节 李箕永
外国文学史 (亚非部分)	朱维之 主编	南开大学 出版社	1988.4	第二编 中古亚非文学综述 第五章 中古东亚文学 第五节 朴趾源第六节《春香传》 第四编 现代亚非文学综述 第十三章 现代东亚文学 第五节 李箕永第六节 赵基天
外国文学史话	西北大学外国文学教研室	未来出版社	1989.6	亚非文学 《春香传》艺术谈 普天堡战斗与《白头山》

外国文学史略	韩潄沽 郭定国 主编	三环出版社	1990.8	上编 东方文学 第四章 现当代文学 第14节 赵基天
外国文学史纲	陶德臻 主编	北京出版社	1990.8	第一编 东方文学第二章 中古文学 第三节 朝鲜文学 一、概况 二、《春香传》 第四章 现代文学第三节 朝鲜文学 一、概况 二、李箕永 第五章 当代文学第三节 朝鲜文学 一、概况 二、赵基天
外国文学史纲要	陈 惇 何乃英 主编	北京 师范大学 出版社	1995.10	第一部分 亚非文学 第四章 现代文学 第二节 东亚文学 李箕永
外国文学史 (上中下)	匡 兴 陈惇、陶德臻	北京 师范大学 出版社	1996.8	下册 第五章 当代亚非文学 第二节 赵基天
修订本 外国文学史 (亚非卷)	朱维之 主编	南开大学 出版社	1998.10	第二编 中古亚非文学综述 第五章 中古东亚文学 第四节《春香传》 第四编 现当代亚非文学综述 第十三章 现当代东亚文学 第五节 李箕永 第六节 韩雪野
外国文学实用教程	薛瑞东 编著	南京 师范大学 出版社	2006.8	亚非文学 第十二章 中古亚非文学第一节 概述四、印度、朝鲜和越南的文学 第十三章 近代及现当代亚非文学 第一节 概述二、现当代亚非文学 2.朝鲜、韩国文学
外国文学基础	徐葆耕 王中忱 主编	北京大学 出版社	2008.7	东方(亚非)文学部分 第二编 中古亚非文学 第五章 东亚中古文学 第五节《洪吉童传》与《春香传》 第三编 近现代亚非文学 第八章 东亚近现代文学 第五节 徐廷柱与金东里
世界文学史(上中下)	陶德臻 马家骏 主编	高等教育 出版社	1991.4	上编 亚非文学 二章 中古文学 第二节 东亚文学-朴趾源-《春香传》, 章 现代文学 二节 东亚文学-李箕永 五章 当代文学 第二节 东亚文学-赵基天-千世峰

위 도표에 반영된 한국(조선)문학 기술 내용을 귀납 정리해 보면, 우선 1980년대에 출판된 『외국문학사』 교재에는 대체로 한국(조선) 고전문학 근현대문학 개황이 1-2쪽 분량으로 기술되고 대표작으로 『춘향전』, 『백두산』이, 대표작가로 박지원, 정약용, 이기영, 조기천 등 4명이 기술되었음을 알 수 있다. 거의 모두가 『춘향전』, 이기영, 조기천을 기술하고 있는데 이는 이 시기 한국(조선)문학의 대표작과 대표작가의 대명사로 되었다고 하겠다. 다음 1990년대에 출판된 『외국문학사』교재에는 대체로 한국(조선) 고전문학 근현대문학 개황이 0.5-1쪽 분량으로 기술되고 대표작으로 『춘향전』이, 대표작가로 이기영, 조기천, 한설야 등 3명이 기술되었다. 이 시기에 출판된 교재는 한국(조선)문학을 반영한 분량이 크게 줄어들고 1980년대의 관례에 따라 『춘향전』, 이기영, 조기천을 한국(조선)문학의 대표작과 대표작가로 기술하고 있을 뿐만 아니라 1980년대에 삭제되었던 한설야가 다시 기술되었다. 그리고 1990년대 말에는 "한국문학"이라는 기술용어가 사용되고 1950년대 후의 한국문학이 기술되기 시작하였다. 그 다음 2000년대에 출판된 교재는 1990년대와 마찬가지로 분량은 적지만 기존의 관례에서 벗어나 "조선-한국문학"이라는 기술용어를 사용하고 있는 것이 특징적이다. 고전문학에서는 관례대로 『홍길동전』과 『춘향전』을 대표작으로 기술하고 근현대문학에서는 관례를 타파하고 서정주와 김동리를 대표적 작가로 기술하고 있다.

구체적으로 살펴보면, 1980년대 첫 『외국문학사』 교재인 『외국문학사』(1-4, 吉林人民出版社)는 중세기 한국(조선)문학을 체계적으로 기술하고 있는데 35쪽의 분량을 차지하고 있다. 고대나 근현대 부분은 전혀 언급되지 않았다. 중국인민대학출판사에서 출판한 『외국문학사간편(外国文学史简编)』(亚非部分)은 처음으로 외국문학사라는 큰 틀에서 아세아 아프리카 문학을 유럽, 미국 문학과 분별하여 독자적으로 편찬한 교재이다. 이 교재에는 중세 한국(조선)문학이 25쪽 분량으로 체계적으로 기술되고 현대 한국(조선)문학은 23쪽 분량으로 20세기 초부터 50년대까지의 한국(조선)문학을 간단명료하게 기술하고 있다. 여기서 1945년 8월 15일 광복부터 1950년대 말까지의 조선(북한)문단 윤곽을 보여주고 있다는 것이 특징적이다. 이 교재는 1980년대 전반기와 중반에 가장 권위적이고 심원한 영향력을 과시한 중핵교재로 인정받았다.

1990년대에 "일반 고등교육 '95' 국가 중점교재(普通高等教育"九五"国家级重点教材)들이 속출하기 시작하였는데 그중 주유지(朱维之)가 주필을 맡은 『외국문학사』(亚非部分, 南开大学出版社)가 가장 대표적인 교재의 하나로 되었다. 이 교재는 국가교육위원회의 위촉을 받고 편찬되었는데 1988년 초판부터 1998년 수정본을 거쳐 2000년대까지 무려 10 여 만부 인쇄 발행된 교재이다. 1988년 초판 제5장 제5절, 제6절에 박지원과 『춘향전』이 각각 6쪽과 8쪽 분량으로 구체적으로 전면적으로 기술되고 제13장 제5절 제6절에 이기영과 조기천이 각각 8쪽과 5쪽 분량으로 기술되었다. 1998년 수정본(제2판)은 제5장 제4절에 『춘향전』이 8쪽 분량으로 기술되고 제13장 제5절 제6절에 이기영과 한설야가 각각 6쪽 분량으로 기술되었다. 수정본은 초판과 비교하면 박지원과 조기천이 삭제되고 한설야가 첨가되었는데 이기영과 똑같은 분량을 확보하였다. 수정본에서 특기할 것은 제13장 제1절 개황 부분에서 "현당대 조선 한국문학"이라는 학술용어를 사용함과 아울러 2쪽 분량으로 1950-70년대 한국문학을 단독으로 기술하였다는 것이다. 비록 그 분량이 적기는 하지만 이는 20세기 중국의 『외국문학사』 교재에서 처음으로 1950년대 이후의 한국문학을 기술한 것으로 된다. 이 수정본을 통하여 비로소 한국(조선)문학이 부족하게나마 그 총체적 윤곽을 보여주게 되었다고 하겠다.

1990년대 중반부터 중국 국가교육부는 21세기 교재 건설프로젝트를 규획 실행하기 시작하였다. 그 대표적 교재가 바로 『(21세기 대비 교재) 외국문학사』(상하, 郑克鲁 主编, 高等教育出版社, 2009.5)인데 교육부의 지시로 전국 22 개 대학의 38명 교수가 3년 5월에 거쳐 완성한 것이다. 이 교재는 2006년 3월 수정본을 거쳐 수차례 인쇄 되었는데 2000년대 중국 대학 『외국문학사』 교재 가운데서 가장 광범위하게 사용된 교재가 되었다. 이 교재는 "중세기 아세아 아프리카 문학의 발전"이라는 소절부분에서 중세 한국(조선)문학을 1쪽 분량으로 기술하고 "근현대 아세아 아프리카 문학의 발전"이라는 소절부분에서 0.5쪽 분량으로 근현대 한국(조선)문학을 기술하고 있는데 모두 조선문학으로 기술되어 있다. 다만 1950년대 이후 한국(조선)문학에 대해 이렇게 기술하였다.

"2차 세계대전 후 남북의 분단과 더불어 한국문학과 조선문학이 공존하는 상황이 나타났다. 전자는 50년대의 "전후문학파"와 60년대 "신감각파"가 그 영향력이 제일 크며 현대주의를 주도로 하는 문학발전의 길을 걸어 왔는데 "참여문학"과 "순문학"간의 논쟁이 있었다. 후자는 사회주의 문학을 정통으로 삼고 민족해방투쟁을 노래하고 사회주의 건설성과를 반영하는 것을 기본 주제로 하였다. 대표작품으로는 조기천의(1913~1951)의 장편서사시 『백두산』(1947)이 있다."[4]

이 부분은 2006년 3월 수정본에서 이렇게 수정되어있다.

"2차 세계대전 후 남북의 분단과 더불어 한국문학과 조선문학이 공존하는 상황이 나타났다. 전자는 50년대의 "전후문학파"와 60년대 "신감

4 郑克鲁 主编, 『外国文学史』(下), 高等教育出版社, 1999, 260쪽.

각파"가 그 영향력이 제일 크며 현대주의를 주도로 하는 문학발전의 길을 걸어 왔는데 "참여문학"과 "순문학"간의 논쟁이 있었다. 후자는 사회주의 문학을 정통으로 삼고 민족해방투쟁을 노래하고 사회주의 건설성과를 반영하는 것을 기본 주제로 하였다. 대표작품으로는 조기천의(1913~1951)의 장편서사시 『백두산』(1947)이 있다. 한국문학에서 주목할 작품으로는 최인훈(1936~)의 민족분열을 묘사한 『광장』, 박경리(1927)의 농촌 변혁을 묘사한 『토지』(1972), 조정래의 민족분열비극을 묘사한 『태백산맥』(1988) 등이다."[5]

여기서 이 교재는 한국(조선)문학 분량이 극히 적지만 1950년대 남북분단 후의 제반 한반도 문학 상황을 편파 없이 진실하게 반영하려 애썼고 한국문학 부분이 보충 첨가되는 양상을 보여주고 있음을 알 수 있다. 이와 같은 양상은 2000년대 『외국문학사』의 독특한 양상이라고 할 수 있다.[6]

2) 『동방문학사』에서의 한국문학 현황

중국 대학에서 동방문학이라는 개념은 대체로 1958년부터 시작하여 1959년 『외국문학참고자료·동방부분』(고등교육출판사 출판)이 출판되면서 공식적으로 사용되었다. 개혁개방 후 동방문학 강좌는 점차 외국문학사 틀에서 벗어나 하나의 독립적인 강좌로 발전하기 시작하였다.

중국에서 동방문학을 독립적으로 다룬 대학 교재는 대체로 『동방문

5 郑克鲁 主编, 『外国文学史』(下), 高等教育出版社, 2006, 310쪽.

6 김장선, 「중국 『외국문학사』 속의 한국(조선)문학」, 『중한문학 비교연구』, 민족출판사, 2011, 29~33쪽 참조.

학사』, 『외국문학사(아세아 아프리카부분)』, 『세계문학사(아세아 아프리카부분)』 등 세 가지 형태로 되어있다.

본고는 1950년부터 2000년대까지 공식 출판 사용된, 동방문학을 독립적으로 다룬 『동방문학사』 교재 15종과 그 참고서(동방문학작품선집) 5종을 분석 정리하면서 한국(조선)문학 교육 양상을 〈표 4〉 "중국 대학 『동방문학사』 교재 및 한국(조선)문학 기술 내용"을 통하여 살펴보기로 한다.

〈표 4〉 중국 대학 『동방문학사』 교재 및 한국(조선)문학 기술 내용

저서명	저자	출판사	출판년월	한국(조선)문학 기술 내용
外国文学参考资料(东方部分)	北京师范大学中文系外国文学教研组编	高等教育出版社	1959.12	第二编 朝鲜文学 一、金日成就朝鲜文艺创作问题发表谈话 二、朝鲜文学 三、关於"春香传" 四、现代朝鲜文学的胜利 五、朝鲜革命文学的新高涨 六、时代的精神 七、鲁迅和朝鲜文学 八、高尔基和朝鲜现代文学 九、朝鲜文艺界彻底清算资产阶级思想馀毒的斗争 十、朝鲜卓越现实主义文学大师 十一、李箕永简介 十二、韩雪野简介 十三、战斗的诗人-纪念朝鲜赵基天同志牺牲五周年 十四、朝鲜古典和现代文学作品
外国文学简编(亚非部分)	朱维之 雷石榆 梁立基 主编	中国人民大学出版社	1983.2	第二编 中古亚非文学第九章 中古朝鲜文学第一节 概述 第二节 朴趾源 第三节《春香传》第四编 现代亚非文学 第二十一章 现代朝鲜文学第一节 概述 第二节 李箕永 第三节 赵基天
东方文学简史	主编 陶德臻 副主编 彭瑞智 张朝柯	北京出版社	1985.5	第二编 中古文学第六章 中古朝鲜文学 第一节 概述 第二节《春香传》 第四编 现代文学第四章 现代朝鲜文学 第一节 概述第二节 李箕永和《故乡》

				第五编 当代文学第三章 当代朝鲜文学 第一节 概述第二节 赵基天和《白头山》
东方文学简编	张效之主编	山东教育出版社	1985.12	第二章 中古文学第九节 朝鲜文学与《春香传》第四章 现代文学 第六节 朝鲜文学(一)--综述 朝鲜文学(二)--赵基天和《白头山》
简明东方文学史	季羡林主编	北京大学出版社	1987.12	第二编 中古时期的文学 第四章 东北亚中古文学 第六节《春香传》第三编 近现代文学 第一章 东北亚近现代文学 第六节 李箕永与韩雪野
外国文学史(亚非部分)	朱维之主编	南开大学出版社	1988.4	第二编 中古亚非文学综述 第五章 中古东亚文学第五节 朴趾源 第六节《春香传》第四编 现代亚非文学综述 第十三章 现代东亚文学第五节 李箕永 第六节 赵基天
世界文学史(上)	陶德臻 马家骏 主编	高等教育出版社	1991.4	上篇 亚非文学 第二章 中古文学 第二节 东亚文学-朴趾源--《春香传》 第四章 现代文学第二节 东亚文学--李箕永第五章 当代文学 第二节 东亚文学-赵基天--千世峰
*东方现代文学史(上、下)	高慧勤 栾文华 主编	海峡文艺出版社	1994.1	朝鲜、韩国现代文学 第一章 启蒙文学--从旧文学向现代文学的过度 第一节 新小说、翻译政治小说和英雄传记 第二节 诗歌与小说创作 第二章 纯文学和批判现实主义文学 第一节 朝鲜现代短篇小说的开拓者--金东仁 第二节 现实主义作家群 第三章 无产阶级文学的兴起和发展 第一节 无产阶级文学的成就和不足 第二节 无产阶级文学和纯文学的论战 第三节 "新倾向派"作家 第四节 "卡普"的文学创作 第五节 以抗日为主题的革命文学 第四章 一九四五年後的南朝鲜文学 第一节 战後初期的文学 第二节 战後派文学、参与文学及其他 第三节 七十年代的进步文学

				第五章 解放後的北朝鲜文学--新人的典型、战斗的形象 第一节 长篇小说创作 第二节 中短篇小说创作 第三节 战斗诗人赵基天 第六章 社会主义建设和向千里马进军的颂歌 第一节 小说创作 第二节 中短篇小说创作 第三节 戏剧创作--《红色宣传员》和《朝霞》 第七章 主体文学 第一节 主题文艺理论的内容及其对创作的影响 第二节 体现主题思想的样板作品
东方文学史通论	王向远著	上海文艺出版社	1994.2	第三编 世俗化的文学时代 第六章 东方市井文学 第四节 朝鲜和越南的市井文学 朝鲜市井文学的形成--国语市井小说与许筠、金万重--说唱文学与说唱体小说《春香传》第四编 近代化的文学时代 第九章 近代化文学的分化与终结 第一节 东方无产阶级文学 朝鲜无产阶级文学与李箕永的《故乡》 第五编 世界性的文学时代 第十章 现代主义的发展与现实主义的繁荣 第一节 东亚战後派 韩国战後派与徐基源 第二节 现代主义文学的发展 韩国的现代主义和金承钰
东方文学史(上下)	主编 郁龙馀 副主编 孟昭毅	陕西人民出版社	1994.8	第二卷 中古东方文学 第十章 中古朝鲜文学 第一节 概述 第二节《春香传》 第四卷 现当代东方文学 第十六章 现当代朝鲜、韩国文学 第一节 概述 第二节 李箕永和韩雪野
** 东方文学史(上下)	季羡林主编	吉林教育出版社	1995.12	第二编 中古文学(三四世纪-十三世纪前) 第五章 东北亚文学 第五节 朝鲜国语诗歌和汉文文学 第三编 近古文学(十三世纪前後-十九世纪中叶) 第五章 东北亚文学 第七节 朝鲜汉文诗歌 第八节 朝鲜国语诗歌 第九节 文人创作的小说 第十节 说唱脚本小说 第四编 近代文学(十九世纪中叶-二十世纪初) 第二章 东北亚文学

				第八节 朝鲜的"新小说" 第五编 现当代文学(二十世纪初至今) 第二章 东北亚文学 第七节 朝鲜的新倾向派和卡普文学 第八节 李箕永和韩雪野 第九节 韩国文学第十节 说唱脚本小说
东方文学简明教程	张文焕 牛水莲 张春丽 主编	河南人民出版社	1996.5	第二编 中古文学 第一章 概述 第二节 中古朝鲜文学 第二章 重点作家作品分析 第二节《春香传》第四编 中古文学 第一章 概述第二节 现代朝鲜文学 第二章 重点作家作品分析 第三节 李箕永和《故乡》
修订本 外国文学史 (亚非卷)	朱维之 主编	南开大学出版社	1998.10	第二编 中古亚非文学综述 第五章 中古东亚文学 第四节《春香传》第四编 现当代亚非文学综述 第十三章 现当代东亚文学 第五节 李箕永 第六节 韩雪野
东方文学史	郁龙馀 孟昭毅 主编	北京大学出版社	2001.8	第二卷 中古东方文学 第十章 中古朝鲜文学 第一节 概述 第二节《春香传》 第四卷 现当代东方文学 第十六章 现当代朝鲜、韩国文学 第一节 概述 第二节 李箕永和韩雪野
东方文学史	邢化祥	中国档案出版社	2001.12	第二编 中古文学 第三章 中古朝鲜文学 第一节 概述 第二节《春香传》第四编 现、当代文学 第二章 当代朝鲜、韩国文学 第一节 概述 第二节 李箕永

동방문학사 교재는 일찍이 1950년대에 출판되어 1950년대 조선(북한)의 문예시책, 고대, 근현대 문학 개황, 이기영, 한설야, 조기천 등 현대문학 대표 작가, 고전명작 『춘향전』 등을 체계적이고 다양하게 기술하고 있다. 1980년대에 출판된 교재는 대체로 한국(조선) 중세기 문학과 근현대문학 개황이 20-50쪽 분량으로 기술되어 있고 1990년대에 출판된 교재는 대체로 한국(조선) 중세기 문학과 근현대문학 개황이 많게는 40

쪽 적게는 2쪽 분량으로 기술되어 분량이 심각한 기복을 보여주고 있다. 2000년대에 출판된 교재는 대체로 한국(조선) 중세기 문학과 근현대문학 개황이 많게는 30쪽 적게는 1쪽 분량으로 기술되어 역시 분량이 심각한 기복을 보여주고 있다. 내용상, 1950년대부터 2000년대까지 출판된 교재는 대동소이하여 거의 일관적으로 중세문학은 『춘향전』을 기술하고 근현대문학은 이기영과 『고향』, 조기천과 『백두산』, 한설야와 『황혼』을 기술하고 있다.

구체적으로 볼 때 1983년 2월 중국인민대학출판사에서 출판한 『외국문학사간편(外国文学史简编)』(亚非部分)은 처음으로 공식 출판된 "동방문학사" 교재이다. 이 교재에는 중세 한국(조선)문학이 25쪽 분량으로 체계 있게 기술되고 현대 한국(조선)문학은 23쪽 분량으로 20세기 초부터 50년대까지의 한국(조선)문학을 간단명료하게 기술하고 있다. 1945년 8월 15일 광복부터 1950년대 말까지 조선(북한)문단의 윤곽을 보여주고 있다는 것이 특징적이다.

1994년 2월에 출판된 『동방문학사통론』은 "동방문학사" 교재 가운데서 처음으로 "한국문학"이라는 학술용어를 쓰고 있는데 2쪽 분량으로 한국 전후파문학에 대해 서술하고 같은 해 8월에 출판된 『동방문학사(상·하)』는 "동방문학사" 교재 가운데서 처음으로 "현당대 조선 한국문학"이라는 학술용어를 사용함과 아울러 4쪽 분량으로 1950-70년대 한국문학에 대해 서술하였다. 1994년부터 "동방문학사" 교재에 "한국문학"이라는 학술용어들이 도입되기 시작하였다.

그 외 『동방문학사』 보조 교재로서의 『동방문학작품선집』 5종에 수록된 한국(조선)문학작품을 〈표 5〉를 통해 구체적으로 살펴보기로 한다.

〈표 5〉『동방문학작품선집』에 수록된 한국(조선)문학작품 현황

저서명	저자	출판사	출판년월	한국(조선)문학 기술 내용
亚非文学参考资料	穆睿清编	时代文艺出版社	1986.8	第二编 中古亚非文学 五、中古朝鲜文学 (一)概述 (二)崔致远及其诗歌评价 (三)朴趾源 (四)《春香传》 第三编 近现代亚非文学 五、近现代朝鲜文学 (一)概述 (二)崔曙海 (三)李箕永及其《故乡》(四)赵基天及其《白头山》
东方文学作品选(上下)	季羡林主编	湖南文艺出版社	1986.9	崔致远诗选(《江南女》、《古意》) 李奎报诗选(《代农夫吟》、《新谷行》) 朴趾源《两班传》、《秽德先生传》 丁若镛《龙山吏》、《春香传》片断 崔曙海《出走记》、李箕永《故乡》片断 赵基天《白头山》片断
东方文学作品选(上下)	俞灏东 何乃英 编选	北京出版社	1987.6	第二部分 中古文学《春香传》(下卷节选)第四部分 现代文学金素月《金素月诗选》(《招魂》、《我们盼望能有耕耘的土地》、《在田畦上》)李箕永《故乡》("苦肉计"、"黎明的时候")第五部分 当代文学赵基天《白头山》(第一、四、六章)
世界文学名著选读1 亚非文学	陶德臻 马家骏 主编	高等教育出版社	1991.10	朝鲜《春香传》 李箕永 :《故乡》 赵基天 :《白头山》
外国文学作品选(东方卷)	王向远 刘洪涛 主编	北京师范大学出版社	2010.3	《春香传》(节选)

〈표 5〉에서 보다시피 한국문학작품들은 한국(조선)중세문학작품으로 최치원, 이규보, 박지원, 정약용의 한시 그리고 판소리계소설 『춘향전』(발췌)이 선정 수록되고 그중 『춘향전』은 5종의 작품집에 모두 수록되어 있음을 알 수 있다. 또한 한국(조선) 근현대문학작품으로 김소월의 『초혼』, 『바라건대 우리에게 우리의 보습대일 땅이 있었더면』, 『밭고랑우

에서』, 최서해의 『탈출기』, 이기영의 『고향』(발췌), 조기천의 『백두산』(발췌) 등이 수록되었는데 그중 『고향』(발췌)과 『백두산』(발췌)이 4종의 작품집에 모두 수록되어 있음을 알 수 있다. 근 반세기 동안 『동방문학작품선집』에 수록된 한국(조선)문학 작품은 대체로 10명 내외 작가들의 10여 편 정도의 작품에 불과할 뿐만 아니라 그중 『춘향전』, 『고향』(이기영), 『백두산』(조기천) 등 3편이 한국(조선)문학의 가장 대표적인 작품으로 중국문학 전공자들에게 널리 소개 전수되었다고 하겠다. 광복 후 한국문학작품은 1편도 수록되지 못한 상황이다.[7]

4. 맺음말

상기한 바와 같이 본고는 1950년대부터 현재까지 근 70년간의 중국에서의 한국문학 교육 현황을 대체로 대학 외국어로서의 한국어(조선어)학과, 민족어(모국어)로서의 조선언어문학, 중국언어문학과 등 세 학과 현황을 통하여 살펴보았다. 이를 바탕으로 외국어로의 한국문학교육 목표와[8] 결부하여 향후 중국에서의 한국문학 교육이 보다 폭 넓게 깊이 있게 독자성 있게 발전할 새로운 전기를 맞이하기 위해서 현실적으로 존재하는 문제점을 감안하면서 풀어야 할 과제를 제시해 보기로 한다.

첫째, 교육 현장의 실제와 밀접히 결합하여 무엇을 어떻게 교육해야 할 것인가 하는 한국문학 교육 목표와 방식을 명확히 해야 한다. 무엇보

7 김장선, 「중국 대학 『동방문학사』 교재 속의 한국(조선)문학」, 『국제문화연구』(4-2), 2011, 146~152쪽 참조.

8 윤여탁, 『외국어로서의 한국문학교육』, 한국문화사, 2007, 76~96쪽 참조 바람.

다 외국어로서의 한국문학 교육에서 한국문학사와 한국문학강독 강좌의 내용과 작품 선정에서 시대적으로, 수사학적으로, 주제적으로, 문학사적으로 난해하거나 편협적인 것을 가급적이면 피면해야 한다. 학생들의 눈높이와 실제에 알맞은, 상대적으로 이해하기 쉽고 이질감이 적은 내용과 작품들로 선정하여 한국 언어, 역사, 문화, 한국인의 정서 등을 친숙하게 느끼도록 하며 무엇보다 한국어 의사소통 능력을 신장하도록 해야 한다. 중국의 한국문학 교육 현장의 교수진과 한국의 국문학 교육 교수진의 합작과 교류가 요청되는 과제이다.

둘째, 한국문학사와 한국문학강독 강의에 영상매체를 적극 도입하여 학생들의 한국문학에 대한 관심과 취미를 적극 유도해야 한다. 현재 중국에서 문학은 변두리화 되어 있고 입시교육의 영향으로 말미암아 대학생들의 문학소양도 빈약하여 학생들의 문학에 관한 관심이나 취미가 너무나 저조한 상황이다. 대부분이 중국의 4대 고전명작조차 읽어보지 않은 상황이거늘 외국어학과 강좌로서의 한국문학에 대한 관심과 취미는 더 말할 여지가 없다. 교육에서 취미만큼 큰 동기부여는 없을 것이다. 주지하다시피 현재 대학생들은 1990년대 말－2000년대 초반에 출생한 학생들로서 영상매체와 디지털에 익숙하다. 특히 어린 시절 애니메이션은 일상에서 가장 친한 친구 중 하나가 되었기에 성인이 되어서도 애니메이션에 대한 애착이 남다르다. 실제로 필자는 한국문학 교육 현장에서 『무진기행』, 『삼포가는 길』, 『사랑방 손님과 어머니』 등 한국문학작품을 각색한 예술영화들을 감상하도록 하였지만 관심을 전혀 끌지 못하였다. '만화로 읽는 한국명작' 계열의 책들도 제공해 보았지만 도서 구입, 배치, 감상 습관 등 여러 장애로 인하여 실효성이 없었다. 반대로 『운수 좋은 날』, 『메일꽃 필 무렵』, 『봄봄봄』 등 애니메이션은 학생들의 관심을 끌었다. 이런 애니메이션을 보고 원작을 읽고자 하는 학생들이 나타나기 시작하였다. 또한『소나기』,『우리들의 일그러진 영웅』등 소년들의 생활을 반영한 예술영화도 많은 관심을 끌었다. 2000년대 초반에『국화꽃향기』,『늑대의 유혹』,『그놈은 멋있었다』등 한국소설들이 중국에서 베스트셀러가 되면서 한국문학의 붐이 일었다. 이는 당시 이 소설들을 각색한 영화 DVD가 광범위하게 유입 전파된 것과 그 내용과 주제가 동년배로서의 중국 청년독자들의 관심사와 밀접한 관련이 있었기 때문이라고 하겠다. 고로 학생들의 실생활과 가까운 한국문학 작품들을 애니메이션, 단편영화 등으로 제작하여 강의에 활용하여 한국문학에 대한 학생들의 관심과 취미를 유도한다면 한국문학 교육 질이 효율적으로 지구적으로 향상될 것이다.

셋째, 중국 대학 한국문학 교육 현장의 교육자 및 연구자와 한국의 한국문학교육 현장 교육자 및 연구자들이 공동으로 체계적이고 실용적인 새로운 교재들을 편찬 출판하여야 한다. 현재 시중의 한국문학 교재는 여러 모로 미진한 점이 많아 교육 현장의 수요에 부응하지 못하고 있다. 시중에는 주로 중국 학자들이 편찬한 교재들 이를테면 한국어학과 학생들을 대상으로 한『한국문학사요』(윤윤진·이명학 등, 연변대학출판사, 2015),『한국문학사』(윤윤진·정봉희 등, 상해교통대학출판사, 2008) 등 한국어 한국문학사가 있을 뿐만 아니라『한국문학간사(韩国文学简史)』(김영금, 南开大学出版社, 2009),『조선문학사』(韦旭升, 北京大学出版社, 1986) 등 중국어 한국문학사,『조선-한국문학사(상·하)』(김영금, 外语教学与研究出版社 解放军外语音像出版社, 2010) 와 같은 한중 이중어로 된 한국문학사가 있으며 조선언어문학학과 학생들을 대상으로 한『조선고전문학사』(허문섭, 료녕민족출판사, 1985),『조선고전문학사』(문일환, 민족출판사, 1997),

『조선문학사(고대중세부분)』(허휘훈·채미화, 연변대학출판사, 1998), 『조선한문학사』(이해산, 연변대학출판사, 1995), 『조선문학간사』(박충록, 연변교육출판사, 1987), 『조선문학사(근대현대부분)』(김병민, 연변대학출판사, 1994), 『조선-한국당대문학사』(김병민·허휘훈·최웅권·채미화, 연변대학출판사, 2000), 『조선-한국당대문학개론』(김춘선, 민족출판사, 2002) 등 한국어 한국문학사가 있다. 또한 한국 학자들이 편찬한, 중국언어문학학과 학생 및 한국문학 연구자 등을 대상으로 한 『조선한문학사(朝鲜汉文学史)』(김태준 저, 张琏瑰 译, 사회과학문헌출판사, 1996), 『한국문학사(韩国文学史)』(조윤제 저, 张琏瑰 译, 사회과학문헌출판사, 1998), 『한국현대문학사(韩国现代文学史)』(김윤식·김우종 등 32인 저, 金香 张春植 译, 민족출판사, 2000), 『한국문학사논강(韩国文学论纲)』(조동일 등 저, 周彪 刘钻扩 译, 북경대학출판사, 2003), 『조선소설사(朝鲜小说史)』(김태준 저, 全华民 译, 민족출판사, 2008) 등 한국어 원문을 중국어로 번역한 한국문학사도 있다. 하지만 적지 않은 교재들은 외국어로서의 한국어 문학교육 특성을 잘 반영하지 못하여 한국어 문학교육이 지향해야 할 목표와 거리가 있다. "한국문학을 소개하고 있는 자료나 교과서 등을 살펴보면, 한국에서는 별로 주목받지 못하는 문학작품을 소개하거나, 이런 작가나 작품을 연구 대상으로 한 연구들이 다수 발견된다. 이와 같은 한국문학 연구의 문제점을 극복하기 위하여서는 우선적으로 한국문학 작품 중에서 정전이라고 할 수 있는 작품들을 수록한 선집과 이러한 작품을 통사적으로 정리한 한국문학사를 보급할 필요도 있다."[9] 따라서 신속하게 발전하는 시대의 흐름에 맞춰 한국

9 윤여탁, 「지역학으로서의 한국학 연구 현황과 발전 전략 – 한국문학을 중심으로」, 『한국(조선)어교육연구』 13호, 2018, 50쪽 인용.

문학사의 고질적 체계와 관념을 타파하고 완전 업그레이드된 교재들을 편찬해야 한다. 그러자면 중국 현장의 교육자와 한국 현장의 문학연구자들이 협력하여 중국 한국어학과 학생들의 언어, 문화, 문학 소양과 눈높이에 알맞을 뿐만 아니라 그들의 경력과 시대에 가깝거나 걸맞는 내용들을 선정하여 문학 교육이 친화력을 갖도록 하는 것이 바람직하다. 그리고 영상매체로 제작된 작품이나 대표적인 영상작품들을 다시 문자화한 작품들을 발굴 포함시켜 제반 문학사를 재미있고 용이하게 접근할 수 있도록 해야 한다.

넷째, 한국문학의 중국어 번역 작업을 보다 적극적으로 활성화하여 중국언어문학학과 학생 그리고 사회 각계각층 한국문학 독자들을 보다 폭 넓게 확보해야 한다. 필자가 한국문학 교육 현장에서 신경숙의 『엄마를 부탁해』를 원문과 중국어 번역문을 제공해주고 학생들더러 자율적으로 텍스트를 선정하고 감상문을 발표하도록 한 바 있다. 한국어학과 학생임에도 대부분 학생들은 중국어 번역문을 읽었다. 이 번역문은 원문보다 독자의 감성과 정서 등을 불러일으키는데 많이 부족하지만 감상문 발표 때 많은 학생들이 공감하고 적지 않은 학생들의 눈물을 자아냈다. 번역문이라도 원문 못지않게 독자들의 공감대를 이루고 있음을 말해 준다. 현재 한국문학의 중국어 번역 작업은 주로 한국문학번역원의 지원으로 이뤄지고 있다. 하지만 해마다 지원 작품이 한정되어 있고 선정 기준도 특정적이기에 번역 출판되는 작품이 양적으로도 너무 적다. 시중에는 여러 유형의 문학사가 적지 않지만 이를 뒷받침하는 한국문학 번역작품들이 너무나 적다. 따라서 교육적으로 한국문학에 대한 깊이 있는 이해와 접근이 어렵고 사회적으로 중국 독자층을 넓고 두텁게 확보, 확장하기에 역부족이다. 시장경제 중심의 인터넷 시대, 문학이 변두리화 된 시대에 자율적인 한국문학 번역 작품의 출판은 거의 불가능하다. 이런 국면을 타개하자면 반드시 사회 여러 분야가 협력, 협동하여 물질적 지원을 확보함과 아울러 번역인재 육성에도 정진해야 한다. 근년에 중국 대학 외국어 교육은 번역 능력 양성을 날로 중요시하고 있기에 한국어학과 대학원생 교육에서도 한중, 중한 번역 인재 육성에 주력하고 있다. 한중 번역 교육과 한국문학 번역 작업을 유기적으로 결합시킨다면 중국어 번역 작품을 양적으로 늘려 독자층 확장에 이로울 뿐만 아니라 한중 문학번역가들도 육성할 수 있게 된다. 이 작업은 과학적이고 장기적인 기획으로 풀어야 할 과제이며 특히 한국 문학 교육자와 연구자 그리고 출판사들의 적극적인 협조가 필수적이라고 하겠다.

다섯째, 중국 한국문학 교육 현장에 있는 교사들의 자질 향상을 위한 교육연수프로그램이나 정보자료지원센터를 구축하는 것이 바람직하다. 여러 여건의 제한으로 인하여 중국 대학 한국문학 담당 교수들은 한국 당대문학 맥락을 제때에 명확하게 이해하고 파악하는 데 어려움이 적지 않다. 아울러 현재 학생들이 2000년대에 출생한 학생들이라는 점과 글로벌 시대, 인터넷 시대라는 점을 감안할 때 현시대를 반영한 현시대 작가 작품들을 언급해야 학생들과 독자들의 공감대를 최대한으로 확보 확대할 수 있다. 공감대가 형성되면 한국문학에 대한 관심과 취미도 이끌어낼 수 있다. 이런 작품 선정은 한국 교수진과 연구진만이 가능하다. 현실적으로 중국의 한국문학 교사들은 스스로의 업그레이드나 충전이 어려운 상황이기에 한국 또는 중국에서 문학교사연수프로그램을 실행하는 것이 바람직하다. 그리고 최신 정보와 자료나 강의 보조자료들을 전문적으로 정리, 개발하여 제공해주는 시스템이 필요하다. 현시대 학생들의 관심과 취미 그리고 공감대를 형성할 수 있는 애니메이션, 만화, 사진, 동영상 등 영상매체 수단을 적극 활용하자면 디지털화한 문학 교육 자료들이 다량 구비해야 한다. 이런 자료의 개발과 제공은 전문 지원센터가 없으면 역시 불가능한 일이다.

요컨대 중국에서의 한국문학 교육은 보다 활발하고 심화된 독창성 있는 발전을 기해야 하며 이는 또한 한중 양국의 문학 교육자와 연구자들의 밀접한 협력과 교류를 요한다.

이 글은 2019년 1월 17일과 18일 양일간 개최된 전남대 BK21플러스 지역어 기반 문화가치 창출 인재양성 사업단이 주최한 '세계 속의 한국어문학 연구의 현황과 과제'를 주제로 한 국제학술대회에서 발표한 글을 수정, 보완한 것임을 밝혀둔다.

참고문헌

김병민·허휘훈·최웅권·채미화, 『조선-한국당대문학사』, 연변대학출판사, 2000.

김춘선, 『조선-한국당대문학사』, 민족출판사, 2002.

윤여탁, 『외국어로서의 한국문학교육』, 한국문화사, 2007.

______, 「한국어 문학 지식 교육과 연구의 목표와 과제」, 『한국(조선)어교육연구』 9호, 2014.

______, 「지역학으로서의 한국학 연구 현황과 발전 전략」, 『한국(조선)어교육연구』 13호, 2018.

윤윤진, 「중국 한국어학과에서의 한국문학교육내용 및 교육방식 고찰」, 『한국(조선어교육연구』 8호, 2013.

이광재, 「중국 대학 한국어학과 한국문학 교육 현황 연구」, 『한국학연구』 17집, 2007.

国家教委高教司 编《外国文学史教学大纲》, 高等教育出版社, 1995.
中国外国文学学会 编《外国文学研究60年》, 浙江大学出版社, 2010.
林精华 吴康茹 庄美芝 主编《外国文学史教学和研究与改革开放30年》, 北京大学出版社, 2009.
王邦维 主编『东方文学研究集刊』(3), 北岳文艺出版社, 2007, 2011.

인도에서의 한국 문학 교육의 현황과 전망

라비케쉬

1. 서론

언어는 그 언어를 사용하는 민족의 사회와 문화와 역사를 반영한다. 문학은 언어로 표현된 예술이다. 그러므로 한 나라의 문학은 그 나라의 사회, 문화, 역사 등의 시대적 상황을 언어로 잘 반영해 준다고 할 수 있다. 시대의 언어로 표현된 문학 작품을 통한 문학교육은 외국어로서 한국어를 배우는 인도인 학습자들에게 외국어로서의 한국어를 잘 습득하게 하는 통로가 될 수 있다. 언어 습득이란 단순한 문법적 규칙을 배우는 것에서 그치는 것이 아니라, 그 언어를 사용하는 사람의 문화와 정서까지 습득해야 한다. 이런 단계까지 나아갈 때 외국어 교육의 완성이라 할 수 있다. 언어를 배우고 익힌 것이 바탕이 되어 그 나라의 정서와 감정이 담겨 있는 문학 작품 속의 표현법까지 이해하고 감상할 수 있을 때 외국어로서 한국어 교육의 목표에 다가 갈 수 있겠다고 할 수 있을 것이다.

일반적으로 문학의 정의는 '텍스트들의 집합'이라고 할 수 있다. 각 나라들은 고유의 문학을 갖는다. 한국에서 한국인이 한국어로 한국의 정서와 사상, 문화에 대해 쓴 것이 한국 문학이라고 할 수 있다. 그런 의미에서 인도에서의 한국문학교육은 외국어로서의 한국어를 인도인 학생들에게 교육할 때 그 문학 속에 나타나는 한국인의 정서, 사상, 문화까지 가르치는 것이 최종 목표라 하겠다.

본 연구는 인도에서의 한국 문학 교육의 현황을 고찰 해 보고 인도의 거대 독자층에 한국 문학을 소개하고 전파할 수 있는 길 그리고 문학적 교류를 촉진할 수 있는 방안들을 알아보고자 한다. 현재 네루대학교 한국어학과에서는 학사 3학년부터 한국 문학을 가르치고 있다. 학사 1년과 석사 2년 동안 한국 문학 수업이 진행 되고 있다. 학생들의 한국어 수준은 토픽 기준으로 중급에 속한다고 할 수 있다. 본 연구에서 네루대학교의 문학 교육이 어떻게 이루어지고 있는지, 어떤 교수법이 진행 되고 있는지를 구체적으로 살펴 볼 것이다.

2. 세계 문학과 한국문학

요한 볼프강 본 괴테는 1827년에 "세계문학"이라는 새로운 단어를 만들었다. 국경을 넘어서 세계 여러 나라들이 다른 나라의 문학 작품들을 쉽게 읽고 감상할 수 있는 것에 주목하며 이 단어를 사용하였다. 괴테는 다음과 같이 썼다 : "이와 관련하여 다음을 덧붙이고 싶다. 내가 말하는 "세계문학"은 한 나라 안에 존재하는 다름이 다른 나라들의 이해와 판단을 통해 해결 될 때야 비로소 바로 그곳에 우선적으로 발달하는 것이다."[1] 다른 나라의 작품을 읽으면서 문화의 차이를 알게 될 뿐만 아니라 문화의 유사성도 알게 되면서 동질감, 결속력도 키울 수 있다.

오늘날의 문학은 예전보다 더욱 세계화 되고 있다. 세계의 다른 나라에서 만들어져 출판 된 문학 작품이 멀리 떨어진 다른 나라에서 읽혀지고 있다. 도서관, 서점에 가보면 어느 때보다 다국적이고 다문화적인 도서 목록들을 쉽게 볼 수 있다. 세계의 문학은 요즘 새로운 독자층을 발견하고 있다. 한국인이 한국어로 번역된 인도 문학 책을 읽고 있다. 그러나 세계의 모든 문학작품이 모두 동등하게 세계적으로 읽혀지고 있는 것은 아니다. 어떤 나라의 문학 작품은 다른 나라의 작품보다 잘 읽혀지지 않고 있기도 한다. 한국 문학도 그 동안 세계문학 측면에서 큰 자리를 차지하지 못했다.

"한국 문학 작품을 세계에 소개하려 하는 사람이 직면하게 되는 가장 큰 문제는 다른 나라들이 한국의 최근 역사와 문학에 대한 일반적인 지식이 너무 부족하다는 것이다. 그렇기에 더더욱 문학 번역을 통해 한국을 알리고 한국의 문학 세계를 알려야 한다. 한국의 문화 사상과 역사가 한국의 문학 작품에 깊이 묘사, 서술되어 있기 때문이다"라고 안선재는 말했다.[2] 그는 계속해서, "19세기 말까지 한국의 시와 소설은 대개 중국의 고전 한문학을 본떠서 써졌다"라고 말했다. 한국 문학계는 일제 강점기 1910년-1945년 동안 많은 고통과 시련을 겪었다. 이것이 한국인에게 독립정신을 고취시키는데 큰 장애가 되었다. 그렇지만 문학인들은 일제 강점기의 그들의 절망과 고뇌를 표출하는 수단으로 문학을 철저히 의존했고 활용했다. 일제 강점기의 어두운 현실이 문학인, 지식

---

1 http://mason.gmu.edu/~ayadav/Goethe%20on%20World%20Literature.pdf

2 https://www.britishcouncil.org/voices-magazine/brief-history-korean-literature

인 계급을 반대 해 다른 방향으로 몰고 갔다. 그들은 Paul Verlaine, Rémy de Gourmont, Stéphane Mallarmé 등의 많은 서양 시인들의 작품을 번역하기 시작했다. 그 번역을 통해 그들은 식민지 시기의 고뇌에서 벗어나고자 했고 해결책을 찾고 싶어 했다.

3. 인도와 한국의 문학

인도와 한국은 고대부터 오랜 유대 관계를 맺어오고 있다. 한국과 인도가 지리적으로 멀리 떨어져 있는 것 같으나 고대부터 양국은 서로 밀접한 관계를 공유해 왔다. 중국에서 4세기에 도입 된 불교는 문화적 측면뿐만 아니라 문학적 관계 형성에도 중요한 역할을 해왔다. 불교 경전의 원본이 그대로 한국에 전해져 그것의 번역을 통해 불교가 전파되었다. 혜초(704~787) 스님이 인도를 여행 하며 기록한 인도기행문인 "왕오천축국전(往五天竺國傳)"은 아주 유명하다. 그의 여행 기록은 우수한 문학 작품은 아니지만 7세기의 인도의 사회 문화 및 정치 상황을 잘 알려 주고 있다.

유명한 영국 시인 윌리엄 워즈워스(1770~1850)는 "시는 강력한 감정의 표출이다 : 그것은 감정의 회상으로부터 기원한다."라고 했다. 우리가 인도와 한국의 기본적인 시적인 감성을 비교해 보면, 시의 맥락, 감정 표현 및 시의 구성적 측면에서 매우 놀라운 유사성을 발견할 수 있다.

양 국가 간의 문화적 비교를 위한 예로 유리왕과 발미키의 초기 시를 들 수 있다. 유명한 대서사시인 라마야나를 지은 발미키는 산스크리트 문학의 최초의 창시자 이다. 다음은 라마야나에 나온 이야기에 따르면

– 어느 날 발미키는 강가 강 근처에 일을 구하기 위해 갔다. 바르두와즈라는 제자가 옷을 들고 있었다. 강을 지나면서 발미키는 "물이 선한 사람의 마음처럼 깨끗해 보인다. 오늘 여기 목욕하고 싶다." 라고 했다. 마침 그때 그는 기쁜 듯이 노래하는 새(크렌/학) 두 마리의 짹짹거리는 소리를 들었다. 그는 그 노래 소리가 매우 행복하고 고요하게 느껴졌다. 그런데 갑자기 그들 중 하나가 땅에 떨어졌다. 사냥꾼의 화살에 새 한 마리가 맞아 죽은 것이었다. 사냥꾼은 음식을 위해 새를 잡은 것이었는데 새는 고통으로 울부짖었다. 발미키는 그 새를 보며 끔찍한 슬픔을 느꼈고 다음과 같이 말했다 :

मा निषाद प्रतिष्ठां त्वमगमः शाश्वतीः समाः ।
यत्क्रौंचमिथुनादेकमवधी काममोहितम् ।।
(रामायण, बालकाण्ड, द्वितीय सर्ग, श्लोक १५)

위 시의 의미는 다음과 같다. "오! 사냥꾼, 무슨 이유로 당신은 이 행복한 한 쌍의 수새를 죽였는가, 그때 이 둘은 뜨거운 사랑을 나누고 있었을 때, 당신은 앞으로 올 세대에서 지속적인 후회와 고뇌를 느끼게 될 것이다. …" 이것은 인도의 최초의 시(구)로 간주된다.

(– 라마야나, 발라칸다, 15쪽)

이와 유사하게 한국의 "황조가(黃鳥歌)"는 고구려 왕국의 유리명왕(瑠璃明王, 기원전38년~18년)에 의해 한자로 구성한 최초의 현존 시로 인정을 받는다.

"펄펄 나는 저 꾀꼬리는
암수가 서로 노니는데
외로울 사 이내 몸은
뉘와 함께 돌아갈꼬"

– 이병기·백철, 《국문학전사》(1957), 41쪽.

위의 시는 고구려(기원전 17년)의 유리 왕이 지었다. 그의 계비인 화희와 치희는 서로 사랑을 받으려고 서로 다투며 화목하게 지내지 않았다. 두 계비 간의 사랑 싸움으로 치희를 잃게 되자 이에 유리왕은 인생무상과 큰 고통을 느꼈다. 어느날 유리왕은 나무 밑에 쉬다가 꾀꼬리가 날아와 모여드는 것을 보고 감탄하며 이 시를 썼다. 이 시는 한국의 전통시의 초기 사례로 여겨진다.

비슷한 시기의 인도와 한국 작가에 의한 이 두 초기 시를 통해 양국 간의 문학적 관계를 비교할 수 있으며 문학적 연관성을 살펴 볼 수 있다. 현대 작품을 통해서도 이와 같은 비슷한 철학적 비교 분석을 할 수 있다.

현대에 와서 일제 강점기의 어둡고 우울한 시기는 특히 만해와 한용운과 라빈드라나트 타고르(1861~1941)가 한국과 인도를 연결해 주는 대표적인 문학인이라고 할 수 있다. 만해 한용운은 '님의 침묵'(1926)에서 '조국'을 '사랑하는 나의 님'으로 표현했다. 라빈드라나트 타고르는 일제강점기 조선을 '동방의 등불'이라고 표현했다. 타르고의 4행의 시를 보겠다.

"In the golden age of Asia
Korea was one of its lamp-bearers
And that lamp is waiting to be lighted once again
For the illumination in the East"

"일찍 이 아시아의 황금 시대에
그 등불의 하나인 코리아
그 등불 다시 한 번 켜지는 날에
너는 동방의 밝은 빛이 되리라"

"동방의 등불"이라는 위의 시는 당시의 한국 지식인들의 정서에 크나큰 영향을 끼쳤다. 한용운 또한 한국의 민족주의적 정서를 불러 일으켰다. 그 두 시인은 그들의 시 속에 민족주의와 신비주의를 미학적으로 그리고 효과적으로 아주 잘 그려냈다. 신비주의는 동양 시와 시학의 특징이라고 할 수 있다.

두 시인은 문학을 저항과 해방의 수단으로 보았다. 저항이라 하면 헤게모니를 교묘하게 조장하려 하고, 한 공동체의 정서를 억압하려는 것에 대한 저항이며, 해방이라 한다면 반대로 이중성에서의 해방을 의미한다. 이 두 시인에게서 우리는 각 나라의 문학 전통의 절정과 완성을 볼 수 있다. '자아'가 모든 복잡성과 차이점을 초월해서 자아의 내부에 완벽하게, 서서히 스며들어, 안주하는 그런 명상의 분위기를 읽을 수 있다. 두 시인의 시를 비교해 보자면 샤머니즘, 불교 사상, 우파니샤드 등 전통들이 그들의 작품에 잘 구현되어 있다.

이와 같이 한국과 인도의 문학 비교를 통해 한국과 인도의 비교문학의 새로운 학문 영역에 더 깊은 학문 탐구의 가능성이 열릴 수 있다. 특히나 남녀평등, 언론의 자유, 민주주의, 근대성, 디지털 인간성과 같은 주제에서 비교문학적 접근을 할 수 있다. 이런 주제로 준 박사와 박사 논문을 쓴 연구자는 많지 않다. 이어 거의 없다고 할 수 있다. 한국과 인도의 비교문학적 접근에서 현재 우리 학생들이 민속 문화, 불교사상, 식민지 상황, 교육제도, 민주주의와 같은 주제들로 논문을 쓰고 있고, 한국과 인도의 두 작가의 비교나 두 작품의 비교로 문학적 비교 분석을 하고 있다. 작가 비교, 작품 비교는 학생들이 가장 관심이 있어 하는 분야이다. 이후로도 이런 분야에서의 연구와 논문은 더욱 활성화되어야 한다고 생각한다.

이와 같은 주제와 학문 분야는 한국, 인도 두 나라의 문학적 담화에 긍정적인 징조가 될 수 있다.

4. 인도에서의 문학교육 현황

네루대학교는 인도에서 명문 교육 기관 중 하나이다. 한국어학과는 그 역사뿐만 아니라 졸업생 수, 학위, 교수진 등으로 비교해도 그 어느 학교에 뒤떨어지지 않는 인도에서 가장 큰 학과이다. 이 연구는 주로 네루대학교의 교수 및 연구 경험을 토대로 이루어졌음을 미리 밝혀 둔 바이다.

대체로 학부 과정은 학습자의 언어 능력을 향상시키기 위해 한국어의 기본 4가지 영역에 초점을 맞춰 이뤄지는 반면, 석사 과정은 한국어학과 한국 문학, 통역 번역 등을 습득함과 동시에 앞으로의 학문 연구 방향 계획을 구체적으로 배우고 있다.

한국문학을 가르치는 과목을 보면 네루대학교는 학부 3학년부터 문학을 가르치고 있다. 어린이용의 쉽고 짧은 이야기들이 아닌 본격 문학 작품들이 읽혀지고 있다.

더불어 매년 한국문학번역원의 지원에 기초해 한국문학 영어 독후감

대회를 개최하고 있다. 작년까지 두 번의 행사가 이뤄졌었는데 학생들의 뜨거운 관심과 호응이 있음을 실감할 수 있었다. 네루대학교 한국어학과 학생뿐만 아니라 다른 과 학생들과 타 대학들의 다양한 분야의 전공자들의 지원도 계속해서 증가하고 있는 추세다.

1) 문학교육의 방향과 목적

인도에서의 외국어로서의 한국 문학 교육의 목적은 한국문학의 전반적인 흐름을 이해하기 위해 한국의 고전문학과 현대문학의 주요 작품들을 가르치고 이 문학 작품을 통해 고급수준의 한국어를 학습하는 것이라 할 수 있다. 이를 위해서 외국어로서의 한국문학교육을 위한 교원 확보와 교원의 능력 함양은 물론, 인도에서의 외국어로서의 한국어 학습현장과 연계하여 한국문학을 활용한 한국어를 보다 효율적으로 지도할 수 있는 능력을 기르는 것이다. 또한 문학교육을 통해 한국어와 밀접하게 관련되어 있는 한국문화에 대한 이해를 증진시키는 것도 하나의 목표라 할 수 있다. 한국 문학 교육이 인도에서의 외국어로서의 한국어 교육의 활성화시킴으로써 한국어를 보다 효율적으로 배울 수 있는 방법의 관문이 될 것이다. 이를 위해 한국어학과 고학년에서는 한국 고전문학의 이해를 통해 한국의 고전작품이나 고전작가 등 전반적인 흐름을 이해하여 고전교육의 바람직한 방향을 탐색해 인도의 고전 문학과 한국의 고전 문학을 비교 연구 하기 위한 노력을 해야 한다. 또한 한국 현대문학의 교육을 통하여 체계적으로 현대문학을 학습함으로써 한국 현대문학 교육 능력을 함양하고, 이를 토대로 한국 현대문학의 여러 방향성을 검토하여 인도의 현대 작품과 비교 연구 및 번역 활동을 통한 활발한 교차 연구가 가능하도록 진행해야 한다.

2) 언어와 언어교육 소개

석사 이후로는 한국어가 학문 목적의 언어로 사용 된다. 결국 한국 문학은 외국어로서의 한국어 교육 중 고급 수준의 교육 과정이라고 할 수 있다. 한국 문학 전공을 위한 이론을 구체적으로 소개 하며 집중적으로 작품중심으로 교수해야 한다. 즉 문학 작품의 시대별, 작가별, 주제별로 심화 교육이 이뤄져야 한다.

5. 문제점

네루대학교 한국어학과 졸업생들 중에서 많은 학생들이 대부분 통역자나 번역자가 되고 싶어 한다. 외국어로서의 한국어과정 중 한국 문학을 전공한 학생들이 졸업 이후 취직이 어렵다는 것이 문제점 중 하나이다. 그렇기 때문에 한국어를 전공하는 학생들이 한국문학연구에 관한 관심이 없다. 또한 인도 대학 내에 문학관련 자료가 많이 있지 않으며, 있다고 해도 자료들이 주로 한국인 중심대상으로 쓰여져 있다. 이런 문제들로 인해 문학에 대한 관심은 점점 떨어지고 있다. 게다가 작품 속에 한자어가 많다는 점도 문학 자료를 연구하는데 많은 어려움을 제공하고 있다.

외국어로서 한국어를 전공한 교수들 중에서 문학 전공자 교수가 적다. 10명 중 2명만이 한국문학 전공자이다. 한국 문학을 다른 전공자가 교수 하면 여러 가지 문제가 생긴다.

6. 나아가야 할 방향

1) 인도에서의 한국 문학 번역

최근에 세계적인 한류의 인기가 한국 문화의 세계화를 가능하게 만들었다. 한국의 드라마와 음악으로 한국 문화에 대한 세계적인 관심을 불러 일으킨 것이다. 인도에도 이런 한류의 붐이 일고 있다. 예전에는 인도의 동북쪽, 한국인과 비슷하게 생긴 몽골족 민족에게만 한류가 인기가 있었지만 지금은 전 인도적으로 많은 수의 한류 팬이 생기고 있다. 인도 국영 방송에서 방영되고 있는 '대장금'과 '해신'과 같은 드라마와 삼성, 엘지, 현대와 같은 한국 기업들이 인도 내에 한국을 '홈브랜드'로 각인시키고 있다. 그러나 중국과 일본과 비교해 봤을 때 아직 인도 사람들은 한국의 문화, 정신문화를 잘 모르고 있다. 인도 사람들이 한국을 경제적인 측면만이 아닌, 한국의 풍부한 문화적 유산을 알 필요가 있다. 이것이 문학을 통해 더욱 촉진될 수 있다. 문학을 적극 소개할 때 인도, 한국 두 나라의 문화적 교류는 더 깊어질 것이고 문화적 유사성 속에서 두 나라는 더 가까워질 것이다.

이런 움직임은 번역을 통해 더욱 증진될 수 있다. 번역이 두 나라의 언어 장벽을 깰 수 있다. 현재 인도에서 한국어는 다른 언어에 비해서 아주 제한된 곳에서 가르쳐지고 있다. 인도에 한국 문학을 널리 보급하기 위해서는 한국어에서의 인도 언어로의 번역 작업을 활성화해야 한다. 현재까지 한국 근·현대 문학 작품의 단지 몇 편만이 번역되어 있을 뿐이다. 게다가 그 번역도 한국어에서의 번역이 아닌, 영어에서의 인도 언어로의 번역이다. 중역이기 때문에 한국적인 뉘앙스, 한국적 풍미, 한국적 문화적 색채를 제대로 살려 번역했다고는 할 수 없다. 그래서 우리는 인도에서 한국어를 배우고 있는 학생들을 격려하고 훈련해서 한국어에서 인도언어로의 번역을 적극 장려할 필요가 있다. 현재 우리 학생들이 한국의 전래 동화를 힌디어로, 영어로 번역하고 있다. 남인도에서 온 학생들은 그들의 언어로 번역을 하고 있다. 아직 학생들의 한국어 수준이 높은 편은 아니기 때문에 한국의 전래 동화나 어린이용 동화를 힌디어나 다른 인도 언어로 번역하는 것이 좋을 것이다. 인도의 경우는 자타카 이야기(고대 인도의 불교 설화집)나 다른 비슷한 불교 계통의 이야기를 한국어로 번역하는 것이 좋을 것이다. 이런 번역들을 통해 한국의 문화, 인도의 문화를 서로에게 소개할 수 있다.

인도의 대부분의 사람들은 다양한 문화적 관습에 속해 있으며 다양한 언어를 사용한다. 영어는 공통 언어로 사용되지만 소수의 사람들만이 영어를 읽고 쓰고 말할 수 있다. 그 외의 대부분의 다른 사람들은 자신의 모국어를 사용하는 것을 더 편하게 여긴다. 인도에서 사용되는 공용어로는 힌디어와 영어가 있으며 23개의 중앙 정부 언어와 13개의 주 정부 언어로 이루어진다. 그리고 그 외에도 725개의 방언으로 이루어져 있다.

따라서 인도 시장이 국제 출판업계와 저자에게 크나큰 이익을 제공할 수 있는 충분한 잠재력을 활용하여 번역 시장의 활성화를 이끌어 낼 수 있다. 힌디어로 된 외국어의 번역은 지금까지 과소평가 되었으나 힌디어가 인도에서 가장 많이 사용되므로 많은 독자층이 형성 될 수 있다. 실제로 2017년도의 인도는 중국에 이어 70%의 높은 문해율을 지닌 나라가 되었다.

2) 현지화 된 교과서와 참고 자료 개발

인도 네루 대학교와 델리 대학교와 같은 인도의 고등 교육 기관은 한국어를 포함한 외국어 교과 과정을 제공하고 있다. 이 두 대학만 해도 교과서, 참고 자료의 큰 시장이 될 수 있다. 현재 문제는 대부분의 교과서나 참고 자료가 서구 독자를 염두에 두고 있어서 인도의 다중 언어의 차이점을 찾아내기 어렵다는 것이다. 이런 이유 때문에 원본 텍스트의 언어와 내용이 인도의 한국어 학습자의 감수성에 맞게 인도화된 교과서를 번역하여 만들 필요가 있다. 번역과는 별도로, 인도 시장에서 잠재적 고객을 두드리는 메커니즘은 한국 문학의 텍스트의 인도화된 버전을 만들어 내야 한다.

(1) 네루 대학교

석사 이상의 학생들의 지적 호기심과 한국-인도 간의 비교문학, 비교문화에 대한 관심과 흥미를 불러 일으켜 학문적 연구의 발전을 가져올 계획이다. 문학을 가르칠 때의 작품 선정의 어려움과 체계적인 수업 운영의 어려움이 많은데 이 교재들로 말미암아 문학교사가 좀 더 수월하게 문학을 가르칠 수 있을 것이고, 효과적이고 보람 있는 문학 수업의 열매를 거둘 수 있다.

현재 고려 중인 현지화 된 교과서의 주제 :

1. 학사 3학년용 교과서 교재, 2. 석사 1학년용 교과서 교재,
3. 석사 2학년용 교과서 교재, 4. 문학과 역사, 5. 문학과 영화,
6. 문학과 사회와 문화, 7. 인도인 학습자를 위한 한국 문학사,
8. 한국과 인도의 설화, 9. 한국과 인도의 여성 작가의 단편 소설

방법론 :

* 각 단계별 언어 수준과 독해 능력에 따라 작품을 선정할 계획이다.
* 시, 단편소설, 수필, 희곡 장르로 구분하여 내용을 구성할 것이며 작품을 한국의 중 고등학교 '국어' 교과서와 '문학' 교과서에서 작품을 선정할 것이다.
* 한국어 원문과 영어 원문을 함께 실을 것이며 원문 설명과 줄거리를 간단하게 정리한 후 문제문항을 만들 때는 인도인의 관점이 반영된 문제, 인도 사회, 문화와 관련된 문제를 만듦으로써 학생들의 관심과 흥미를 더 불러일으키려고 한다.
* 한국의 현대 시대적 상황과 역사가 잘 반영된 작품을 중심으로 내용을 준비할 것이다. (개화기, 식민지 시대, 해방, 분단, 6·25 전쟁, 4·19 혁명, 군사독재시대, 산업화 시대, 세계화 시대 …)
* 한국의 문학작품이 영화로 제작된 것들을 골라서 하나의 교과서로 만들 것이다. 영화를 활용한 문학 수업의 교재로 사용될 것이다. (소설 〈사랑 손님과 어머니〉와 영화 〈사랑방 손님과 어머니〉, 소나기…)
* '충', '효', '열'의 유교 사상, '윤회사상'의 불교 사상, 전통 문화 (이청준의 서편제) 등 한국의 사상과 문화가 잘 드러난 작품을 골라 교재를 만들 것이다.
* '신화', '전설', 민담'의 세 영역으로 나눠서 각각 3편씩 실을 예정이다. 한국어, 영어, 힌디어 세 언어로 번역해서 싣고자 한다.
* 시대 구분과 주제 구분으로 나눠 각각 10편의 작품을 싣고자 한다. 인도 작품은 인도 영어로 쓰여진 작품을 고를 것이고 특히 페미니즘 경향이 강한 작품을 우선적으로 실을 것이다.

7. 맺음말

외국어로서의 한국어 교육에 있어서 인도에서의 한국 문학 교육은 한국어와 한국 문화에 대한 교육적 학습 원리와 방법을 통해 인도인 학습자들에게 외국어로서의 한국어를 효율적으로 습득할 수 있는 학습 능력을 향상시킬 수 있는 중요한 요소이다. 인도에서 인도인 학습자들은 한국어를 제3, 제4 외국어로서 교육을 받는다. 그 가운데 외국어로서의 학습 환경은 한국의 문화적 환경이 배제 된 상태로 언어를 습득해야 한다. 그러므로 인도인 학습자들에게 한국어 문학을 통해 한국의 사회적 문화적인 한국의 시대적 특성과 정서를 이해할 수 있도록 하여 언어 습득의 효과를 얻도록 도와야 한다. 인도 역시 한국과 마찬가지로 아시아권역에 속한다. 그러므로 역사적 문화적으로 서로 밀접한 관련이 있다. 한-인 관계에 문학적인 비슷한 면들을 확인하고 활용하여 서로 이해하기 위한 노력을 할 수 있다.

역사 문화적으로 비슷한 과정을 겪었으므로 이를 통한 사회적 영향력을 비교 연구 하는 것이 가능하다. 외국어로서의 한국 언어교육을 위한 연구와 한국 문학을 통한 한국의 문화에 대한 교육적 학습 원리와 방법 연구를 통해 외국어로서의 한국어를 효율적으로 사용할 수 있도록 교수 방안을 연구해야 할 것이다. 예를 들면 쁘레임 찬드, 쁘스끼랏이나 한국의 문학 작품인 김동인의 《감자》(1925) 와 비슷하다. 시인 한용운과 리빈드라나트 타고르의 비교연구도 가능하다. 이에 대한 관심을 많이 기울이고 연구한다면 문학적 비교 연구의 발전 가능성을 볼 수 있겠다.

본 연구는 특히 한국 문학과 인도 문학의 공통 요소(공통의 관심사)라 할 수 있는 주제들에 대한 비교 연구의 필요성을 강조한 것이다. 예를 들어 한국의 식민지 상황과 인도의 식민지 상황, 한용운과 라빈드라나트 타고르의 문학세계의 공통분모나 영향관계, 유사점과 차이점 등을 비교 연구할 수 있을 것이다. 이러한 전략적 접근으로 인도 학생들의 한국 문학에 대한 관심은 의심할 여지가 없이 크게 고조될 것이다.

이 글은 서울대학교에서 개최한 '제61회 국어국문학회 국제학술대회'에서 발표한 원고를 수정해서 실음.
"This work was supported by the Core University Program for Korean Studies through the Ministry of Education of the Republic of the Korea and Korean Studies Promotion Service of the Academy of Korean Studies (AKS-2016-OLU-2250008)."

참고문헌

김용직, 「Rabindranath Tagore의 수용」, 『한국현대시연구』, 일지사, 1974.

김우조, 「타고르의 조선에 대한 인식과 조선에서의 타고르 수용」, 『인도연구』 19-1, 한국인도학회, 2014, 39~67쪽.

나정선, 「외국인을 위한 문학 교육 방법 연구」, 단국대학교 대학교 대학원 박사학위논문, 2008.

송 욱, 「유미적 초월과 혁명적 아공(我空) : 만해 한용운과 R. 타고오르」, 『시학평전』, 일조각, 1970.

오문석, 「1920년대 인도 시인의 유입과 탈식민성의 모색」, 『민족문학사연구』 45, 민족문학사연구소, 2011, 30~51쪽.

윤여탁, 「외국어로서의 한국 문학교육」, 한국문화사, 2010.

______, 「비교문학을 적용한 외국어로서의 한국 현대문학 교육 방법」, 『한국언어문화학』 6-1, 국제한국언어문화학회, 2009, 53~70쪽.

이옥순, 『식민지 조선의 희망과 절망, 인도』, 푸른역사, 2006.

Carter.R and M.N.Long, "Teaching Literature", Longman, 1991.

Said E. W., "Orientalism", Patheon Books,1978.

러시아에서의 한국문학 연구의 현황 및 전망

구리예바 아나스타시아

1. 머리말

러시아는 120년이 넘는 대학교 한국학 역사의 기간 동안 한국문학을 연구, 번역하고 보급화하는 활동을 부단히 해 왔다. 시대적 변화를 겪은 결과로, 오늘까지 형성된 한국문학 연구 분야는 20세기와 비교했을 때 한국문학 교육을 가르치는 대학교 수가 증가함에 따라 다양화되고 급속히 바뀌고 있는 모습을 보여주고 있는 것이 특징이다.

본 논문은 러시아에서의 한국문학 연구를 간략하게 소개하고 그 현황을 분석한 다음, 전망을 검토하는 데에 목적을 두고 있다. 역사적인 배경을 간략하게 언급한 뒤, 오늘날 이루어지는 한국문학과 관련 학자들의 활동을 체계화하고, 한국문학이 보급화되는 활동도 언급하고자 한다. 이러한 활동들의 최근 동향을 규명하고 전체적인 현황 문맥을 통해 이에 대한 성격과 의미를 보여줄 것이다. 위 내용을 분석한 것을 기반으로 하여 관련 과제를 제시하도록 한다.

2. 한국문학 연구의 시대별 현황 및 특징

러시아에서의 한국문학에 대한 이해수준이나 현재 이루어지고 있는 한국문학에 대한 연구 접근형성에 20세기 학자들의 대단한 업적이 오늘까지 중요한 역할을 하고 있다. 또한 현황의 여러 특징도 시기적인 전제로써 나타난 점들이기에 과거에 대한 인식 없이 현황을 파악하기 어렵다고 해도 과언이 아니겠다. 이와 관련하여 한국문학 연구의 현황을 일목요연하게 설명하고자 하는 이 글은 배경 약사(略史)에 대한 소개부터 시작하고자 한다. 이어 현황을 고찰한 다음 한국문학 연구의 전망을 검토하는 구성으로 논문을 쓰겠다.

1) 19세기말-1990년대까지

러시아에서의 한국학 역사는 19세기 후반부터 시작하고 러시아 독자들이 한국문학을 처음에 접한 것도 1880년대였다. 『춘향전』의 러시아어 번역본은 1884년에 출판되었고,[1] 1898년 러시아 작가 N.G. 가린-미하일롭스키(N.G. Garin-Mikhailovsky : 1852~1906)가 한국에서 모은 민담을 묶은 『조선설화』[2] 란 책을 발간하였다. 1897년에 서양 최초로 한국어 교육이 도입된 상트페테르부르크 황립대학교[3](현 상트페테르부르크 국립대

---

1 Simbirtseva T. M. "Return of Fragrant Spring" // Neva Journal, Issue 3-2010., Saint Petersburg, 2010. (Т. М. Симбирцева, "Возвращение душистой весны", Нева, Вып. 3-2010 (Санкт-Петербург, 2010), pp.200-214.

2 Garin-Mikhailovsky, 『Korean Tales, recorded in autumn 1898』, Saint Petersburg, 1904. (Н.Г. Гарин-Михаловский. Корейские сказки, записанные осенью 1898 года, Санкт-Петербург, 1904).

3 1854년에 러시아 황제 니콜라스 1세의 직명으로 러시아에서 최초로 상트페테르부르크

학교)와 1899년에 한국어 교육이 시작된 블라디보스톡 동양대학에서의 언어교육이 문학텍스트를 포함한 원문을 기반으로 이루어지고 있었다. 러시아에서 한국문학에 대해 최초로 소개된 것은 한국의 정치, 민속, 지리, 언어, 문화 등을 소개한 것으로, 1900년 러시아 재정부에서 발간된 3권의 『한국지』(Opisanie Korei)에서였다.[4]

20세기 초반에 한국어문학 연구는 언어학 연구가 더 적극적으로 이루어진 반면 후반에는 한국문학 연구도 언어학 연구 못지않게 발달하였다. 1950년대부터 러시아에서 한국어문학 전공이 개별적으로 개설됨에 따라 한국문학을 전문적으로 다루는 두 가지 동향이 형성되었다. 하나는 한국문학에 관한 학술적인 활동이고, 또 하나는 한국문학을 보급화하는 활동이다.[5] 중요한 것은 두 가지 동향이 모두 한국학 전문가에 의해 이루어지고 있었고, 모두 한국문학 원문을 기반으로 이루어지고 있다는 것이었다. 전자는 연구 결과를 학계에서 소개하는 것으로, 작품을 번역한 다음, 이에 대해 분석 하는 것이다. 학술동향 범위 안에서 학자들이 자신의 연구성과를 학술대회에 나가서 발표하고, 저서와 연구논문을 발간하였다. 후자는 작품을 문학(예술)적으로 번역하고 일반 독자들에게 작품과 작가를 한국문학사 문맥에 도입시켜 대량으로 출판하는

국립대학교에서 동양 단과대학(한국어로 보통 동양학부라고 함)이 창립되었다.

4 『Description of Korea』, Vv. 1-3. (Описание Кореи, Тт. 1-3 (Издательство Эрлих, 1900), p.490.

5 한국문학을 다루는 활동의 두 가지 활동, 즉, 연구활동과 보급화 활동은 트로체비치가 발간한 1999년의 연구에서 자세히 소개되었다. Trotsevich A.F. "Korean Literature Studies in Korea"// Proceedings of the Center of Korean Language and Culture, Issue 3-4, Saint Petersburg, 1999 (А.Ф. Троцевич, "Изучение корейской литературы в России", *Вестник Центра корейского языка и культуры,* Вып. 3-4. Санкт-Петербург: "Издательство СПбГУ", 1999), pp.39-50.

것이었다.

1980년대까지 지역적인 분류도 가시적이었다. 즉, 모스크바 학자들은 주로 근대문학이나 북한문학을 다루었고 레닌그라드(1924~1991년의 상트페테르부르크의 명칭)에서는 고전문학을 연구하였다. 상트페테르부르크 고전문학 연구의 특징 중에 하나는 상트페테르부르크 국립대학교와 러시아 학술원 소속 기관인 동양학연구소(현-동양고서연구소)에 한국고서를 소장하고 있는 두개의 대규모 도서관이 있다는 것이다. 그곳에서의 한국문학연구 활동은 한국문학 저술을 기반으로 많이 이루어졌다. 소련 당대에 찾기 어려운 한국학계를 비롯한 해외 전문가들의 연구결과를 활용한 연구보다는 원문에 집중하여 연구한 것이다.

한국문학연구에 크게 기여한 학자들을 소개하자면 그들 중에 최우선은 한국시가문학을 연구한 M.I. 니키티나(M.I. Nikitina, 1930~1999), 연구주제로 한국고전소설을 택한 A.F. 트로체비치(A.F. Trotsevich, 1930년생)와 고서 및 고서를 통한 문학연구를 시작한 D.D. 엘리세예프(D.D. Eliseev, 1926~1994)는 반드시 언급해야 한다. 세 명은 1930년대에 한국어문법 연구의 선구자로 최초 한국어문법이론, 한러사전 등을 저술한 A.A. 홀로도비치(A.A. Kholodovich, 1906~1977)의 제자들이다. 니키티나와 트로체비치는 대학생들을 위한 한국문학사 교육과정을 개발하여 1950년대 초부터 20세기 내내 한국문학 교육을 담당하였다.

1990년대까지 러시아에서 고전문학의 주요 작품들이 독자들에게 소개되었고 연구의 대상이 되었다. 동양의 고대 저술을 소개하는 시리즈 범위 안에서 몇 개의 한국 저술이 실린 바 있다. 이 시리즈는 문학작품이 실린 고서 하나를 기반으로 하여 고서의 영인본과 완역본이 중심이 되고 작품을 소개하는 글과 자세한 해설, 텍스트에 나타난 인명, 지명,

상징적인 형상 등에 대한 주석을 수록하는 저서의 형식이다.

이 시리즈를 통해 소개된 저술/작품은 다음과 같다. 『쌍천기봉』(제1권)(니키티나, 트로체비치, 1962), 『최충전』(엘리세에브, 1960), 『춘향전』(트로체비치, 1968), 『백련초해』(엘리세에브, 1971), 『님장군전』(엘리세에브, 1975), 『적성의전』(트로체비치, 1996), 『조선야담』(엘리세에브 번역, 트로체비치 교정, 2004) 등이다. 러시아의 도서관에서 소장되는 저술을 기본으로 하지 않았으나 같은 시리즈의 일부분으로 나온 또 하나의 책은 『삼국사기』(모스크바 국립대학교의 박 미하일(M.N. Pak, 1918~2009, 고려인 학자)과 제자들 1959, 2001)이다.

위 시리즈는 학술적 목적으로, 또는 연구 결과 일부분으로 발간된 것이다. 이와 동시에 넓은 독자들을 위한 일반 서적 방식으로 많은 한국 고전문학 작품을 소개한 바 있다. 몇 가지 예를 든다면 다음과 같다. 향가, 고려가요, 시조, 가사, 잡가 등의 고전시가, 『금오신화』, 『구운몽』, 『사씨남정기』, 『홍길동전』, 『춘향전』이나 『심청전』을 비롯한 고전소설도 10,000부-50,000부가 대량으로 출간되었고 많은 독자들의 관심을 얻어 매진되었다.

위 번역 활동은 M.I. 니키티나, A.F. 트로체비치, D.D. 엘리세예프와 같은 한국문학 연구자들뿐만 아니라 한국언어학자들도 참석한 것이다. G.Ye. 라치크프(Gennady Ye. Rachkov, 1929~2016)나 A.G. 바실리예프(Anatoly G. Vasiliev, 1930~2005), 림수(Lim Su, 1923~2016), 모스크바의 L.R. 콘체비치(Lev R. Kontsevich, 1930년생) 등의 학자들은 언어학자로서 연구활동을 하면서 한국문학의 번역과 보급에 힘썼다. 또, 한문으로 표기된 문학의 경우에는 중국학 전문가들도 번역활동에 같이 참여한 바 있다.

한국문학에 대한 연구는 고전문학 위주로 이루어진 것이 대부분이었다. 박사논문이나 박사후 과정을 마치고 발표하는 소위 '국가박사' 학위를 고전문학으로 받은 것도 있다. 몇 가지 예를 들겠다.

M. I. 니키티나(M.I. Nikitina)의 주요 연구 :

- 향가, 한국신화에 대한 연구, 국가박사 학위 취득, 『예식과 신화와 관련지어 본 한국고대시가문학』이란 저서 발간, 1982.[6]
- 시조문학에 대한 연구, 박사 학위 취득(1962), 『16-19세기의 한국시가 장르인 시조』 저서 발간, 1994.[7]

A. F. 트로체비치(A.F. Trotsevich)의 주요 연구 :

- 『구운몽』을 비롯한 고전의 장편 소설에 대한 연구, 국가박사 학위 취득(1983), 『한국 중세 장편소설』 저서 발간, 1986.
- 『춘향전』을 비롯한 고전소설에 대한 연구, 박사학위 취득(1962), 『한국 중세 소설』 저서 발간, 1975.[8]

위 두 학자는 1969년에 공저로 『14세기 이전의 한국문학』이란 저서를 발간한 바 있다.

D. D. 엘레세예프(D.D. Eliseev)의 연구 :

- 패설문학에 대한 연구, 박사 학위 취득 (1966), 『한국 중세 소설』 등의

---

6 М. И. Никитина, *Древняя корейская поэзия в связи с ритуалом и мифом* (Москва : "Наука", 1982), 327 с.

7 М. И. Никитина, *Корейская поэзия XVI-XIX вв. в жанре сичжо(Семантическая структура жанра. Образ. Пространство. Время)*(Санкт-Петербург, "Петербургское востоковедение", 1994), 312 с.

8 А.Ф. Троцевич, *Корейский средневековый роман.《Облачный сон девяти》Ким Манчжуна*, (Москва : "Наука", 1986), 198 с.

저서 발간(1968, 1977).[9]

V. I. 이바노바(V.I. Ivanova, 1929~2006)의 주요 연구 (모스크바) : 19세기말~20세기 초 근대문학에 대한 연구, 이기영에 대한 연구로 박사학위 취득(1960), 『한국의 신소설』 저서 발간.[10]

V. N. 리의 주요 연구(레닌그라드 국립대 졸업, 모스크바[11]에서 연구활동을 함) :

1920-30년대의 프롤레타리아 문학에 대한 연구, 박사학위 취득(1968).

위 학자들이 개발한 연구접근 중에는 1차 자료의 중요성, 원문에 대한 심도 있는 분석과 문화적인 문맥/시대적 배경을 통해 한국문학을 하나의 현상으로써 연구하는 등의 주요 원칙들이 있다. 이 학자들이 양성한 제자들을 통해 다른 지역에서도 연구가 높은 수준에서 이루어지고 있었고 연구의 범위가 확장되는 데 한 몫을 하였다. 예컨대, 니키티나의 지도하에서 1980년-1990년대에 이루어진 연구는 다음과 같다.

소냐 호이슬러(Sonja Haeussler)[12]의 주요 연구 : 김시습, 한국문학에서의 충(忠)에 대한 연구, 남효언의 『사육신전』으로 박사학위 취득.

L. V. 즈다노바(Larisa V. Zhdanova)의 연구 : 한시에 대한 연구, 최치원에 대한 연구로 박사학위 취득, 『최치원의 시세계』 저서 발간.[13]

---

9 『한국 중세문학 패설』(Д.Д. Елисеев. Корейская средневековая литература пхэсоль. Москва, 1968), 『한국 중세소설 (장르의 진화론)』(Д.Д. Елисеев. Новелла корейского средневековья (эволюция жанра) (Москва : "Наука" 1977).

10 В.И. Иванова, *Новая проза Кореи*, (Москва : "Наука", 1987), 178 с.

11 러시아 학술원 산하 세계문학 연구소에서 박사학위 취득.

12 독일학자. 레닌그라다 국립대학교에서 학부과정을 마치고 박사과정을 러시아 학술 아카데미에서 수여. 현-스톡홀름 대학교 한국학 담당 교수 교직중임.

L. V. 갈끼나(Lyudmila V. Galkina)의 연구 : 한국근대시에 대한 연구, 김소월에 대한 연구로 박사학위 취득, 근대시에 대한 연구 기반으로 교재 발간.[14]

2) 과도기 : 1990년대

1990년대에 러시아는 제도가 바뀌면서 과도기를 겪었다. 이와 동시에 1990년 한러수교의 결과로 한국문화에 대한 관심이 증폭되었다. 한국어교육을 택하는 사람들의 수가 증가하면서 한국문학 번역 활동에 참여하는 사람들도 늘어나고 있었다.

이 시기의 변화 중 하나는 고전문학 연구/번역이 주류였던 소련시대에 비해 한국현대문학이 주목을 받게 된 것이다. 러시아 교육제도 상 학부과정 1학년부터 학생들이 연구논문을 써야 하는 대학교들이 많은 것은 교육분야에도 영향을 끼쳤다. 이 시기 학생들은 대부분 근/현대문학을 다루게 다루었다. 그 결과 2000년대 초에 이르러 근/현대문학에 관련된 석사/박사논문도 몇 편 발표되었다.

13 Л. В. Жданова, Поэтическое творчество Чхве Чхивона (Санкт-Петербург, "Петербургское востоковедение", 1998), 304 с.

14 Л. В. Галкина, Корейская поэзия 20-х годов XX в. Учебное пособие (Владивосток : ДВГУ, 1988), 72 с.

3. 한국문학 연구의 분야별 현황 및 특징

1) 시대적 배경, 전체적인 양상

2000년대부터 한국문학에 대한 교육활동과 연구활동에서 가시적인 변화가 드러나기 시작하였다. 러시아에서는 각 지역에 있는 대학교에서 새로운 한국학 센터들이 개설되었다. 이전 시대의 전문가들에 의해 새로운 교육/연구 센터들이 문을 열게 되었다. 또한, 한국국제교류재단 등의 기관 지원으로 한국에서 파견된 한국인도 적극적으로 한국학 프로그램을 진행하였다.

위의 동향에 따라 2000년대의 한국학 교육/연구 센터를 크게 두 가지로 분류할 수 있다. 하나는 러시아에서 이때까지 형성된 한국문학연구의 전통이 전해진 곳이고, 또 하나는 그렇지 못한 곳이다. 전자는 한국문학을 연구하고 가르치는 역사가 깊은 곳으로 이전의 전통과 접근방식을 유지하면서 발달한 반면, 후자는 한국문학 교육이 제공되는 센터가 많지 않아 한국문학사를 간략하게 소개하는 한국에서 개발한 교육자료를 사용하는 경향이 있었다.

이와 동시에 A. F. 트로체비치가 전시대 때 러시아 학자들의 연구 결과 중심으로 삼국시대부터 19세기말까지 『20세기 초까지의 한국고전문학사』란 한국 고전문학사 교재를 저술하고 2004년에 발간하였다.[15] 이 교재는 러시아뿐만 아니라 러시아어 교육이 제공되는 다른 나라에서도 사용되고 있다.

---

15 А. Ф. Троцевич, *История корейской традиционной литературы (до XX века)* (Санкт-Петербург : "Издательство СПбГУ", 2004), 323 c.

2000년대의 또 하나의 동향은 이전 시대의 연구 결과물과 접근방식을 기반으로 활동하는 차세대 연구자들이 등장한 것이다. 그들은 트로체비치와 니키티나의 제자들이고 직접 두 학자들 밑에서 교육을 받은 사람들이 대부분이다. 박사학위 연구 몇 가지를 소개하면 다음과 같다.

최인나(Inna V. Choi)[16]의 연구(지도교수 – A.F. 트로체비치) : 한국근대소설에 대한 연구. 김동인에 대한 연구로 박사학위 취득, 2003.

이상윤(Li San Yun)[17]의 연구(지도교수 – A.F. 트로체비치) : 한국현대여성문학에 대한 연구, 박완서, 신경숙, 은희경에 대한 연구로 박사학위 취득, 2007.

필자 A. A. 구리예바(Anastasia A. Guryeva)의 연구(M. I. 니키티나/A.F. 트로체비치[18]) : 한국고전시가문학에 대한 연구, 『남훈태평가』와 조선후기 시가문학에 대한 연구로 박사학위 취득, 2012.

위 연구들은 러시아의 전통적 동양학, 문학연구의 접근방식에 기반한 것이다. 이와 동시에 근/현대문학을 다루면서 고전문학 연구에 집중한 이전시대 학자들의 연구와 관련시키지 않고 한국 연구자료를 중심으로 연구를 진행하였다.

대표적인 예는 블라디보스톡의 극동국립대학교의 박사과정을 마친 M.V. 솔다토바(Maria V. Soldatova)[19]의 연구이다. 솔다토바는 한국근대

16 고려인 여학자.

17 고려인 여학자.

18 니키티나의 지도하에서 연구활동을 시작했는데 니키티나가 타계하신 1999년 후 라치코프 밑에서 연구를 하다가 박사과정을 입학하면서 트로체비치가 지도교수가 되었다.

19 블라디보스톡에 있는 극동국립대학교(현 극동연방대학교로 개칭)를 졸업, 현 모스크바

소설의 형성을 주제로 하여 2004년에 박사학위를 취득하고 연구저서도 발간하였다.[20]

위에서 소개한 두 가지 동향에 대한 이해를 돕기 위해 같은 시대, 유사한 배경을 다룬 김동인에 대한 최인나의 연구와 근대소설을 검토한 M.V.솔다토바의 연구를 대비하겠다.

두 연구는 시대적 배경을 소개하고 있으며, 한국문학을 연구하며 러시아의 어문학자들의 이론을 적용하였다는 공통점이 있다. 서로 다른 점으로는 몇 가지를 언급할 수 있다. 최인나의 연구는 더 구체적인 연구대상을 택하여 작가 한 명의 텍스트를 자세히 다룬다. 다루고자 하는 텍스트는 각각 러시아어로 완역하는 것이 원칙이다. 김동인의 작품세계를 검토하며 이를 한국고전문학의 특징을 통해 설명하고 작품들의 특징들 중에 새로운 점과 전통적인 점을 분류한다. 솔다토바는 연구대상을 더 광범위한 것을 택한 것이고 소설의 새로운 형태들이 형성하는 과정을 보여 주는 데에 목적을 두고 있다. 두 연구 모두 한국문학사를 이해하고 알리는 데 큰 몫을 하였다.

현재 한국문학 연구에 영향을 끼친 양상으로 2000년대에 한국문학번역원이 러시아와 적극적인 교류를 하게 된 것이다. 한국문학번역원의 지원 덕분에 많은 현대문학 작품들이 소개되기 시작하였다. 번역하는 작업에 한국문학 전문가들뿐만 아니라 한국어 능력이 되는 많은 사람들이 참여하게 되므로 연구하는 문학보다 번역되는 문학의 양이 훨씬 많

언어대학교 교직중임.

20 М. В. Солдатова, Становление национальной прозы в Корее в первой четверти XX века, (Владивосток : ДВГУ, 2004), 188 с.

아졌다. 현대문학이 소개되면서 이를 기반으로 연구하고자 하는 사람들의 수도 많아졌다. 예전 문학자들은 연구하기 전에 연구 대상으로 선택한 작품의 원문을 러시아어로 번역하는 것이 원칙이었다. 그러나 지금은 번역문이 있기 때문에 연구시 필요한 부분만 번역하되 전체 작품을 번역하는 시간이 많이 단축될 수 있다고 주장하는 연구자들이 생겼다. 이는 러시아의 학술적 접근을 어긋나는 입장으로 평가될 수 있다. 왜냐하면 이런 번역문은 학문적인 목적이 아닌 일반 독자들을 위한 것이기 때문이다.

이와 동시에, 한국문학번역원의 지원으로 널리 소개된 한국문학은 한국학 교육의 기초단계에서 학부생들의 연구 대상이 된다. 또한 학생들의 한국문학연구에 대한 관심을 초래하기도 한다.

또 하나의 전체적인 양상을 소개하면, 한국어문학 교육의 현황이 연구의 현황에 영향을 더 많이 끼치게 되었다. 즉, 한국학의 새로운 센터들이 문을 여는 동향에 따라 한국학 교육 프로그램들도 다양화되었다. 한국학 전공이 있는 대학교의 경우에는 한국어 외에도 한국학과 관련된 과목의 수가 40개 이상까지 제공하는 프로그램이 있는가 하면, 한국어 교육에 집중하여 한국학의 주요 과목만 교육하는 프로그램들도 있다. 한국문학 교육이 있는 프로그램도 다양하다. 즉, 하나의 과목을 1-2학기로 한국문학을 소개하는 프로그램과 한국문학과 관련된 과목을 몇 가지로 4-6학기 동안 가르치는 대학교도 있다. 교육의 내용도 서로 같지 않다. 한국학 프로그램이 새롭게 도입된 대학교의 경우는 한국 자료를 기반으로 한국문학사를 주요 작가 인명과 작품제목을 소개한다. 또한, 한국학 프로그램의 역사가 깊을수록 한국문학 프로그램도 깊이 있다. 후자의 경우는 위에서 소개한 러시아 학자들의 연구결과를 사용하고 있다. 위에서 설명한 프로그램에 따라 한국문학 주제의 선택이 달라지는 동향도 있다.

위와 같은 상황에서 이루어지는 연구 활동을 살펴보겠다.

2) 한국문학과 관련된 현 연구의 분야/주제 현황

위에서 언급한 것처럼 한국문학 연구분야에 고전문학 연구와 근/현대문학 연구의 비중이 바뀌면서 근/현대문학에 대한 연구의 수가 상당히 늘어났다. 이에 대한 이유를 살펴보면 다음과 같이 설명할 수 있다.

- 우선, 한국고전문학 원문 독본이나 고전문학 이론[21]이라는 과목이 제공되어 있는 대학교는 모스크바 국립대학교나 상트페테르부르크 국립대학교와 같이 몇 군데 밖에 없다. 현대문학을 연구하는 것이 고전문학을 연구하는 것보다 쉽게 여겨진다.
- 또한, 소련시대 때 고전문학이 많이 소개된 데에 비해 아직 소개되지 않은 근/현대문학들이 더 많다는 입장에서 현재 이를 먼저 연구할 필요가 있다는 주장들이 있다.
- 위에서 보여준 것처럼 번역본들이 출간되어 결과로 현대문학에 대한 순수관심이 생기는 경향도 중요하다.

고전문학 연구와 근/현대문학 연구를 분류하고 몇 가지 예를 통해 간략하게 소개하겠다.

21 이는 고전문학사와 다른 내용으로 봄. 문학사는 간략하게 주요 작가와 작품 소개에 불과하는 과목이다. 고전문학이론은 고전문학을 기반으로 한국문학 나아가서 전체적 사고방식을 규명하고 한국문화 속에서 내재하는 모델, 특징을 배우는 것이다.

3) 고전문학에 대한 연구

A. F. 트로체비치는 현재 89세의 나이에도 고전문학 번역을 계속하며 논문을 쓰고 있다. 처음에 접하는 자료를 검토하면서 발견한 것을 제자들에게 가르치기도 한다. 예컨대, 한국고전소설에 나타난 한문표현을 체계화하여 이 의미 분석에 관한 논문을 최근 발간한 바 있다.

필자(상트페테르부르크 국립대학교)는 주로 조선후기 시가문학을 다루면서, 형상체계 변화, 독자층 확대 양상과 관련성 등을 연구하고 있다. 동시에 한국문화 속에서의 텍스트의 역할을 이론적으로 검토하기도 한다. 또 하나의 연구주제로는 한국/극동문화의 주요 방식들 (사계절, 천지인, 오행, 문무 등) 한국고전시가문학을 비롯하여 현대시까지 아우르면서 고전과 현대를 이어주는 다리역할을 하고 있다. 러시아에서 한국고전문학의 중요성을 선도하는 것을 필자의 사명으로 삼고 있다.

러시아에서 거의 다루어지지 않은 한국구비문학을 A.V. 포가다예바(A.V. Pogadaeva, 모스크바 국립대학교 박사과정 종료)가연구해 왔다. 무가부터 연구한 이 학자는 현재 민요에 대한 박사학위 연구를 하는 중이다. 민요의 텍스트를 다루고, 형상체계를 보면서 시가문학과 공통점과 차이점을 규명하고 있다.

시조문학을 비교문학적인 접근으로 연구하는 학자도 있다. 러시아 학술원 동방학 연구소의 N.I. 리(N.I. Ni, 러시아 학술원 소속)이다.[22]

---

22 Н. И. Ни, Сичжо в системе жанров мировой лирики (Москва : ИВ РАН, 2007), 186 с.

4) 근/현대문학에 대한 연구

M.V. 솔다토바(모스크바 국립 언어대학교)는 근대소설로 박사논문을 발표하고 저서도 냈다. 그런 다음 근대의 범위에서 벗어나 현대소설도 다루었다. 한 예로는, 6.25소설에 나타난 특징을 통해 본 집단기억의 형성 문제이다. 또한, 여러 이론을 적용하여 문학을 새롭게 인식하고자 한다. 예컨대, buildungs roman으로서의 『삼대』라는 염상섭의 소설에 대한 연구 등을 발표한 바 있다.

박사논문을 김동인 단편소설로 쓴 최인나(상트페테르부루크 국립대학교)는 현재 두 가지 연구를 하고 있다. 하나는 최신 문학을 다루면서 비교문학적인 접근으로 그 특징을 나타내는 연구이다. 비교할 때 한국문학 작품에서 나타난 특성을 러시아문학, 일본문학과 대비하고 있다. 예를 들어, 이승우 작가, 한강 작가의 작품에서 나타난 '인간-나무'란 관련성을 일본문학과 비교하며 설명하고 있다. 또 하나의 연구주제는, 박경리 작가의 대한 연구이며 특히 수필을 중심으로 박경리의 철학을 소개하고 있다.

이상윤(상트페테르부르크 고등경제대학교)은 여전히 한국 여성 문학을 다면적으로 연구한다. 여성문학에서 찾을 수 있는 특징으로 역사적 진화도 설명한다. 예로는, 한국여성문학에서 나타난 효(孝), 모성(母性) 등을 고려한다. 이와 동시에 번역 활동을 적극적으로 하는 그는 번역을 통해 접한 작품을 분석하게 된다.

블라디보스톡의 극동연방대학교의 박 크세니아(Ksenia A. Pak)는 현대소설에서의 가정관계라는 주제를 통해서 접근하고 있고 동시에 비교문학적인 분석도 하고 있다. 박경리, 최인호 등의 대표 작가들의 소설을 위 측면에서 연구하고 있다.

같은 대학교의 Yu.V.(Yulia V. Moskalenko)는 천상병 시인에 대해 연구하고 있다. 천상병의 삶, 창작 생활, 시의 발전도, 시의 다양한 특징 등을 다면적으로 다루고 있고 시 번역도 하고 있다.

위의 고전문학 전문가와 근/현대 전문가들은 한국문학 번역의 문제들과 한국문학 교육의 문제들도 적극적으로 고찰한다. 이에 정기적으로 학술세미나를 진행하면서 이러한 문제를 논의할 수 있는 토론의 장을 만든 바 있다. 한국문학번역원에서 지원받아 현재까지 4차례 진행된 한국문학번역 문제에 대한 세미나를 하나의 예로 들 수 있다. 이 세미나에는 연구자뿐만 아니라 번역활동을 하는 사람들이 모여 발표도 하고 토론식의 세션도 갖게 된다.

근/현대문학을 적극적으로 번역하며 학생들에게 문학사와 번역을 가르치는 활동도 하면서 번역문제에 대한 연구결과를 정기적으로 발표하는 모스크바 국립대학교의 I.L. 카사트키나(Irina L. Kasatkina)와 정인순의 활동을 예로 들 수 있다.

5) 한국문학 전문가들이 아닌 학자들의 연구

20세기의 언어학자들이 한 것처럼, 요새도 한국문학 전문가가 아닌 연구자들이 문학을 다루는 몇 가지 예가 있어 아래에서 소개하겠다.

한국어 경제용어로 박사학위를 취득한 언어학자인 E.A. 포홀코바(Ekaterina A. Pokholkova)는[23] 성석제 작가의 작품을 중심으로 한국 현대문학에서 유머 형성의 특징을 보고 있는 등을 연구한다.

중세한국어 전문가인 E.N. 콘드라티예바(Elena N. Kondratieva)는[24] 『월

23 현 모스크바 국립언어대학교 통번역 학부 학장

인석보』를 트로체비치가 전에 소개한 내용을 기반으로 문학작품으로서 다루고 있다. 같은 학자가 『용비어천가』의 학술적인 번역과 시적 번역을 같이 실은 책을 낸 바 있다.

또한, 조선시대 교육에 대한 박사논문을 발표한 I.V. 코르네예바(Inna V. Korneeva)[25]는 고전소설에 나타난 주인공의 교육문제와 관련된 특징을 분석하는 연구발표를 한 바 있다.

여러 명의 역사학자들이 한국 저술을 번역하고 학술적으로 소개하는 연구자들이 있다.

2007년에 한국사 전문가인 S.O. 쿠르바노브(Sergey O. Kurbanov)가[26] 한국문학의 효(孝)를 연구하며 『효경언해』를 러시아어로 번역, 해석/해설을 하여 저서를 발표한 바 있다.

같은 해에 한국불교 전문가인 Yu.V. 볼타치(Yulia V. Boltach)[27]는 각훈의 『해동고승전』의 번역, 해석/해설, 연구가 실린 저서를 발표하였다. 2018년에 볼타치는 몇 년의 노고의 결과로 『삼국유사』의 번역본과 자세한 해설이 들어간 저서를 발간하였다.

2013년에는 외교 활동을 하는 O.S. 피로젠코(Oleg S. Pirozhenko)[28]의 노력으로 이순신의 『난중일기』의 번역문과 소개하는 글이 나왔다.

2018년에 조선사 전문가 N.A. 체스노코바(Natalia A. Chesnokova)[29]는

---

24 현 러시아 국립인문대학교 (2018년에 고등경제대학교와 합류) 교수

25 현 사할린 국립대학교 교수

26 현 상트페테르부르크 국립대학교 한국학과 과장

27 러시아 학술원 동양고서연구소 소속

28 모스크바 국립대학교 출신

29 현 러시아 국립인문대학교 (2018년에 고등경제대학교와 합류) 교직중임.

『택리지』에 대한 연구로 박사학위를 취득하였다.

6) 학생들의 연구

한국문학 연구를 소개하면서 빼놓아서는 안되는 것은 바로 학생들의 연구이다. 러시아의 많은 대학교들의 교육제도상 1-2학년부터 연구논문을 쓰는 것이 필수이다. 연구 습작을 쓰다 졸업논문 단계까지 본격적인 연구를 쓰는 학생들이 적지 않다. 자기 연구결과의 수준이 높은 경우에 논문으로 하여 학술대회에도 참석하고 학술논집에 글이 실리는 학생들도 있다. 연구주제를 자신의 관심 따라 선택한다. 위에서 언급한 동향에 따라 문학을 전공하는 학생들 중에 주로 현대문학을 다루는 경우도 있다. 예외가 있는데 하나를 소개하자면 상트페테르부르크 국립대학교에서 2017년에 A.A. 드로즈도바(Aleksandra A. Drozdova)란 학생이 『오륜행실도』의 반 정도를 번역하고 본 저술에 대한 연구로 학사 졸업논문을 발표한 바 있다. 고전이든 근/현대든 학생들이 원문을 러시아어로 번역하고 기존 연구에 대한 정보를 수집/정리한 다음 전문적인 수준으로 새로운 연구를 준비해야 되는 것이 원칙이다.

4. 한국문학 보급화를 위한 다양한 활동

위 학자들이 주로 러시아뿐만 아니라 해외에서도 학술대회에 적극적으로 참석한다. 이렇게 함으로써 학술적 대회가 활성화되어 새로운 연구주제, 연구 접근방식으로 공동주제에 대한 토론 등이 가능해진다. 해외 대학교에서 강연을 하면서 소련시대 때 많이 알려지지 않은 연구의 업적과 이에 기반을 둔 현재 연구를 소개한다. 또한, 해외에서 진행하는 연구프로젝트에 참석함으로써 해외 학자들간의 교류에도 기여한다.

연구하는 학자들 대부분 교육활동도 열심히 한다. 소속 대학교뿐만 아니라 다른 대학교에서도 특강을 하며 다양하게 교류한다.

한국문학 보급화 활동도 여전히 적극적으로 한다. 한국문학번역원의 지원으로 해마다 몇 권의 번역 작품이 나온다. 새롭게 번역되는 작품들은 주로 근/현대문학이다. 이와 동시에 반드시 소개할 프로젝트로는 《한국문학 고전 시리즈》라는 것이다. 상트페테르부르크 국립대학교의 교수인 S.O. 쿠르바노브의 제의로 소련시대 때 발간되고 현재까지 서점에서 구매할 수 없는 고전문학 번역문을 교정하여 재발간하는 것이 핵심이다. 위에서 소개한 A.F. 트로체비치가 본 프로젝트를 담당하여 텍스트들의 선택, 교정 등을 하였다. 2007-2016년에 10권이 Hyperion이라는 출판사에서 출판되었다. 그 중에 제8권은 여러 학자들의 노력으로 새롭게 번역된 한시집이 나온 바 있다. 이제는 제2 고전 시리즈도 추진 중이다. 현재까지 제1권으로 『창선감의록』이 발간되었다.

상트페테르부르크 국립대학교의 경우에 한러 대화 포럼의 활동 범위 안에 2018년 6월 20일에는 해외에서 최초의 한국작가 동상인 박경리 동상의 건립식이 있었다. 박경리 동상은 상트페테르부르크 국립대학교 마당에서 건립되어 교수들과 학생들의 주목을 받는 것은 물론이고 언론에서 보도되어 관심을 갖고 동상을 보러 오는 외부 사람들이 있었다. 이와 관련하여 상트페테르부르크 소속 한국문학 학자 최인나와 필자는 박경리에 대한 연구도 한다. 하나의 예로 최인나는 소설, 수필 등의 사문, 필자는 시를 다룬다. 한러 대화 포럼의 일부분으로 박경리 작가에 대한 양측의 공동 세미나들이 정기적으로 개최된다. 박경리의 삶과 작품 세계를 소개하는 공동 저서도 발표된 바 있다. 또한, 2018년에 연구결과를 기반으로 두 전문가가 online-lecture를 소개했다. (한러 대화 포럼(상트페테르부르크 국립대학교), 한국학 중앙연구원의 지원)

보급화 활동의 또 하나는 러시아에서 소련시대부터 인기를 받아 온 문학저널을 통해 한국문학을 소개하는 활동이다. 즉, 2010년에 이상윤의 노력으로 《네바(Neva)》는 저널 제3호에서 전반적으로 한국문학을 다루었다. 또, 2016년에는 M.V. 솔다토바가 담당한 프로젝트로 《해외문학(Inostrannaya literatura)》라는 저널 제11호에는 한국문학을 다루는 특집이 나왔다. 두 개의 프로젝트 모두 한국문학번역원의 지원으로 이루어졌다.

또 하나의 보급화 활동의 사례는 상트페테르부르크에서 10년 전부터 이른바 '독서를 하는 도시 상트페테르부르크'라는 축제가 있다. 본 프로젝트의 핵심은 문학전문가들이 해마다 두 명의 현대작가를 추천하고 작가에 대한 정보를 독자들에게 소개하고 전문 배우들이 작품 낭독 등으로 독자들의 관심을 일으키는 보급화 활동을 하며 그러는 동안 독자들은 인터넷에서 가장 좋아하는 작가를 선택한다. 2018년에 처음 한국문학에 참여하게 되었고 필자가 조직위원회원으로서 활동하고 있다.

1) 한국문학 연구의 주요 추세 나열

아래에서 본 논문을 간략하게 소개한 내용들을 분석한 결과로 러시아에서의 한국문학 연구 현황의 주요 추세를 분류해 보겠다.

- 고전문학 보다 한국 근/현대문학을 연구하는 학자들의 수가 많다. 이는 1990년대부터 형성되어 유지되는 추세이다. 그럼으로써 고전문학의 전문가의 역할이 중요해지지만 드문 연구를 하는 학자로서의 책임도 많아진다. 따라서 고전문학에 대한 연구 결과물에 대한 주목이 많다. 특히 교육분야에서 수요가 증가하는 동향을 볼 수 있다.
- 한국문학 교육에 대한 연구들의 중요성이 높아진다. 한국학 교육이 제공되는 대학교의 수가 증가되면서 커리큘럼에 따라 한국문학을 체계적으로 소개하는 방법 개발에도 학자들이 주목하고 있다.
- 예전에는 한국문학 연구가 이루어지면서 학자들이 작품을 학술적인 목적으로 번역하고 연구한 다음, 작품을 많은 독자들에게 소개되었는데 요즘에는 한국문학 작품이 먼저 번역으로써 소개된 다음에야 연구대상이 되는 동향이 생겼다. 서적 시장에서 번역본으로 나온 한국문학을 접하며 연구주제를 택하는 연구자도 있고, 학생들에게 연구주제를 제의하는 지도교수들도 있다. 학술적인 번역과 연구가 먼저였던 순서가 바뀌었다.
- 위 동향에 따라 예전에 연구자가 한 번역이 필수적으로 연구의 일부분이어야 되었던 반면, 현재 완역을 하지 않고 연구의 목적에 따라 필요한 부분만 번역하는 연구자들이 나타난다.
- 원래 한국문학이 아닌 다른 한국학과 관련된 전공을 한 사람들이 한국문학연구에 참여한다. 언어나 문화, 역사나 사회에 대한 연구를 통해 문학을 접하여 차츰 문학 연구에도 관심을 기울이는 학자들의 수가 많아진다. 특히 다른 전공으로 박사과정 연구를 마친 후 전공대로 연구를 계속하면서도 문학연구를 별도로 한다. 예전에

다른 분야의 전문가들이 보급화 활동으로써 한국문학 번역을 했으나 연구를 하지 않았던 동향과 달리 요즘에는 번역도 하고 연구도 하는 사람들이 생기는 추세이다.

- 유사한 경우에 서양에서 드러내는 하나의 동향과 달리 문학연구는 사회학의 보조역할을 하지 않는 것을 강조해야 한다. 위에서 언급한 추세임에도 불구하고 문학을 연구하며 문학연구대로 '텍스트'의 중요성을 무시하지 않고 순수한 문학연구에 속하는 결과물을 생산한다.
- 교육 프로그램에 따라 지역마다 연구목적이 다양화되는 것이다. 한국문학의 깊이 있는 문제나 이론에 관한 연구자들이 있는가 하면 구체적으로 한 명의 작가, 하나의 동향을 포괄적으로 소개하는 연구자들도 있다. 특히 한국어 수준이 많이 높지 않은 학생들이 쉽게 접할 수 있도록 전체적으로 소개를 하는 연구들이 생겼다.
- 예전부터 한국어나 서양언어로 소개한 내용을 러시아어로 다시 소개할 필요가 없고, 독립적이고 새로운 내용의 연구들만이 가치가 있는 것으로 평가되어 왔다. 그러나 요즘 한국문학 교육의 비중이 많지 않은 프로그램의 필요에 따라 교육목적으로 한국문학사를 일반적으로 소개하는 개괄식의 연구들도 의미와 가치를 얻게 되었다.
- 인문학, 특히 사회학에서 새로운 이론, 연구접근들이 형성됨에 따라 문학연구에서도 새로운 주제들이 나타나고 있다. Gender, 집단기억, trauma, 문화유산 연구 등의 최신 결과물을 한국문학 연구에 적용하는 학자들이 많아진다.

위에서 나열한 추세들로 한국문학 연구는 더 다양한 모습을 보이고 있다. 그러나 하나의 논문 범위 안에서 주요 추세만 규명하고 소개하는 데에 집중하였다. 이런 추세들을 파악한 결과는 전망과 과제들로 나타나고 이를 결론으로 정리하면 다음과 같다.

5. 결론

한국문학이란 현상은 고전을 모르면 현대를 충분히 이해하기 어렵다고 주장할 수 있다. 과거로서의 고전이 아니라 현재까지 이어진 문화의 토대가 되는, 사고방식이 심어진 뿌리가 되는 것이다. 이와 동시에 뿌리에서 자라난 현대도 현대 세상의 특징으로써 색칠되는 특색을 얻게 된다. 현대의 기반은 새로운 모습이나 표현을 통해 나타나는 것이다. 이를 깊이 보고 설명할 필요가 있다.

위와 같이 새로운 내용을 연구하면서 예전에 이루어진 연구를 기반으로 많은 내용들을 파악하고 체계화할 수 있다. 결과물을 합하여 재분석을 하면 고전문학이나 근/현대문학의 나름의 특징을 볼 수 있을 뿐만 아니라 고전과 현대 간에 관련성이 보이게 된다. 한국인들의 사고방식이 깔려 있는 시공간 모델이나 행동방식, 세계관이나 가치관을 한국문학 속에서 찾아내고 규명하는 연구들의 필요성이 크다. 현상마다 전통적으로 설명하거나 최신 동향과 새롭게 형성된 문화를 통한 해석이 가능한 요소들이 다 있어 고전을 집중적으로 연구하는 학자들과 현대를 검토하는 학자들 간의 적극적인 대화가 요구된다. 서로 연구에 대한 관심을 보이고 자신이 하는 연구에 적용할 필요가 있다. 이는 러시아뿐만 아니라 한국문학을 연구하는 학자들 모두에게 도움이 될 것이다.

어떤 연구를 하더라도 연구의 수준을 유지하면서 문학이 문학으로서의 가치를 중시하고 튼튼한 기반에 새롭고 전망 있는 연구를 세우면 한국문학에 대한 전문적인 이해가 높아질 것이다. 동시에 문학연구를 하나의 독특한 연구분야로 보지 않고 여전히 한국에 대한 전체적인 이해를 높이는 데 크게 기여하는 연구분야로서 봐야 한다고 확고히 믿는다. 한국문학 연구자가 한국역사, 사회, 문화, 정치까지 알아야 할 만큼 문학도 민족의 중요한 양상을 제시하는 현상으로 한국학 분야에서 한국문학 연구의 중요성이 유지되어야 한다. 이에 따라 한국문학 교육도 한국학 프로그램의 일부분으로 도입할 필요가 있다고 보는데 한국문학 연구자들의 노력이 이에 크게 기여할 수 있을 것 같다.

This work was supported by the Core University Program for Korean Studies through the Ministry of Education of the Republic of Korea and the Korean Studies Promotion Service of the Academy of Korean Studies (AKS-2016-OLU-2250002).

참고문헌

А. Ф. Троцевич, "Изучение корейской литературы в России", Вестник Центра корейского языка и культуры, Вып. 3-4 (Санкт-Петербург : "Издательство СПбГУ", 1999), с. 3950.

Т. М. Симбирцева, "Возвращение душистой весны", Нева, Вып. 3-2010 (Санкт-Петербург, 2010), с. 200.

제3부

외국연구자의 관점에서 바라본 북한어 연구

〈외국어로서의 한국어〉 교육에 제기되는 북한어 교육 문제

홀머 브로흘로스

1. 들어가는 말

남북 분단이 70년 이상 지속되면서 서로 다른 정치사회적 발전은 언어에도 불가피하게 영향을 주었다. 남북언어는 당시 분단된 독일에서의 독일어에 비해 그 이질화가 훨씬 크다고 할 수 있다. 왜냐하면 독일에서는 통일된 〈두덴〉 사전이 계속 있어 왔고 〈두덴〉 사전편찬위원회가 표준어의 통일성을 감독해 왔기 때문이다. 그래도 어떤 언어학자가 1970년대 초에 동독의 〈현대독일어사전〉의 신판을 구상할 때 "독일 민주 공화국에서 쓰이는 독일어는 독일어의 변이형이다"라고 해야 한다고 주장했다.[1] 그래서 〈현대독일어사전〉 4권 머리말에는 다음과 같이 규정되어 있다. "사전 편찬자에게 있어서 독일 민주 공화국과 독일 연방 공화국 사이의 언어적 차이는 의미변화, 새 단어의 등장과 옛 단어의 퇴각을 통해서 파악할 수 있게 된다."[2] 의미 차이는 "그 의미의 토대가 된 개념, 그리고

---

1 Schmidt 1992, 27쪽.

그 개념평가의 변화에서 나온다"[3]고 했다. 그 당시 독일에서 상이한 발전 20년 만에 이와 같은 주장을 했다면 지금 현재 남북 상황은 어떠한지 상상할 수 있다. 특히 분단된 독일에는 남북과 달리 우편, 통화, 언론매체를 통한 교류가 끊어지지 않고 활발하게 진행되어 왔기 때문이다.

북한어의 실태와 남북한 언어 차이의 상태는 그간 잘 연구되어 왔으며 지금도 중요한 연구대상이다. 이미 1980년대 말-1990년대 초에 한국에서 이에 대한 수많은 논문과 개별적 연구가 발표되었다.[4] 다른 한편 북한에서는 이른 바 "문화어"가 "올바르고 참된 한국말"이라고 주장하면서 주로 남한의 이른 바 "민족어 말살정책"을 연구하는데 중점을 두고 일련의 논문과 책을 발표했다.[5] 그러나 남북 언어상황을 객관적으로 보는 북한 과학자들도 있다. 예를 들어 북한 사회과학원 언어학연구소의 정순기 교수는 북한 잡지 〈문화어학습〉에 기고한 글에서 "60여 년의 세월이 흐르는 과정에서 북과 남의 언어 자체에서나 우리말 사전편찬에서 커다란 차이가 생기게 됐다"고 인정한 바 있다.[6]

정순기 교수는 특히 남북이 공동 편찬하는 〈겨레말 큰 사전〉 편찬위원으로서, 사전 편찬의 어려움으로 한자어의 첫 머리에 쓰이는 리을(ㄹ)

---

2 WdG, Bd.4, I.

3 위의 책, 같은 쪽.

4 예를 들면 북한언어연구회 편저, 『북한의 언어혁명』, 도서출판 백의, 1989; 고영근, 『북한의 말과 글』, 을유문화사, 초판 1989, 증판 1990; 고영근, 『북한의 언어문화』, 서울대학교출판부, 1999; 양영철 저, 『남북한 언어 탐구생활』, 지식의 숲, 2018.

5 리익선, 『미제의 조선말 말살정책의 반동성』, 조선민주주의인민공화국 사회과학원 언어학연구소, 1975.

6 http://news.sbs.co.kr/news/endPage.do?news_id=N1000320882&plink=OLDURL (09.10.2007)

과 니은(ㄴ)의 두음법칙 표기와 철자법, 그리고 띄어쓰기, 표준 발음법, 정치용어 뜻풀이 등을 꼽았다.[7]

본 논문은 외국어로서의 한국어 수업에서 북한말도 교수대상이 되어야 할 지, 될 수 있는지, 그리고 만일 될 수 있다면 어떻게 가르칠 수 있는지 하는 문제를 다룬다. 제2장에서는 우선 북한어의 가장 중요한 차이점에 대한 개요를 설명한다. 제3장은 방법론적 및 교수법적 접근에 대한 것이다. 즉 초·중급 학습자들과 상급 학습자들을 위한 한국어 수업, 북한의 언어사용 심화수업, 그리고 한국 문화 교육에 북한어 교육을 어떻게 통합시킬 수 있는가에 대한 것이다. 맺는 말에서는 낙관주의적 전망으로 끝마치고자 한다.

2. 북한어의 특징

여기서 남북 언어 간 가장 중요한 차이점을 요약해 보도록 하겠다.

1) 일반적 차이점 : 어느 정도까지 이미 차이가 나는지는 철자의 명칭과 자모음 순서조차 다르다는 사실에서 나타난다.

철자	표준어 명칭	북한말 명칭
ㄱ	기역	기윽
ㄷ	디귿	디읃

7 같은 사이트.

ㅅ	시옷	시읏
ㄲ	쌍기역	된기윽
ㄸ	쌍디귿	된디읃
ㅃ	쌍비읍	된비읍
ㅆ	쌍시옷	된시읏
ㅉ	쌍지읒	된지읒

북한의 자모음 순서 : ㄱ ㄴ ㄷ ㄹ ㅁ ㅂ ㅅ ㅈ ㅊ ㅋ ㅌ ㅍ ㅎ ㄲ ㄸ ㅃ ㅆ ㅉ ㅇ ㅏ ㅑ ㅓ ㅕ ㅗ ㅛ ㅜ ㅠ ㅡ ㅣ ㅐ ㅒ ㅔ ㅖ ㅚ ㅟ ㅢ ㅘ ㅝ ㅙ ㅞ

발음상 차이가 있다면 그 원인은 주로 남한에서 서울말을 그대로 표준어로 써온 반면 북한에서는 평양말을 기본으로 하여 "문화어"가 이루어진데서 찾을 수 있다.

2) 표기법 : 표기법상 가장 눈에 뜨이는 것은 남한의 표준어에서 두음법칙이 적용되지만, 북한의 "문화어"에서는 초성 'ㄹ'을 그대로 발음하고 표기하거나 어두에 'ㄴ'이 유지된다는 점이다.

한자표기	표준어	북한말
李舜臣	이순신	리순신
領收證	영수증	령수증
落下傘	낙하산	락하산
女子	여자	녀자

또한 일부 한자어는 표기법이 다르다.

한자표기	표준어	북한말
廢墟	폐허	페허
休憩室	휴게실	휴계실
漢拏山	한라산	한나산

띄어쓰기에 있어서도 뚜렷한 차이점이 있다. 일반적으로 북한말은 표준어에 비해 붙여쓰기를 선호한다. 주요한 차이점은 다음과 같다.

	표준어	북한말
관형사 + 명사	과학적 수준	과학적수준
관어형 + 기능명사	할 수 있다	할수 있다
동사 + 보조동사	배우고 있다	배우고있다
하나의 개념을 나타낸 복합명사	조선 민주주의 인민 공화국 아니면 조선 민주주의 인민공화국	조선민주주의인민공화국

또 다른 차이점은 북한말에서는 '사이시옷'을 쓰지 않는다(발음은 표준어와 동일).

표준어	북한말
바닷가	바다가
나뭇잎	나무잎

3) 문법 : 언어차이는 본질상 당연하게도 문법분야에 있어서 영향이 제일 적다. 그런데도 없는 것이 아니다.

동사, 형용사 연결어미를 만들 때 어간 끝소리가 'ㅣ, ㅐ, ㅔ, ㅚ, ㅟ, ㅢ'인 모음 어간의 경우에는 표준어에서 '-어'가 붙지만 북한말에서는 '-여'가 붙는다. (그러나 실제 발음은 표준어에서도 과도음 [j]를 수반할 경우가 많으니 그 현상이 표기법상 차이로 볼 수도 있다.)

	표준어	북한말
피다	피어	피여
내다	내어	내여
베다	베어	베여
되다	되어	되여
쉬다	쉬어	쉬여
희다	희어	희여

동사 불규칙활용에 '-아/어'를 붙일 때 앞모음의 'ㅏ, ㅗ'가 오는 경우, 'ㅂ'이 '오'로 바뀌는데 표준어에서 모음조화의 원칙에서 어긋난 듯이 '우'로 바뀌지만 북한말에서는 그렇지 않다.

	표준어	북한말
고맙다	고마워	고마와
가깝다	가까워	가까와

이 외에 또 다른 문법 차이점이 있다. 예를 들면 표준어에서 쓰는 보조동사 '-곤하다'는 북한말에서 '-군하다'가 된다. 또한 북한말에서

자주 쓰이는 '-ㄹ데 대하여'는 표준어에 없다.

4) 어휘 : 이 부분에서 차이가 제일 큰 만큼 외국어로서의 한국어수업에 있어서 가장 중요한 부분이다. 겨레말 큰사전 편찬위원회 한용운 편찬실장은 2016년 11월에 통일준비위원회가 개최한 '남북한 언어 차이 극복 방안' 세미나에서 남한의 표준국어대사전과 북한의 조선말대사전을 비교한 결과 일반어는 38%, 전문어는 66%의 차이를 보였다고 밝혔다.[8] 사실 전문어의 차이는 본인의 연구에 의해서도 확증되었다. 예를 들어 조류학 분야를 보면 새이름의 58%가 남한명과 북한명이 다르다.[9]

그러나 일반어에 있어서 본인의 연구결과, 그 차이가 그 정도까지 심각하지 않은 것으로 나타났다. 남한에서 기본어휘로 여겨지는 2,000개 단어를 수록한 책을[10] (이후 2000EKW라고 함) 연구해 본 적이 있다. 그 책의 단어는 초급수준에서 자주 접하게 되는 '사람, 교육, 건강' 등 14개의 큰 주제로 분류하여 가나다순으로 정리하였고 큰 주제는 다시 '가족/친척, 교실용어, 병원/약국' 등 여러 개의 작은 주제로 나누어 학습자들이 같은 주제의 관련된 단어들을 범주화하여 학습할 수 있도록 하였다. 이 2,000개 단어를 〈조선말대사전〉에서 (http://www.uriminzokkiri.com/uri_foreign/dic/index.php) 찾아보면 총 271개 단어(즉 13.5%)의 경우에 차이점이 나타난다. 큰 주제별로 보면 '패션'(68개의 표제어 중 23개,

8 https://www.voakorea.com/a/3574287.html (01.11.2016)

9 유범주, 『새』, 사이언스북스 2005, 참조. 새 이름 목록에는 204종류를 등록했는데 그중 85개의 이름만 남북한어 모두 같고 119개의 이름은 차이가 난다.

10 Ahn Seol-hee, Min Jin-young, Kim Min-sung : 2000 Essential Korean Words for Beginners. Darakwon, Seoul, 3쇄 2011.

즉 29.6%), '식생활'(145개의 표제어 중 28개, 즉 19.3%), 그리고 '사람'(179개의 표제어 중 21개, 즉 11.7%)과 같은 큰 주제에 차이가 가장 많다. 그것은 언어 차이가 전문용어에 제한된 것이 아니라 일상생활에까지 이르렀다는 것을 보여주고 있다. 그 차이를 구체적으로 보면 다음과 같다.

ㄱ) 2,000개 단어들 중 56개의 단어는 〈조선말대사전〉에 표제어로 아예 없다는 것이다. 특히 영어에서 온 외래어, 한자어 그리고 외래어/한자어 혼합어 등이다. 사세한 내용을 위해 〈부록 1, 1)〉을 참고하기 바란다. 재미있는 것은 2000EKW에 수록된 남한의 지리적 고유명사 중 〈관악산, 설악산, 신촌, 여의도, 을지로, 이태원, 인사동, 잠실〉 등이 〈조선말대사전〉에 표제어로 없다는 점이다. 그런데 일부, 즉 〈불국사, 한나산(표준어 : 한라산)〉과 같은 고유명사는 표제어로 올라 있다. 곁들여 말해 두지만, 〈조선말대사전〉의 그에 대한 선택기준이 궁금하다.

ㄴ) 2000EKW의 12개의 단어들은 〈조선말대사전〉에 독립적 표제어로 오르지는 않았지만 관련 합성어나 예문 속에 있기는 있다. 자세한 내용은 〈부록 1, 2)〉를 참고하기 바란다.

ㄷ) 2000EKW의 단어들 중 〈조선말대사전〉에 표제어로 올랐지만 그보다 우선적으로 사용되는 다른 표제어를 참조로 표식되어 있는 22개의 단어가 있다. 자세한 내용은 〈부록 1, 3)〉을 참고하기 바란다.

ㄹ) 또한 2000EKW의 단어들 중 〈조선말대사전〉에 표제어로 올랐지만 의미가 부분적으로, 또는 전적으로 다르거나 역사적으로나 사회정치적인 참고가 다른 20개의 단어도 있다. 자세한 내용은 〈부

록 1, 4)〉를 참고하기 바란다.

ㅁ) 철자법상의 차이에 있어서 우선 두음법칙과 사이시옷 때문에 차이가 난 것이 눈에 뜨인다. 36개의 단어인데 자세한 내용은 〈부록 1, 5)〉를 참고하기 바란다.

ㅂ) 그리고 2000EKW에 비해 일반적으로 철자법이 다른 단어들, 그리고 철자법도 다르고 다른 표제어를 참조로 표식되어 있는 단어도 총 46개에 이른다. 자세한 내용은 〈부록 1, 6)〉을 참고하기 바란다.

또한 철자법도 다르고 (부분적으로나마) 의미도 다른 것이 있다. 예를 들면 냉장고(→ 랭장고 = 랭장창고. 북한말 대응단어 : 랭동기), 스타킹(→ 스토킹, 그러나 〈운동긴양말〉이란 뜻밖에 없음), 자장면[11](→ 짜장면 = 중국료리), 케이크(→ 케크 = 화학 및 금속공업의 전문용어) 등과 같은 것이다. 또 주목할 만 한 것은 2000 Essential Korean Words for Beginners에 수록된 30개 국가명 중 11개의 국가명도 차이가 난다는 것이다.[12] 북한어에서는 지리학적 명칭을 주로 그 나라말 그대로 표기하기 때문에 이에 있어서 차이가 아주 많다.

5) 기타 : 텍스트 분야에는, 즉 문장론 및 문체론 분야에도 차이점이 있다. 그러나 이러한 차이점들은 어휘 분야에 비해 연구가 덜 된 분야이

11 예전에 남한에서 "자장면"만 표준어로 인정했으나 최근에 "짜장면"도 "자장면"과 함께 표준어로 인정하고 있음.

12 나이지리아(→ 나이제리아), 독일(→ 도이췰란드), 러시아(→ 로씨야), 멕시코(→ 메히꼬), 베트남(→ 웰남), 아르헨티나(→ 아르헨띠나), 이탈리아(→ 이딸리아), 캐나다(→ 카나다), 태국(→ 타이), 터키(→ 토이기), 페루(→ 뻬루).

며 외국어로서의 한국어수업에서 주제로 삼기가 힘들다.

3. 외국어로서의 한국어수업에서 북한어를 가르치는 방법

1) 북한어 교육의 필요성

독일에 있는 모든 대학교에서와 마찬가지로 베를린 자유대학교의 외국어로서의 한국어 수업도 남한의 표준어를 기준으로 진행한다. 수업에서 쓰고 있는 모든 교과서는, 즉 서강대학교, 이화여자대학교, 연세대학교 등의 자료는 북한의 언어 사용, 즉 '문화어'를 전혀 언급하지 않는다.[13]

그렇지만 베를린 자유대학교의 연구와 교육이 남과 북, 즉 전체 한국을 대상으로 하고 있는 만큼 학생들에게 언어적 차이가 있다는 것을 꼭 의식케 하여야 한다. 다시 말해서 북한어도 일정한 정도로 가르쳐야 한다는 것이다. 문제는 이를 수업에서 구체적으로 어떻게 실현할 수 있는가이다. 다음에서 그 방법론 및 교수법적 접근과 관련하여 실제 수업에서 얻은 경험을 예로 몇 가지 생각을 말씀드리고자 한다.

2) 초·중급 학습자들을 위한 한국어 수업

베를린 자유대학교에서는 한국어를 소개하는 신입생 준비과정의 입문강의에서부터 남북한의 언어 차이와 북한어를 의식케 하도록 노력한

13 1994년 베를린 홈볼트 대학교 Wilfried Herrman 박사가 집필한 〈Lehrbuch der modernen koreanischen Sprache〉(현대 한국어 교과서)는 북한어를 기초로 하는데, 이 책을 교재로 쓰지는 않는다.

다. 이어 초보자들을 위한 한국어 수업에서도 위의 제2장 4)에서 언급한 기초어휘를 소개할 때마다 북한말과의 차이점이 있다면 그것을 따로 설명한다. 실제 수업 진행과정에서 북한어휘를 같이 소개하고 설명하기가 그렇게 쉽지는 않지만 일정한 정도로 가능하다. 물론 시험문제나 연습문제에 북한어를 통합하기는 어렵다. 문법 차이의 경우에는 본인이 쓴 문법책에서[14] 북한 언어 사용에 대한 참조사항을 덧붙였다 (예를 들어 40, 85쪽). 학생들이 개별적 단어목록을 작성할 때 북한어휘를 고려하도록 주의를 환기시킨다. 여기서 도움이 되는 것은 NAVER Dictionary (https://dict.naver.com) 에 이미 대다수의 북한 단어들이 [북한어]란 표식을 달고 표제어로 올라 있다는 것이다. 북한어에서만 쓰이거나, 남한어에서만 쓰이는 단어들과 의미가 부분적으로, 전적으로 다르거나 역사적으로나 사회정치적인 참고가 다른 단어들에 주의하도록 설명하는 것이 중요하다(부록 1, 4를 참고). 또 우선적으로 사용되는 다른 표제어를 참조로 표식되어 있는 단어들도 주목할 만하다(부록 1, 3을 참고).

어휘와 함께 철자법상의 차이도 학생들이 인식하게 하여야 한다. 이미 언급한 바와 같이 두음법칙과 사이시옷 때문에 차이 난 것이 가장 중요하다(부록 1, 5를 참고). 그리고 일반적으로 철자법이 다른 단어들(부록 1, 6을 참고), 그리고 국가명을 비롯한 지리학적 명칭의 차이도 지적하여야 한다.

14 Brochlos, Holmer : Kurzgrammatik der koreanischen Sprache (한국어 문법 개요). Schmetterling Verlag, Stuttgart 2017.

3) 상급 학습자들을 위한 한국어 수업

상급반 학생들을 위한 한국어 수업에서 남북 언어사용의 차이를 번역문 대비분석의 형태로 의식시킬 것을 좋은 방법으로 권할 수 있다. 수업 대상으로 독일에서 아주 유명한 청년들을 위한 책, 에리히 케스트너(Erich Kästner)가 쓴 《에밀과 탐정들》(Emil und die Detektive)를 선택했다. 왜냐하면 이 책은 서울에서 출판된 번역판[15]도 있고, 평양에서 출판된 번역판[16]도 있기 때문이다. 이 두 번역판을 원본[17]과 비교하면서 남북의 언어적 차이를 보여줄 수 있고 관계되는 논제를 확인할 수도 있으며 논박할 수도 있고 상대화할 수도 있다. 남한판에서 번역자를 '옮김/옮긴이'라고 하는데 북한판에서는 '역/역자'라고 하는 것부터 시작된다. 즉 기대와는 완전히 반대로 남한판에서 고유어를 쓰지만 북한판에서는 한자어를 쓴 것이다. 이러한 예는 몇 가지가 또 있다(부록 2, 보기 4, 5를 참고). 그런데 전반적으로 볼 때 북한판은 고유어를 한자어보다 선호한다(부록 2, 보기 1, 3, 7, 8을 참고). 그러나 〈달걀 프라이를 만든다 vs. 닭알을 반숙합니다〉 (부록 2, 보기 3을 참고)에서 보는 바와 같이 외래어보다 한자어를 선호한다는 것이 명백하다 (〈조선말대사전〉에는 '프라이'란 표제어도 없다). 그리고 '병이 날 때도 있다 vs. 앓기도 합니다' (부록 2, 보기 3을 참고)에서 보는 것처럼 이같은 경향은 '한자어 vs. 고유어' 문제라기보다 번역자 개인의 취향 문제로 보인다.

부록 2, 보기 1에서 본 것처럼 '감색 vs. 곤색'의 경우에 북한판에서

15 『에밀과 탐정들』, 장영은 옮김, 시공주니어, 2015.

16 『에밀과 탐정들』, 역자 : 리영복·박효준, 문학예술출판사, 2016.

17 Kästner, Erich, Emil und die Detektive. Atrium Verlag, Zürich 2003.

원래 일본어(kon)에서 유래된 단어를 쓴 반면 남한판에서는 한자어를 쓴 것이 재미있다. 특히 나이 많은 사람들은 북한에서 '오차' 등 일본어에서 유래된 단어를 쓴다. 철자법상의 차이도 보여줄 수 있다(부록 2, 보기 1, 3을 참고). 특히 남북한어의 띄어쓰기 차이(부록 2, 보기 2, 3, 5, 10을 참고)와 두음법칙, 사이시옷 때문에 생긴 차이도 볼 수 있다(부록 2, 보기 4를 참고). 보인다 : 종결어미 '거던요'는 표준어에 없고 '거든요'만 있다. 반면 '더라고요'는 북한어에서보다 빈번하다(부록 2, 보기 11을 참고).

상대높임법의 차이도 지적할만하다 : 북한판은 이야기 진행 부분들에서 원칙적으로 '하십시오체'를 쓰지만 남한판은 해라체에 머물고 있다. 또 부록 2, 보기 2에서처럼 북한 번역자가 어머니의 행동에 -시-의 높임말을 썼는데 남한 번역자는 그렇게 하지 않았다.

두 역자가 같은 숙어를 썼다는 것도 흥미 있다(부록 2, 보기 6을 참고). 다만 그것을 각각 '옛말'과 '속담'이라고 일컫는 것이 차이가 난다. '건너다 vs. 건느다'의 차이도 주목할 만하다. NAVER 사전에서 '건느다'를 '건너다'의 잘못' 그리고 [북한어]로 명시하는데 〈조선말대사전〉에 표제어 '건너다' 아래 "= 건느다"가 있다. 북한사전은 여기에서 좀 더 너그러운 것 같다.

문체에 대해서 말한다면 북한판은 보다 극적인 색채를 띠고 있다. 예를 들어 '생계를 꾸리고 vs. 우리 식구를 먹여 살리기 위해서'(부록 2, 보기 2를 참고)이다. 또 눈에 뜨이는 점은 독어개념을 그대로 놓아두고 긴 주해를 달고 있는 남한 번역자의 번역스타일이다(부록 2, 보기 2, 4, 8을 참고). 개인 의견이지만, 이는 문학작품을 번역할 때 좋은 번역방법이 못 된다. 왜냐하면 독자의 독서 흐름에 방해가 되기 때문이다. 그런데 전체적으로 볼 때 남한 번역자의 번역이 원본에 아주 가깝고 충직한 반면 북한 번역자는 비교적 자유롭게, 어떨 때는 너무 자유롭게, 내용을 요약하기도 하고 생략하기도 하면서 번역했다. 그런데 북한 번역자가 긴 해설을 보충한 두 가지 예문도 있다. 첫 예문에는 보통 북한 독자, 특히 젊은 사람들이 잘 알 수 없는 자본주의 사회의 사정에 대한 것이기 때문에 꼭 필요할 것이다(부록 2, 보기 9를 참고). 둘째 예문(부록 2, 보기 10을 참고)에는 왜 〈조선말대사전〉에 표제어로 있는 '보링'으로 번역하지 않았는지 궁금하다. '구락부'는 일본식 음역어로 남한에서 잘 안 쓴다. 흥미 있게도 '클럽'은 〈조선말대사전〉에 표제어로 있기는 있지만 참조 ' =구락부'를 표식한다.

이상과 같이 보여준 것처럼 이러한 번역문 대비분석은 상급반 학생들을 위한 한국어 수업에서 남북 언어사용의 차이를 흥미 있게 가르칠 수 있는 좋은 방법이다.

4) 북한의 언어사용 심화수업

상급반 학생들을 위한 한국어 수업 이외에 한국학 수업에서도 북한말의 특징을 소개할 수 있다. 남북 언어사용에서 나타나는 차이점을 가르치는데 가장 좋은 방법은 북한어, 즉 '조선문화어' 사용에 관한 특별 세미나를 하는 것이다. 여기서 북한의 텍스트 원본을 읽을 수도 있고 uriminzokkiri.com이나 naenara.com.kp와 같은 사이트에 실린 기사들을 읽고 분석할 수도 있다. 남한 표준어에 아예 없는, 오로지 '조선문화어' 사용에만 있는 '리상향, 료해대책하다' 등과 같은 어휘를 가르치는데 가장 좋은 방법이다. 이러한 틀안에서 문체상 특성도 가르칠 수 있다.

자유대학교 학사과정 5,6학기에는 이른바 Vertiefungsmodul (in-depth or advanced module)이 있다. 이러한 심화수업에서 예를 들면 〈북한의 언어사용〉이란 특별 세미나를 한 적이 있다. 그 수업은 북한어를 가르치는 가장 좋은 방법으로 나타난 경험이 있기 때문에 이 수업의 강의계획서를 소개하고자 한다.

과목명		북한의 언어사용
학습목표		남북한 언어 차이를 종합적으로 의식케 한다. 북한어 단어를 익힌다. 북한의 원본 텍스트 독해 능력을 향상한다.
주차별 강의 설계		
강	강의제목	강의 요약
1	오리엔테이션	강의 개요 설명, 강의 진행방법 소개
2	맞춤법과 발음	북한어 철자의 명칭, 자모음 순서, 한자어 표기법, 두음법칙
3	맞춤법과 문법	띄어쓰기 vs. 붙여쓰기, 사이시옷, 북한어 문법 차이
4	어휘 Ⅰ	북한어휘의 특수성, 일반어 차이
5	어휘 Ⅱ	고유어 vs. 한자어 vs. 외래어
6	북한의 언어정책 Ⅰ	〈말다듬기운동〉 (언어에 대한 김일성의 논문, 1964년)
7	북한의 언어정책 Ⅱ	언어정책의 이론과 실태 (언어에 대한 김일성의 논문, 1966년)
8	언어적 숭배	김일성, 김정일, 김정은에 대한 언어적 숭배
9	북한의 텍스트 독해 Ⅰ	정치 언어 : 〈노동신문〉의 뉴스, 북한 문체의 특수성
10	북한의 텍스트 독해 Ⅱ	경제 언어 : 공장, 기업, 전시회 안내 책자 등
11	북한의 텍스트 독해 Ⅲ	교육, 문화 언어 : 대학교, 박물관 등 안내용 팸플릿
12	북한의 텍스트 독해 Ⅳ	과학, 기술 언어 : 전기, 전자 장치 사용 설명서 등
13	북한의 텍스트 독해 Ⅴ	북한문학 : 그림책
14	북한의 텍스트 독해 Ⅵ	북한문학 : 단편소설
15	수업내용 개괄 및 평가, 기말시험 준비	기말 보고서 쓰는 방법, 여러 제목 나누기

5) 북한어 통합 한국문화 수업

다른 언어에서와 마찬가지로 한국어에도 이른바 '문화적 코드'를 표시하는 단어들(즉 "Cultural Code Words")이 있다. 그러한 단어들의 뜻은 본래 의미를 초월해서 전체적인 사회문화적 및 인간관계적 구상을 망라한다. 남북 분단 70년 이후에 이러한 전통적인 문화적 코드말은 남과 북에 아직도 그대로 있는지 아니면 뜻이 달라졌는지, 달라졌으면 어떤 차이가 있는지 하는 문제가 제기될 수 있다.

따라서 300여 개의 이러한 코드말로 이루어진 기초자료[18]에서 가장 중요한 단어를 골라서 세 가지 큰 주제로 나누었다 : 가족과 그룹, 사람들 사이의 의사소통, 감정세계 등이 그것이다. 첫 주제에는 예를 들어 〈동무, 동지〉가 속한다. 이 경우에 부분적 동의어 현상이 나타나면서 일정한 의미 차이와 상용상 차이가 나타난다. 〈동창회〉는 〈조선말대사전〉에 표제어로 올라 있지만 다음과 같이 정의한다 : '전날에, ① 같은 학교를 함께 졸업한 사람들로 무은 조직체. ② 동창생들끼리 가지는 모임.' 즉, 남한에서와 달리 오늘날의 북한에서 이 단어를 역사적 문맥 안에서만 쓴다는 것이다. '동아리'의 사용도 비슷하다. 〈조선말대사전〉의 이 표제어에 대한 설명은 "부정적 인물들로 한패를 이룬 무리 또는 목적을 같이하는 한패." 다시 말해서 이 단어의 함축적 의미가 남한말에서 절대적으로 긍정적인 반면 북한말에서 순수히 부정적인 것이다. 둘째 큰 제목(사람들 사이의 의사소통)과 관련한 전형적 예를 들자면 '눈치'란 코드말이다. 남의 생각이나 태도, 행동을 제때에 살펴서 알아차리는 것을 의미하는

---

18 De Mente, Boye Lafayette : NTC's Dictionary of Korea's Business and Cultural Code Words, McGraw-Hill Education, 2010

이 단어의 사용에서 남북 차이가 없다. 선배-후배의 개념도 비슷하다. 〈조선말대사전〉의 정의를 보면, ①"일정한 분야에 먼저 들어서서 활동한 경험이 오랜 사람"을 후배의 립장에서 이르는 말. 례구 : 혁명~. 례 : 정남이는 감옥생활을 하는 과정에 선배동지들에게서 많은것을 배웠다. ②"같은 학교를 자기보다 앞서 나온 사람"을 후배의 립장에서 이르는 말. 그리고 NAVER사전의 정의는 : "1. 같은 분야에서, 지위나 나이·학예(學藝) 따위가 자기보다 많거나 앞선 사람. 2. 자신의 출신 학교를 먼저 입학한 사람." 여기서 보다시피 선배-후배 개념은 정의가 비슷하지만 일상생활에서 쓰는데 의미의 중점이 좀 다르다. 한국 문화 수업에서 이러한 문제들을 깊숙하게 다룰 수 있다. 결과적으로는 이 문화적 코드말을 분석함으로써 북한 사회발전의 다른 점을 보여줄 수 있다.

4. 맺는 말

지금까지 살펴본 바와 같이 남북 언어사용에서 나타나는 차이가 사소한 것이 아니다. 표준어 기초단어 2,000개 중 13.5%의 차이가 있다는 것은 과소평가하지 말아야할 사실이다. 초보자들을 위한 수업에서 이 모든 차이점을 다루기가 불가능하지만 상급자들을 위한 수업에서, 예를 들어 번역문 대비분석이나 특별 세미나에서 다루기가 가능하다. 문화 강의에는 선택된 문화적 코드말의 동일점과 차이점을 강조할 수도 있다. 그렇지만 완벽한 해결책을 제시하지 못하고 있다.

2018년에 있던 김정은 위원장과 문재인 대통령 사이의 정상회담과 북미 정상은 남북관계발전을 위한 새로운 기초를 마련했다. 남과 북의 교류와 협력이 활발해지면 쌍방의 언어사용이 계속 갈라져가는 위험도 감소될 것이다. 중단됐던 〈겨레말 큰사전〉 편찬을 위한 남북 공동사업도 이에 커다란 기여를 하는 만큼 꼭 계속되어야 한다.

부록 1

1) 2000EKW에 수록된 단어들 중 〈조선말대사전〉에 표제어로 없는 단어들(해당된 표제어가 있다면 괄호안에 놓았음) :

가전제품, 간호사(→간호원), 고속터미널, 까만색(→검은색), 노약자석(→다만 : 로약자), 노트북(→노트형개인콤퓨터), 다이어트, 데이트하다, 드라이어(→건발기), 디자인(→설계, 도안, 무늬 …), 메모, 메시지, 문구점, 물냉면, 뮤지컬, 볼펜(→원주필), 분식집, 비밀번호(→콤퓨터암호), 사계절(→사계, 사절, 사철), 살구색, 샴푸(→머리비누), 선글라스(→색안경), 세일(→옛사전[19]에는 털어팔기란 단어가 있었는데 〈조선말대사전〉에 없음), 소방서(→소방대), 쇼핑, 슈퍼마켓(→종합상점), 스노우보드, 스카프(→목도리), 스케줄(→일정, 시간표), 스파게티, 신용카드, 아르바이트, 액션, 에어콘(→랭풍기), 엑스레이(→렌트겐), 연휴, 예식장(→다만 : 례식, 례식장갑), 외식하다, 요가, 웨딩드레스, 이메일(→전자우편, 흔히 "E메일"이라고도 한다), 조깅, 좌회전, 주스(→과일즙, 과실즙), 청바지(→다만 : 청바지저고리 : 일제 때, 아직 법적판결을 받지 않은 수인들이 입는 푸른 바지저고리라는 뜻으로 "감옥에 갇혀있는 미결수"를 이르는 말), 티셔츠(→스프링), 파란색(→푸른색), 파티, 팝송, 패션(→류행), 편의점, PC방, 한식(→조선음식), 햄버거, 헬스클럽, 휴대폰(→휴대용손전화기).

---

19 《영조사전》, 외국문도서출판사, 1977, 1264쪽.

2) 2000EKW에 수록된 단어들 중 〈조선말대사전〉에 독립적 표제어로 오르지 않았지만 합성어나 예문 속에 있는 단어들 :

건강보험증(→다만 건강보험카드 : "정보" 의료보험증이나 계호보험증 등을 카드화하여 병원이나 진료소의 의료말단에 정보를 입출력함으로써 주민들의 건강관리를 종합적으로 진행하는 카드체계), 그분(→'분' 아래의 예), 똑같다(→'똑' 아래의 예 : 붙여쓰기가 주목할만하다!), 목마르다(→'목' 아래의 예 : 목이 마르다. 참고로 '배고프다'는 독립적 표제어다!), 반팔(→복합명사 '반팔등거리'만 있음), 배부르다(→'부르다' 아래의 예 : 배가 부르다), 신나다(→'신(2)' 아래의 예 : 신(이) 나다), 쓰기(→표제어로서 '쓰기교육'만 있음), 씨(→'제씨' 같은 합성어만 있음), 아이스크림(→'에스키모'란 표제어 아래 : 동의어 : 아이스크림), 잘생기다(→'생기다' 아래의 예 : 띄어쓰기가 주목할만하다!), 저분(→'분' 아래의 예).

3) 2000EKW에 수록된 단어들 중 〈조선말대사전〉에 표제어로 올랐지만 그보다 우선적으로 사용되는 다른 표제어를 참조로 표식되어 있는 단어들 :

갈색(→밤색), 거실(→살림방), 게임(=전자오락), 계란(→닭알), 다방(=차집), 당근(→'홍당무우'를 이르는 말), 라면(→① 중국음식, ②→즉석국수), 메뉴(→차림표), 빈대떡(→녹두지짐), 서점(=책방), 슬리퍼(→끌신), 세탁(→빨래), 액자(→액틀), 야채(→남새), 연고(→무른고약), 오페라(=가극), 옥수수(→강냉이), 원피스(→달린옷), 채소(→남새), 카메라(→①→사진기, ②→촬영기), 한복(→'조선옷'을 달리 이르던 말), 휴일(→쉬는날)

4) 2000EKW에 수록된 단어들 중 〈조선말대사전〉에 표제어로 올랐지만 의미가 부분적으로나 전적으로 다르거나 역사적으로나 사회정치적인 참고가 다른 단어들 :

가게(→전날에, ① 자그마한 규모로 물건을 벌려놓고 파는 집, ② 림시로 장이나 길거리에서 물건을 벌려놓고 파는 곳), 극장(→① 가극, 연극을 비롯한 예술공연과 관람을 위한 시설과 설비들을 갖춘 건물. ② (일정한 명사와 함께 쓰여) 무대예술의 창조와 공연을 통하여 대중을 정치사상적으로, 문화적으로 교양하는 기관이나 단체를 이르는 말. “북한말 대응단어 : 영화관”), 뉴스(→① 새 소식이나 새로운 보도, ② = 시보), 대학원(→일부 나라에서, ‘대학의 박사원’을 달리 이르는 말), 도시락(→‘손으로 만든 옛 그릇’이란 의미밖에 없음 : 고리버들이나 대오리같은 것으로 고리짝같이 결어 만들어 쓰던 작은 그릇. 흔히 점심밥을 담아가지고 다니는데 썼다. 현재 : 밥곽), 드라마(→극 ①‘연극 또는 극예술작품’을 통틀어 이르는 말), 멜로(→표제어로 있는 것 : 멜로드라마 : 중세기 서유럽에 있는 노래와 춤을 동반한 극. 후에는 통속극이란 의미로 사용되고 있다.), 사거리(→두가지 완전히 다른 의미 : (1) ‘음악’ 4개의 노래를 련결하여 부른 우리나라의 옛 노래묶음형식. (2) ① 쏘는 거리. ② 화력무기로 사격할 때 총구나 포구의 자름면으로부터 목표까지의 거리. 북한말 대응단어 : 네거리), 우체국(→전날에, ‘체신소’를 달리 이르는 말), 우체부(→전날에, ‘우편배달부’를 달리 이르는 말), 우회전(→다만 : 우회적 방법으로 적을 치는 전투 또는 그 전법), 은행원(→전날에, 은행에서 사무를 보는 사람), 이민(→낡은 사회에서, 한 나라나 한 지방에서 다른 나라나 다른 지방으로 옮겨가서 머물러 사는 것 또는 그런 사람), 자가용(→표준어에서 “개인자동차”란 뜻이지만 북한말에서 “개인의 것, 사적 일”이란 일반적인 뜻임 : ‘개인집이나 어떤 단위의 전용으로 쓰는 것.’ 그렇지만 예로서 ‘자가용자동차’가 있음), 점원(→전날에, 상점에 고용되어 물건을 파는 일을 비롯한 상점 일을 보는 사람. 지금 : 판매원), 정류장(→정류소가 있어 차가 와서 멎게 되어 있는 넓은 마당. 북한말 대응단어 : 정류소), 파스(→여러가지 의미가 있는데 표준어의

'타박상, 근육통, 신경통 따위에 쓰이는 소염 진통제'란 뜻이 없음), 하숙(→ 전날에, 일정한 값을 치르고 비교적 오랫동안 남의 집에 머물러있으면서 자고 먹고 하는 것 또는 그 집), 화장실(→ ① 화장하는 방. ② (거울, 손 씻는 설비 등을 갖추어놓은) "변소"를 달리 이르는 말. 북한말 대응단어 : 위생실), 환전(→ 봉건사회에서, 환표로 보내는 돈. 표준어에서 주로 "서로 종류가 다른 화폐와 화폐, 또는 화폐와 지금(地金)을 교환함. 또는 그런 일"이란 뜻임).

5) 2000EKW에 수록된 단어들 중 두음법칙과 사이시옷 때문에 〈조선말대사전〉에 비해 차이 난 단어들 :

낙엽(→ 락엽), 내년(→ 래년), 내일(→ 래일), 냉면(→ 랭면), 녹색(→ 록색), 녹차(→ 록차), 농구(→ 롱구), 농담(→ 롱담), 숫자(→ 수자), 약도(→ 략도), 어젯밤(→ 어제밤), 여권(→ 려권), 여동생(→ 녀동생), 여자(→ 녀자), 여행(→ 려행), 여행사(→ 려행사), 연락(→ 련락), 연세(→ 년세), 연습(→ 련습), 영수증(→ 령수증), 예의(→ 례의), 요금(→ 료금), 요리(→ 료리), 용(→ 룡), 유월(→ 류월), 유학(→ 류학), 유행(→ 류행), 육(→ 륙), 육교(→ 륙교), 육십(→ 륙십), 이발(→ 리발), 이용(→ 리용), 이유(→ 리유), 이해(→ 리해), 젓가락(→ 저가락), 콧물(→ 코물)

6) 2000EKW에 수록된 단어들 중 〈조선말대사전〉에 철자법이 다른 표제어로 있는 단어들 :

귀고리(→ 귀걸이), 날짜(→ 날자), 냄비(→ 남비), 달러(→ 딸라), 드디어(→ 드디여), 들르다(→ 들리다), 라디오(→ 라지오), 마라톤(→ 마라손), 마사지(→ 마싸지), 배드민턴(→ 바드민톤), 버스(→ 뻐스), 볼링(→ 보링), 블라우스(→ 브라우스), 비디오(→ 비데오), 색깔(→ 색갈), 샌들(→ 싼달), 샤워(→ 샤와), 설거지(→ 설겆이), 셔츠(→ 샤쯔), 소파(→ 쏘파 = 안락의자), 스웨터(→ 세타),

스케이트(→스케트), 아내(→안해), 아파트(→아빠트), 와이셔츠(→와이샤쯔), 위(→우), 인터넷(→인터네트), 잠깐(→잠간), 재즈(→쟈즈), 초콜릿(→쵸콜레트), 커튼(→카텐 = 창가림), 컴퓨터(→콤퓨터), 컵(→고뿌; 둘째 의미가 동일함(!) : 경기나 경연 같은데서 우승한 단체나 개인에게 상으로 주는 큰 잔 비슷하게 생긴 공예품), 코미디(→ 코메디), 콘서트(→콘체르트), 클래식(→클라씨크), 테이블(→테블), 테이프(→테프), 텔레비전(→텔레비죤), 파인애플(→파이내플; 이외에 〈아나나스〉란 표제어도 올렸음!), 팩스(→팍스), 한라산(→한나산), 핸드백(핸드빽→손가방), 헤어지다(→헤여지다), 홈페이지(→홈페지), 휴게실(→휴계실).

6. 부록 2

보기 1:

독어원본 (16쪽)	남역 (22쪽)	북역 (9쪽)
Da ist, erstens einmal, Emil selber. In seinem dunkelblauen Sonntagsanzug.	자, 첫 번째 등장 인물은 에밀이다. 감색 외출복을 입고 있다.	에밀은 곤색 나들이옷을 입었습니다.

보기 2:

독어원본 (16쪽)	남역 (22쪽)	북역 (9쪽)
Und dann denkt er … daran, dass sie den ganzen Tag arbeitet, damit sie zu essen haben und damit er in die Realschule gehen kann.	에밀은 생계를 꾸리고 자기를 레알슐레 (독일에서…: 옮긴이)에 보내느라 온종일 일을 하는 어머니 생각을 하게 된다.	에밀은 속으로 생각했습니다. (어머니는 우리 식구를 먹여살리기 위해서 그리고 내가 실업학교에 다닐수 있도록 밤늦게까지 일을 하신다.)

보기 3:

독어원본 (17쪽)	남역 (23쪽)	북역 (9쪽)
Manchmal ist sie krank, und Emil brät für sie und sich Spiegeleier. Das kann er nämlich.	병이 날 때도 있다. 어머니가 아프면 에밀은 어머니와 자기가 먹을 달걀 프라이를 만든다. 달걀 프라이는 잘 할 수 있다.	그리고 이따금 앓기도 합니다. 그러면 에밀은 어머니와 자기가 먹을 닭알을 반숙합니다. 에밀은 닭알 반숙을 할줄 아니까요.

보기 4:

독어원본 (18쪽)	남역 (24쪽)	북역 (10쪽)
Der Zug, zu dem dieses Coupé gehört, fährt nach Berlin.	베를린으로 가는 기차의 쿠페 (서양 기차에서 … 옮긴이)	베를린행 렬차의 차칸.

보기 5:

독어원본 (18쪽)	남역 (24쪽)	북역 (10쪽)
Denn wer weiß, was es für Menschen sind?	앞에 앉은 사람이 혹시 나쁜 사람인지 누가 알겠는가?	상대방이 어떤 사람인지 전혀 모르기 때문입니다.

보기 6:

독어원본 (19쪽)	남역 (25쪽)	북역 (10쪽)
Denn Vorsicht ist, wie es so schön heißt, die Mutter der Porzellankiste.	돌다리도 두드리고 건너라는 속담이 있다.	옛말에 돌다리도 두드려보고 건느라는 말이 있습니다.

보기 7:

독어원본 (19쪽)	남역 (25쪽)	북역 (10쪽)
Sonst kann es plötzlich passieren, dass er schlecht wird.	나쁜 사람으로 돌변할지도 모르니까.	그가 갑자기 나쁜 일을 할수도 있으니까요.

보기 8:

독어원본 (20쪽)	남역 (26쪽)	북역 (11쪽)
Übrigens ist Pony Hütchen ein reizendes Mädchen …	어쨌든 포니 휘트헨(… 옮긴이)은 애교가 있는 여자 아이다.	포니 휘첸은 귀엽고 싹싹한 애입니다.

보기 9:

독어원본 (23쪽)	남역 (29쪽)	북역 (12쪽)
Dort kann man, wenn man Geld hat, Aktienkäufe in Auftrag geben.	누구건 돈만 있으면 은행에서 주식 위탁 매매를 해준다.	돈이 있는 사람은 누구든지 그 은행에 부탁하여 주권(주식회사에서 돈을 낸 몫에 따라 리익배당금을 받을 권리를 표시한 증서)을 살수 있습니다.

보기 10:

독어원본 (27쪽)	남역 (35쪽)	북역 (16쪽)
Wir waren vor anderthalb Jahren mit dem Kegelclub drüben.	일 년 반 전에 볼링 클럽 회원들하고 같이 가 봤어요.	1년반전에 우리는 케걸(9개의 기둥을 세우고 공으로 넘어뜨리는 놀이) 구락부사람들과 함께 갔었답니다.

보기 11 :

독어원본 (27쪽)	남역 (35쪽)	북역 (16쪽)
Da gibt es doch wirklich Straßen, die nachts genauso hell sind wie am Tage.	밤에도 내내 대낮처럼 밝은 거리가 진짜로 있더라고요.	정말 밤에도 대낮처럼 밝은 거리가 있거던요.

이 글은 2019년 1월 17일과 18일 양일간 개최된 전남대 BK21플러스 지역어 기반 문화가치 창출 인재양성 사업단이 주최한 '세계 속의 한국어문학 연구의 현황과 과제'를 주제로 한 국제학술회의에서 발표한 글을 수정, 보완한 것임을 밝혀둔다.

참고문헌

고영근, 『북한의 말과 글』, 을유문화사, 초판 1989, 증판 1990.
______, 『북한의 언어문화』, 서울대학교 출판부, 1999.
김민수 편, 『김정일시대의 북한언어』, 대학사, 1997.
리익선, 『미제의 조선말 말살정책의 반동성』, 조선민주주의인민공화국 사회과학원 언어학연구소, 1975.
북한언어연구회 편저, 『북한의 어학혁명』, 도서출판 백의, 1989.
양영철 저, 『남북한 언어 탐구생활』, 지식의 숲, 서울 2018.
리영복·박효준 역, 『에밀과 탐정들』, 문학예술출판사, 2016.
장영은 옮김, 『에밀과 탐정들』, 시공주니어, 2015.
『영조사전』, 외국문도서출판사, 1977.
유범주, 『새』, 사이언스북스, 2005.
전영선 저, 『북한의 언어 : 소통과 불통 사이의 남북언어』, 경진출판, 2015.
조오현 등 저, 『북한 언어 문화의 이해』, 경진문화사, 2005.

Ahn, Seol-hee; Min, Jin-young; Kim, Min-sung, 2000 Essential Korean Words for Beginners. Darakwon, Seoul, 3쇄 2011.

Brochlos, Holmer, Kurzgrammatik der koreanischen Sprache(한국어 문법 개요). Schmetterling Verlag, Stuttgart 2017.

De Mente, Boye Lafayette, NTC's Dictionary of Korea's Business and Cultural Code Words. McGraw-Hill Education, 2010.

Herrman, Wilfried, Lehrbuch der modernen koreanischen Sprache(현대 한국어 교과서). Buske Verlag, Hamburg 1994.

Kästner, Erich, Emil und die Detektive. Atrium Verlag, Zürich 2003.

Schmidt, Hartmut, Sprachhistorische Forschung an der Akademie der Wissenschaften der DDR. Ein Rückblick. In : Roloff, Hans-Gerd (Hrsg.) : Jahrbuch für Internationale Germanistik 14/2. Bern/Berlin/Frankfurt a.M., 1992, pp.8-31.

WdG(1961-1977), Wörterbuch der deutschen Gegenwartssprache(현대독일어사전). Hrsg. von R. Klappenbach und W. Steinitz. 총 6권, Berlin 1978.

초창기 북한의 언어 정책 연구를 위하여

김수경(1947)을 실마리로 하여

고영진

1. 들어가는 말

1) 오랫동안 한국에서는 '언어 정책'이라고 하면, 한글만 쓸 것인가 혹은 한자를 섞어 쓸 것인가 하는, 문자에 대한 문제가 주종을 이루어 온 탓인지, 주로 문자와 맞춤법 정도로 그 범위를 대단히 좁게 이해해 온 것이 사실이다. 물론 사용 문자를 무엇으로 할 것인가, 그리고 맞춤법을 어떻게 할 것인가 하는 것은, 무척이나 크고도 중요한 언어 정책의 핵심 내용의 하나임에 틀림없다. 그러나 거의 그러한 측면에만 초점을 맞추어 논의가 이루어지다 보니, 그동안의 언어 정책과 관련한 논란의 대부분은 무척 식상한 테마의 하나가 되었고, 그 결과 이에 대한 언급은 한글날을 전후하여 한때 '반짝!' 하고는 다시 침묵 속으로 빠져들기 일쑤였다. 문제는 이러한 관점이 북한의 언어 정책을 다루면서도 별반 달라지지 않은 탓으로, 1980년대 후반 한때 '북한바로알기 운동'을 계기로 홍수처럼 쏟아져 나오던 북한의 문헌들도 이제는 찾아볼 길이 거의 없어졌으며, 더불어 북한의 언어 정책과 관련한 연구 또한 아카데미즘의

세계에서는 별 관심사가 되지 못하고 있는 형편이다.

그러나 언어 정책을 "국가 권력이 해당 사회 내부의 언어적 의사소통 과정에 개입하는 현상과 그 구조적 인과성을 함께 일컫는"(김하수 1990b: 142) 것이라 정의한다면, 언어 정책은, 그 범위가 급격히 넓어질 뿐만 아니라, 해당 사회의 제반 발전 과정과 긴밀히 연결지어 가면서 종합적으로 고찰할 수 있는 시야를 확보할 수 있게 된다. 이러한 관점에 서게 되면, "모든 언어학적 연구의 목적은 언어생활을 개선하는데 있"으므로, "만약 언어생활 개선이라는 실천분야를 무시해 버린다면 언어학적 연구의 모든 '성과'들은 의연 언어구조의 울타리에 머물러 있을 뿐 실천 속으로 그 이상 더 나가지 못할 것"(이상 남영희 1985:4)이라는 문제의식 또한 이해할 수 있게 된다. 이러한 문제의식은 북한 언어학의 일종의 전제와 같은 것인데, 이에 대한 고려 없이, 북한의 언어 정책에 대하여 논의하는 것은 별다른 성과 없이 끝날 가능성이 대단히 높다. 이 사실을 염두에 두면서 우리는, 김수경(1947)[1]을 실마리로 하여, 해방 직후부터 1950년대 무렵까지 북한에서 시행된 언어 정책의 이런저런 모습들을 개괄적으로 검토해 보기로 한다.

2) 그렇다면, 왜 이 시기에 주목하지 않으면 안 되는가 하는 문제가 제기될 수 있다. 그것은 이 시기에 행해졌던 언어 운동 혹은 실시되었던

---

1 이 글의 집필 일자는 『로동신문』의 1947년 6월 10일자의 맨 뒤에 1947년 5월 30일이라고 명기되어 있으며, 『로동신문』에 게제된 날짜는 1947년 6월 6일, 7일, 8일, 10일이다. 4회에 걸쳐 게재되었으나, 각각이 독립한 글이라기보다는, 게재지가 신문이라는 성격상, 분량의 제한 등으로 말미암아 분재되었던 것으로 판단된다. 따라서 이 글에서는 이들 전체를 한 편의 논문으로 간주하고 김수경(1947)로 적기로 한다.

언어 정책들이 그 이후의 언어 운동 및 언어 정책의 뿌리가 되었다는 것으로 정리할 수 있다. 예컨대, 뒤에서 다시 언급하겠지만, 아무런 관련이 없어 보이는 '문맹 퇴치'와 '한자 폐지'만 하더라도, '문맹 퇴치'를 전제하지 않는 북한에서의 '한자 폐지'는 상상하기 어렵기 때문이다(고영진 2012). 그러므로 해방 직후 북에서 실시된 언어 정책을 살펴보는 것은 그 이후 북한의 언어 정책을 이해하는 하나의 중요한 실마리가 된다.

3) 다음으로, 왜 김수경이고, 왜 김수경(1947)인가 하는 점 또한 약간의 설명이 필요할 듯하다. 김수경은 김일성 대학의 창립을 전후하여 그의 경성제대 동기였던 박시형의 권유로 월북을 하게 되는데(이타가키 2014a:80-81), 그의 월북 이후 북한의 조선어학은, 이론 혹은 실천 분야를 막론하고, 적어도 1960년대 전반까지는 김수경이라는 이름 석 자를 제외하고는 존재할 수 없었다고 해도 단언컨대 지나친 말이 아니다. 1947년 1월 현재 김일성 대학의 문학부에는 31명의 교원이 소속되어 있었는데, 그 중 언어학 전공은 김수경이 유일했다(이타가키 2014a:81)는 사실은 그 무렵의 사정을 숨김없이 말해 주고도 남음이 있다. 이론 분야에서는, 1949년의 『조선어 문법』에서 1964년의 『조선어 문법』까지의 문법 분야(고영진 2002)는 말할 것도 없거니와, 문체론과 언어사 등에 이르기까지 그의 활약은 자못 눈부셨다. 언어 실천과 관련해서는, 이 글에서 검토할 예정인 김수경(1947)을 필두로 하여, '조선어 신철자법'을 비롯한 거의 모든 분야에 그의 손길이 미치고 있었다.

여기에서 살펴보려는 김수경(1947)이란, 앞에서도 잠깐 언급하였지만, 1947년 6월 6일부터 10일까지 4회에 걸쳐 『로동신문』에 연재된 것으로, 「朝鮮語學會 『한글 맞춤법 통일안』 中에서 改正할 몇 가지 其一

漢字音 表記에 있어서 頭音 ㄴ 及 ㄹ에 對하여」[2]를 말한다. 그런데 이 글은 언어학에 관한 학술적 성격이 매우 짙은 논문임에도 불구하고, 당시 북조선 로동당의 기관지인 『로동신문』에 게재되었다는 점에서 대단히 문제적이다. 게다가 이 글은 "창졸간에 기필한 까닭으로 우리의 견해를 충분히 토로하지 못한 점도 있으며 또한 인쇄의 형편을 고려하여 외국어문의 실례 인증에 제약을 받은 점도 없지 않"음에도 불구하고, "우선 시급한 수요에 응하기 위하여 이 일문을 초하"였다는 데에서도 문제적이라 아니 할 수 없다(이상 6일). 무엇보다도 여기에서 말하는 "시급한 수요"란 도대체 무엇일까부터가 문제인 것이다. 따라서 필자는 본고에서 해방 직후 북한에서의 언어 정책과 관련하여 김수경의 이 글이 어떠한 역할을 했는지, 그리고 그것이 가지는 의미는 무엇인지, 중점적으로 검토해 보려고 한다.

2. 노동당인가, 로동당인가?

1) 잘 알려진 바와 같이, 김일성이 이끌던 북조선 공산당과 김두봉이 이끌던 조선 신민당이 1946년 8월 28일에 합당하면서 '북조선 로동당'이 탄생하게 된다. 이 당의 탄생에는, 노선이나 주도권 싸움 등은 논외

2 본고에서 김수경(1947)을 인용할 때에는 그 게재일만을 괄호 안에 (6일)과 같이 밝히기로 한다. 또한 김수경(1947)에서의 인용은, 특별한 경우가 아닌 한, 한자는 한글로 바꾸었으며, 그 때의 표기는 김수경(1947)의 의견을 존중하여 원칙적으로 두음법칙을 적용하지 않았다. 그리고 띄어쓰기는 원문이 신문에 실렸던 것임을 고려하여 읽기에 편하도록 인용자가 현재의 남쪽 방식으로 수정한 곳이 적지 않은데, 이에 대해서 하나하나 밝히지는 않았다.

로 하더라도, 언어적인 측면에서 심각한 문제가 하나 잠재되어 있었다. 무엇보다도 정식 당명을 '북조선 노동당'으로 적을 것인지 '북조선 로동당'으로 적을 것인지가 문제였던 것이다. 사실 이와 비슷한 문제는 그 이전에도 존재하고 있었다. 1946년 2월에 수립된 '북조선 臨時 인민위원회'의 '臨時'를 한글로 표기한다면, 그것은 '임시'인지 '림시'인지도 사실 명확하지 않았다. 당시만 하더라도 남북에서 모두 조선어학회가 제정한 '한글 맞춤법 통일안'(이하 '통일안'으로 줄임)이 규범의 역할을 하고 있었으므로,[3] 이에 따른다면 명백히 '북조선 노동당'이고 '북조선 임시 인민위원회'여야 했다.

그러나 문제는 그렇게 단순한 것이 아니었다. 무엇보다도 "단어의 첫소리 이외의 경우에는 그 본음대로 적"지만, "단어의 첫소리로 될 적에는, 그 발음을 따라" 적는다(이상 '통일안'의 제42항)는 규정, 즉 '두음법칙'에 관한 항목은 여러 가지 문제를 내포하고 있었기 때문이다. 특히 하나의 소리가 그 위치가 어두냐 아니냐에 따라 철자가 달라진다는 점이 무엇보다도 큰 문제인데, 이 규정은 "한글 맞춤법은 표준말을 그 소

3 이것은 "북 조선 인민 위위원회 선전부 검열과 심사 번호 제62호"로 나온 길용진 엮음(1947)의 "일러두기"의 "이 해설은 조선어 학회의 기관지 『한글』 제2권 제8호의 『한글 맞춤법 통일안 해설』과 같은 책 제6권 제1호로부터 제8권 제3호까지 20회에 걸쳐 연재되었던 이 희승 씨의 『한글 맞춤법 통일안 강의』를 기초로 하여 엮은 것입니다."라는 언급에서 확인이 가능하다. 길용진 엮음(1947)은 '통일안'의 두음법칙에 관한 조항에 대해서도 아무런 이의를 제기하지 않고 있음을 첨언해 둔다. 또한 김두봉도 한 인터뷰에서 "현재 북조선에서도 맞춤법은 남조선과 같은 걸 쓰고 있지 않습니까?"라는 기자의 질문에 대하여 "그야 남북이 통일된 뒤에는 수정이 있을지라도 지금 이 현세에 문자까지 혼란하여서는 장래의 민족문화 발전상 중대 문제니까 그대로 쓰지 않을 수 없지요."(「會見記 : 金枓奉先生과의 六分間」, 『民聲』, 제3권 1·2합병호, 1947년 2월, 심지연(1993)의 자료편, 473~476쪽 참조)라고 답하고 있다. 이에 대한 자세한 것은 コ・ヨンジン(2000)을 참조할 것.

리대로 적되, 어법에 맞도록 함으로써 원칙을 삼는다"는 '통일안'의 총론과도 충돌하고 있었다. 뿐만 아니라, 이 규정을 그대로 준수할 경우 당시 북한이 궁극적인 문자 정책의 목표로 삼고 있었던 '문자 개혁'과 관련해서도 심각한 문제를 일으킬 것임에 틀림없었다.

2) '통일안'에서 두음법칙을 규범의 하나로 규정한 이유는 명백하다. 당시의 언어 현실이 그러했기 때문이다. 다시 말하면, 어두에서 ㄹ이 발음되지 않는다는 현실, 그리고 ㄴ 또한 모음 ㅣ(및 반모음 y)가 후행하는 어두의 위치에서는 발음되지 않는다는 현실을 고려한 것으로, '통일안'의 제4장에서 "한자음은 현재의 표준 발음을 좇아서 표기함으로써 원칙을 삼는다"는 것으로 구체화되었다. 이는 현실적으로 타당성이 전혀 없다고는 할 수 없으나, 문제는 이 규정이 '통일안'에서 한자어에 한하여 적용되었다는 점이다. 이에 대한 김수경의 비판은, 주로 소쉬르의 『일반 언어학 강의』에서 그 근거를 찾고 있는 것으로 보이는데,[4] 그것은 대체로 다음과 같이 정리할 수 있다.[5]

---

4 이 사실은 板垣竜太(미간행)의 3장에서 지적된 바가 있다. 板垣竜太(이타가키 류타) 교수에 따르면, 김수경(1947)에는 출전은 밝히고 있지 않으나, 가치의 체계와 같은 표현 등, 소쉬르에 연원을 두고 있는 음운론의 사고방식이 확실히 담겨 있다고 한다. 이 미간행 원고는 필자가 그것의 한국어판 번역을 맡기로 하고 이타가키 교수로부터 파일로 받아 보관하고 있는 것인데, 본고의 집필 과정에서는 그 원고를 채 읽지 않은 상태였기 때문에, 김수경(1947)에 끼친 소쉬르의 영향을 그가 이미 언급했다는 것을 모르고 있었다. 그러나 본고의 구두 발표가 끝난 후 우연히 이타가키 교수와 사석에서 이야기를 나누는 과정에서 그가 필자에게 보내 준 원고에 그 사실이 적시되어 있다는 것을 알고, 보관하고 있던 파일에서 확인하여 여기에 인용해 둔다. 그러므로 김수경(1947)이 소쉬르로부터 받은 영향은 필자에 앞서 이타가키 교수가 발견한 것이다. 귀중한 미간행 원고의 인용을 허락해 주신 이타가키 교수께 깊이 감사드린다.

5 小林英夫에 의한 Cours de linguistique générale의 일본어역의 초판은 1928년에 岡書

첫째로, "철자법에 있어서는 표음주의만 철저히 준봉할 수 없다"(7일)는 점을 그는 먼저 든다. 어떠한 언어든지 철자법과 현실 발음 사이에는 괴리가 있을 수밖에 없는데, 예를 들어 표음문자인 영어의 A는 5-6종의 음이 있고, 불어에서는 "S음을 나타내기 위하여 여덟 가지의 표기법, K음을 나타내기 위하여 여섯 가지의 표기법을 사용하고 있다"(7일)는 것 등을 들고 있다.[6] 그렇기 때문에 "어떠한 언어에 있어서나 그 언어를 학습할 때 비록 그 문자가 표음문자이라고 할지라도 철자법과 아울러 그 발음법도 함께 배워야 하는 것"(7일)임을 강조한다. 이와 더불어 "조선문자에 있어서는 그 음운이 풍부하고 조직이 정묘하기 때문에 흔히 훈민정음을 발음 부호와 혼동하고 조선어의 학습에는 발음법은 따로 배울 필요가 없는 듯이 생각"하는데, 이러한 생각이 일반화한 데에는 "훈민정음에 대한 력대의 필요 이상의 찬사에 원인하는바 많다"(이상 7일)고 비판한다.[7] 그러나 아무리 훈민정음이 뛰어난 표음문자라 할지라도 세상에 존재하는 무수한 음성을 다 표기할 수 없다는 사실도 그는 명확히 인식하고 있었다.

院에서 간행되었고, 『改譯新版』은 小林英夫가 경성제국대학에 재직하던 시절인 1940년 3월에 岩波書店에서 출판되었다. 그런데 1939년 10월 13일에 '경성에서' 쓴 것으로 되어 있는 『改譯新版』의 서문에는 자신의 구역문(舊譯文)을 가로쓰기로 옮겨 쓰는 일에 김수경(을 포함한 3인)의 도움을 받았으며, 그에 대하여 감사한다는 내용이 적혀 있다. 여기에서도 김수경이 소쉬르와 이어지는 부분의 일단을 엿볼 수 있다. 이와 더불어 본고에서 참조한 소쉬르의 『강의』의 일본어역은 1941년에 岩波書店에서 『言語學原論』이라는 제목으로 출판된 『改譯新版』의 2쇄임을 덧붙여 둔다.

6 이것은 『강의』의 일본어판 『言語學原論』(改譯新版, 43쪽)에 나오는 "s에는 s, c, ç 및 t(natioŋ), ss(chasser), sc(acquiescer), sç(acquiesçant), x(dix); k에는 c, qu, k, ch, cc, cqu(acquérir)를 가지고 표기한다."와 정확히 일치한다.

7 그 예로 들고 있는 것은 『훈민정음』의 정인지 서, 성현의 『용재총화』와 이수광의 『지봉유설』, 그리고 신경준의 「훈민정음도해서」의 일절이다.

둘째로, 두음법칙은 표음주의에 편향된 것이며, 그것이 또한 커다란 잘못이라고 지적한다. “언어 단위의 본질이 사상 즉 의미를 지닌 음의 련속이며 이 음의 의식 내용을 환기시키기에 충분만 하다면 그곳에 다소의 동요(발음 변이)가 있더라도 이를 문제시할 필요는 없는 것”(7일)이다. “결국 문자라는 것은 우리들이 리해하면 충분한 것으로 이러한 실천적 목적으로써 본다면 문자란 표시하여야 할 언어음의 미세한 변이까지 면밀히 나타낼 필요는 없”(7일)기 때문이다. 이와 관련하여 한자가 가지고 있는 표음성에 대한 고찰과, 한글이 가지고 있는 표의성에 대한 그의 고찰은 대단히 설득력이 있다. 예를 들어 한자의 ‘獞’[8]은 그 발음을 모르더라도 ‘童’에 따라 ‘동’이라 읽을 가능성이 높은데 그것은 타당하며, 반대로 ‘輸’를 (俞에 이끌려) ‘유’라고 읽는 것은 잘못임을 들어, 한자에도 역시 표음문자의 기능이 있음을 잡아낸다. 한글의 경우도 ‘벗다’(脫)와 ‘벋다’(延)의 발음이 [벗다][9]이지만, 각각 ‘버서서, 버스니’ 및 ‘버더서, 버드니’ 등으로 되는 것을 감안하여 ‘벗다’(脫) 및 ‘벋다’(延)로 적는 것은 표의성을 강조한 표기라 설명하고 있다. 이와 더불어 이두에서 ‘置古, 爲飛尼羅’를 각각 ‘두고, ㅎㄴ니라’와 같이 “표의문자인 한자를 표음문자로도 사용하였다는 것은 문자란 반드시 표음성과 표의성을 함께 가져야 한다는 것을 가르쳐 주는 좋은 례”(7일)라 하고 있다.

셋째로, 철자법의 역사성이다. 제 아무리 표음적인 철자법이라 할지

8 (인용자 주) 이 글자는 복사가 불분명하여 판독되지 않는다. 여기서는 熊谷明泰(2000)에 따라 잠정적으로 이렇게 보기로 하는데, 熊谷明泰 교수 또한 이렇게 읽는 것이 확실한 것은 아니라고 말하고 있다.

9 (인용자 주) 이 부분도 판독이 잘 되지 않는다. 받침이 ㅅ인 ‘벗다’로 보이기는 하는데, 물론 그것은 잘못이다. 그러나 김수경이 이것의 발음을 몰랐을 리는 없으므로, 아마도 오자가 아닌가 생각된다. 熊谷明泰(2000:32)는 ‘벋다’라 적고 있음을 덧붙여 둔다.

라도 "문자와 언어는 그 변화하는 속도가 다르기 때문에, 즉 언어는 부단히 진화하나 문자는 거의 고정적이기 때문에 철자법과 발음은 서로 대응하지 않게 된다."(7일)는 것이다.[10] 그가 예로 들고 있는 것은 불어의 LOI인데, 이것은 시기별로 그 발음과 표기가 각각 'REI – LEI(발음) … REI – LEI(표기)'(11세기), 'ROI – LOI(발음) … ROI – LOI(표기)'(13세기), 'REE – ROE(발음) … LOE – LOI(표기)'(14세기), 'RWA – LWA(발음) … ROI – LOI(표기)'(19세기)였다고 한다.[11] 이러한 예를 들면서 그는 "어느 시대에는 합리적이었던 철자법도 1세기쯤 지나면 불합리하게 되"며, 바꿔 말하면 "철자법과 언어는 병진적이 아니기 때문에 비록 오늘은 가장 표음적이라고 자랑하는 철자법도 래일은 어찌될지 예측할 수 없는 것"이라고 힘주어 말한다(이상 7일). 그러므로 "표음적인 철자법도 그 발음은 반드시 따로 배워야 하"(7일)는 것이고, 결국 '통일안'의 두음법칙과 같은 표음주의는 성립할 수 없다는 데로 나아간다.

두음법칙은 오로지 한자어에만 적용될 뿐이고, 비한자어의 경우에는 적용되지 않는다는 점, 즉 서양 계통의 외래어나 일본어 계통의 외래어들에는 전혀 적용이 되지 않는다는 사실 또한 그는 놓치지 않고 있다. 물론 지금도 나이가 많이 든 어른들의 경우 '라디오'를 '나지오'로 발음한다든지 '뉴스'를 '유스'로 발음한다든지 하는 현상이 전혀 없지는 않은 것을 볼 때, 당시에는 이러한 일이 더욱 심했을 것으로 생각된다. 그러므로 이 규정이 전혀 터무니없는 것이라 하기는 어렵다. 그렇지만, 지금

10 이와 거의 비슷한 표현이 『강의』의 일본어판(改譯新版, 41쪽)에 그대로 나오는데 그 부분을 한국어로 옮기면, "언어는 간단없이 진화하지만, 표기는 바뀌지 않기 쉽다." 정도가 될 듯하다.

11 이것 역시 『강의』의 일본어판(改譯新版, 41쪽)에 그대로 나와 있는 예이다.

에 이르러 이러한 모습이 거의 사라졌음을 볼 때, 즉 외래어의 경우 어두라 할지라도 아무런 문제없이 ㄹ과 ㄴ이 발음되고 있는 현실을 감안한다면, 당시의 이 규정은 현실추수적인 것이었다고 해도 그다지 틀린 말은 아닐 것이다.

3) '통일안'의 두음법칙 규정이 가지고 있는 더욱 큰 문제는, 같은 글자가 그것이 놓인 위치에 따라 철자가 달라진다는 점이다. '老人'은 '노인'으로, '父老'는 '부로'라 적는 것은 누가 봐도 문제라 느낄 만하다. 이와 관련한 김수경의 비판은 다음과 같이 정리할 수 있다.

우선, 이러한 규정이 "표음주의를 표방하면서도 실지로는 표음주의를 배반하고 있"(8일)다는 사실이다. 예를 들어, "'極樂'은 [긍낙]으로 발음되는데 왜 '극락'이라 표기하는"가, "'學理'는 [항니], '窮理'는 [궁니]로 발음하는데 왜 '학리', '궁리'로 표기하는가" 하는 것을 문제 삼는다(이상 8일). 즉, "표음주의를 표방하려면 끝까지 표음적으로 나갈 것이요, 이와 반대로 체계적으로 나가려면 끝까지 체계적으로 나가야 할 것"(8일)이라는 것이 그가 말하는 비판의 요지이다.

그러나 그의 결론은 "완전한 표음주의는 성립할 수 없으므로 체계적인 점에 더 중점을 두어야"(8일) 한다는 것으로 귀착된다. '父老'의 '老'를 '부로'에서처럼 '로'라 적는다면, '老人'의 '老' 또한 '로'로 적는 것이 옳다는 것이다. 왜냐하면, "언어 표기는 될 수 있으면 체계적이어야 한다고 믿는 까닭이다."(8일)

언어란 체계적인 것이 그 특징의 하나임을 그는 음운을 예로 들어 설명한다. 즉, 음이란 "동일 체계 중의 다른 운과의 관련성 밑에서 고찰하여야 하"는 것으로서, "한 개의 음운을 정의한다는 것은 바로 음운 체계

중에 있어서의 그 위치를 지적한다는 것"이 된다(이상 8일). "우리는 언제나 언어를 체계적으로 파악하고 있으며 이는 형태론이나 의미론상에도 꼭같이 적용되는 것"일 뿐만 아니라, "이 같은 체계를 이룬다는 것은 언어의 학습과 기억상에도 필요한 것"으로, "언어 현상의 모든 사항(辭項)은 련합 관계에 서 있는 것이다."(이상 8일) 그렇기 때문에 "이러한 련합 관계에서 이루어지는 련상 작용은 그 사항이 체계적이면 체계적일수록, 조직적이면 조직적일수록 빨리 그리고 정확하게 수행된다."(8일) 여기에서 그가 말하는 '련합 관계'가 소쉬르의 그것임은 말할 필요도 없지만, 이것과 표기법과 관련해서는 좀 더 세심하게 살펴볼 필요가 있다. '련합 관계'를 음운의 차원에서, 혹은 형태소의 차원에서 본다면 그것은 단순화해서 이해할 수도 있다. 예를 들어, 음소를 하나 설정해 놓는다면 그것과 비슷하나 변별적 기능을 하지 못하는 것들은 변이음으로 처리할 수 있으며, 형태소를 설정하고 난 다음에는 그것과 상보적 분포를 보이면서 의미를 같이하는 것들은 변이형태로 처리할 수 있기 때문이다. 그러나 철자법의 차원에서는 '련합 관계'를 어떻게 이해할 것인지 그다지 간단해 보이지 않는다. 왜냐하면 하나의 자소를 설정한다고 하더라도 자소에는 '변이자'와 같은 것을 설정하는 것이 힘들어 보이기 때문이다.[12] 이론상으로만 따진다면, 변이음(경우에 따라서는 변이형태도)의 수는 무한정일 수 있지만, 자소, 다시 말해 글자는 한정되어 있다. 따라서 철자법 차원에서 체계를 세우기 위해서는 철자법을 고정시켜 놓고, 발음 규칙으로 설명할 수밖에 없게 되는 것으로 이해된다. "그러므로 같은

12 그러나 개인개인이 쓰는 글자의 모습이 다르다는 점 혹은 글꼴의 차이 등을 '변이자'라 할 수 있을지 모르겠다.

한자의 음을 나타내는데, 어떤 때에는 '노', 어떤 때에는 '로'로 표기하는 것보다[예 : 노동당(勞動黨) 북로당(北勞黨)], 같은 문자는 언제나 같은 음으로 표기하는 것이 련합 관계로 보아 더 효과적이다."(8일)

또한 첫소리라는 규정이 애매하다는 점도 문제이다. 예를 들어 '重勞動'의 경우, 남한에서는 두음법칙을 적용하여 '중노동'이라 적고 있는데, 이것을 어떻게 설명하느냐 하는 점은 그리 간단하지 않다. 이에 대하여 김수경은 "일상 언어는 고립된 단어의 라렬이 아니라 각종 요소가 련속되어 나타나"(8일)는 것이기 때문에, '異域路頭'를 '이역노두'라 쓸 것인지 '이역로두'라 쓸 것인지 하는 문제에 봉착하게 된다는 것을 지적하고 있기도 하다.

원래 두음법칙이란 것이 '통일안'에서도 지적하고 있듯이 '그 발음을 따라, 발음대로' 적기 위하여 생겨난 규정이라면, 이를 폐지하고 어두의 ㄹ 및 ㄴ을 부활시켰을 때 철자와 발음의 불일치를 어떻게 설명할 것인가 하는 점이 문제가 된다. 이에 대해서도 김수경은 거칠 것이 없다. "오늘날 두음에 ㄹ이나 ㄴ을 발음할 수 없는 사람은 발음 안 해도 좋"은데, 그것은 "'국문'이라 쓰고 [궁문]으로 (중략) 발음하는 것과 마찬가지로 두음의 '냐, 녀, 뇨, 뉴, 니, 녜'는 '야, 여, 요, 유, 이, 예'로, '랴, 려, 료, 류, 리, 례'는 '야, 여, 요, 유, 이, 예'로, '라, 로, 루, 르, 래, 뢰'는 '나, 노, 누, 느, 내, 뇌'로 발음한다는 규정만 만들면 되는 것"이지만, 그러나 더 바람직한 것은 "당분간 이러한 규정을 허용하여도 좋으나 되도록이면 문자 그대로 발음하게 되기를 바란다."고 주장한다.(이상 10일) 이렇게 말할 수 있는 근거는 정확한 발음은 아니나 "실지 이 음을 평남, 평북, 함북 등지에서는 조선 사람들이 발음하고 있"으며, "누구나 반드시 훈민정음을 깨치는 첫과정으로서 가갸 거겨 고교 구규 그기 ᄀ

과궈 나냐 너녀 노뇨 누뉴 느니 ᄓ 놔눠 다댜 더뎌 도됴 두듀 드디 ᄗ 돠둬 라랴 러려 로료 루류 르리 ᄙ 롸뤄의 표를 수십번 랑송하며 암기하"고 있기 때문이다.(이상 10일) 따라서 "언어의 음 발전상 이 음들은 반드시 옳게 발음시켜야"(10일) 하는 것이다.

이러한 그의 주장은 언어학의 이론적 입장에서 보았을 때에도 타당성이 있는 것이라 할 수 있는데, 소쉬르는 그의 『강의』에서 "문자의 횡포는 여기에서 더 나아가 대중에게 압도적으로 부각되어 언어에 영향을 주고 이를 변경시켜 버린다. 이러한 현상은 쓰여진 문헌이 중요한 역할을 하는 매우 문학적인 고유 언어에서만 일어난다. 이 경우 시각적 영상이 잘못된 발음을 만들어내게 된다. 이것이야말로 정말 병적인 현상이다."(한국어판, 최승언 역, 43쪽)라 말하고 있다. 그의 이 말대로, 문자가 대중에게 영향을 주어 언어를 변경시켜 버리는 것이라면, 그러한 현상을 적극적으로 이용함으로써 언어를 좀더 합리적인 방향으로 바꿔 나갈 수 있다는 생각을 해 볼 필요도 있는 것이다. 다시 말해 두음법칙을 폐지함으로써 언어가 좀더 체계적으로 되고, 얻을 수 있는 현실적 이익이 많다면 그것을 마다할 이유는 어디에도 없는 것이다.

이와 같이 하여 "두음으로서의 ㄴ ㄹ 단 두 음을 살림으로써 소생케 되는 음의 수효(이 두 음이 모든 종류의 중간음과 말음과 결합할 때)는 실로 막대하다. '李哥'(리가)와 '異哥'(이가), '林哥'(림가)와 '任哥'(임가)를 구별할 수 있게 되는"(10일) 실로 중대한 언어적 이익이 발생하게 되는 것이다. 뿐만 아니라 "언어 발전의 방향을 바라다볼 때 언어음이 풍부하여 갈수록 그 언어의 장래성은 유망한 것이다. 풍부히 할 수 있는 가능성이 충분히 있음에도 불구하고 구타여 이를 말살코저 하는 것은 언어 발전의 장래에 맹목이며 모어애에 의둔(치둔)한다는 것을 고백하는 이외의

아무것도 아니"(10일)라는 데에까지 나아가게 되는 것이다.[13]

4) 우리는 앞에서 김수경이 "우선 **시급한 수요**에 응하기 위하여 이 일문을 초하는 바"(6일, 강조는 인용자)라 적었다고 말한 바 있다. 게다가 "우리의 견해를 충분히 토로하지 못한 점도 있으며 또한 인쇄의 형편을 고려하여 외국어문의 실례 인증에 제약을 받은 점도 없지 않"음에도 불구하고, "후일 보다 충실하고 체계적인 론술을 발표할 수 있"음에도 불구하고, 이 글은 "창졸간에 기필"되었는데, 그 이유는 무엇일까 하는 점이 문제적이라 한 바 있다.(이상 6일) 이와 관련하여 앞(2.3)에서 같은 한자의 음을 나타내는 데에, 어떤 때는 '로'로, 또 어떤 때는 '노'로 적을 것인가, 아니면 일관되게 '로'라고 쓸 것인가와 관련한 예로, "노동당(勞動黨) 북로당(北勞黨)"을 들고 있음을 우리는 주목해야 한다. 다시 말해 앞에서 언급했던 현실적인 문제, 즉 북조선 공산당과 조선 신민당의 합당으로 탄생한 새로운 정당의 이름인 '北朝鮮 勞動黨'을 한글로 표기할 때에 '북조선 노동당'으로 할 것인지 '북조선 로동당'으로 할 것인지가 초미의 관심사가 되었던 것이다. 박재호(1996:87-90)는 "1946년 8월 공산당과 신민당이 합당하여 로동당으로 되면서 당의 명칭을 '로동당'으로 하는가 '노동당'으로 하는가 하는 문제와 관련하여 매우 심중한 문제로 되였다"라고 하고는, 이어서 "우리 당은 로동계급의 대중적정당으로써의 당의 명칭을 '로동당'이라고 한다는것을 선포함으로써 한자어의 어두음 'ㄴ, ㄹ' 표기와 발음에 대한 원칙적인 립장을 명시하였다."라 하고 있다. 이것이 바로 김수경의 이 글이, 학술적인 논문으로서 일반

13 이러한 그의 생각은 뒤에서 언급하겠지만, '문자 개혁'으로까지 나아간다.

대중들이 읽기에는 상당한 난점이 예상됨에도 불구하고, 당의 기관지인 『로동신문』에, 그것도 4회에 걸쳐 연재되었던 이유라고 우리는 판단한다. 이론과 실천은 둘이 아니라 하나이므로, 언제나 같이 가는 것임을 표방하고 있는 그들의 입장에서는, 언어 실천과 직접 관련이 되는 언어학 이론을 설명하는 글을 대중적인 신문에 싣는 것이 하등 이상한 것이 아니었음을 우리는 다시 한 번 확인할 수 있다.

5) 또 하나 우리가 더 생각해 보아야 할 것은, 지금까지 여러 논자들이 지적했듯이, 김수경의 이 글이 발표됨으로 해서 남북의 언어 규범이 달라지기 시작했다는 점과 더불어, 그것이 남북의 언어 정책(심지어는 '언어 이질화'에 관련짓는 논의)에 끼친 영향에 대해서이다. 이와 관련해서는 표기 규범에서의 표음주의와 형태주의에 대하여 다시 한 번 논의해 볼 필요가 있다. 그러나 남북의 표기법 전반에 대하여 여기에서 논의할 여유는 없으므로, 남북의 표기 규범에서 차이를 보이는 부분만 정리해 보기로 한다.

사항 \ 규범	통일안 (1933)	신철자법 (1948)	조선어 철자법 (1954)	조선말규범집 (1966)
두음법칙	O	X	X	X
사이표	X	O	O	X(O)
신6자모	X	O	X	X
반모음 y의 개입	X	O	O	O

(주 : 1966년의 규범집에서 사이표에 X(O)라고 한 것은 일상 생활에서는 쓰이지 않지만, 발음 교육 등 특수한 경우에는 쓰일 수 있다고 규정하고 있기 때문이다.)[14]

14 위의 표는 コ・ヨンジン(2000:428)에서 일부 수정하여 가져온 것이다.

위의 표를 보면, 적어도 1966년 무렵까지 남북이 철자법에서 차이를 보이는 것은, 두음법칙의 적용 여부와 반모음 y의 개입 현상, 그리고 지금은 폐지된 사이표(초기에는 '절음부'라 함)의 세 가지뿐임을 알 수 있다.[15]

이 세 가지를 지금까지 살펴온 김수경의 관점에서 검토해 보면, 흥미로운 현상이 하나 발견된다. 두음법칙에 대한 것이야 앞에서 충분히 설명했으므로, 여기서 새삼스럽게 다시 논의할 필요는 없을 것이다. 또한 지금은 폐지된 사이표의 사용과 관련해서는, 표기상에서의 형태주의를 유지하면서, 현실 발음을 철자법에 반영해 보려는 북한에서의 노력의 하나가 아니었겠는가 하는 해석이 가능하다. 나중에 폐지된 것으로 미루어 그것의 정착에는 결과적으로 실패한 셈인데, 여전히 남북을 통틀어 그 해결책을 찾지 못하고 있는 사잇소리 현상을 해결해 보려는 시도였다는 점에서, 이에 대해서는 다시 한 번 심도 있는 논의가 필요하리라고 본다.[16] 다음으로, 반모음 y의 개입이란, 모음자 ㅣ 아래에 오는 '-어' 혹은 '-었-'을 각각 '-여' 또는 '-였 -'으로 적는 것을 말하는데, 이는 명백히 표음주의에 의한 것이다. 따라서 이것은, 표기법에서 형태주의를 강조하는 북한의 입장과도 모순되는 것으로, 합리성을 결하고

15 사이표는 북에서도 지금은 사용하지 않는다는 점에서, 남북이 차이를 보이는 철자 규범의 하나가 아니라고 할지 모르나, 현재도 사잇소리와 관련한 표기에서 남북이 차이를 보인다는 점을 감안한다면 같은 맥락에서 검토해야 할 것이다.

16 이에 대하여 김하수(1990a:142)는 「조선말 규범집 해설」(1971:52)의 "그것은 사이소리 현상이 문화어에서 일부의 경우에 특히 고유말의 경우에는 없어지는 경향이 점점 커져가고있으며 일부 경우 특히 한자말의 경우에는 새로 늘어나는 경향이 점점 커져가게 되면서 사이표(')를 치는 문제가 글을 쓰는데서나 써놓은 글을 읽는데서 매우 복잡하기 때문이다."라는 부분을 인용하면서, "사이표의 폐지 이유는 문제의 본질적인 해결이 아닌 사용상의 편법이라는 점이 드러난" 것으로, 남북이 "함께 해결책을 못 찾고 우선 편법으로 메우고 있는 부분"이라고 말한다.

있는 것으로 판단된다.[17] 이와 함께 우리말에는 반모음 w가 개입되는 현상, 즉 수의적이기는 하나 '좋아'를 [조와]로 발음하는 현상도 존재한다. 그런데 이것은 북한에서도 철자법에 반영하고 있지 않다. 여기에서도 우리는 반모음 y의 개입을 철자법에 반영하고 있는 북한의 태도는 문제가 있는 것임을 거듭 확인할 수 있다.

3. '문맹 퇴치'에서 '문자 개혁'까지

1) 해방 직후부터 1950년대 무렵까지 북에서 행해진 언어 정책은 대략적으로 보아 '문맹 퇴치 – 한자 폐지 – 언어 정화 – 규범의 정비 – 문자 개혁'의 순으로 정리할 수 있다. 물론 이들은 철저하게 순차적으로 시행된 것은 아니었으나, 대체로 이와 같은 순서로 행해졌거나 혹은 행해질 예정이었다고 보아 크게 틀리지 않을 것이다.

김수경(1947)은 위에서 보았던 것과 같은, 당시 북한이 당면하고 있던 현실적인 언어적 문제의 해결에 직접 영향을 미쳤을 뿐만 아니라, 그 이후에 숨 돌릴 틈 없이 무척이나 가파르게 전개된 북한의 언어 정책과 관련해서도 매우 중요한 내용들을 시사하고 있다.

---

17 김하수(1990:a140)은 "남쪽에 비하여 강한 악센트를 두고 있지 않은가 하는 추측을 해 볼 수 있"지 않겠는가 하는 주장을 하고 있다. 그러한 가능성도 생각해 볼 수 있겠으나, 모든 ㅣ 모음자 다음의 '-어'와 '-었-'이 강한 악센트를 가지고 있다고 보기는 어렵다. 소리로서의 i가 아니라, 글자로서의 ㅣ 뒤에 오는 것을 그렇게 적는다는 것을 악센트와 관련지어 해석하기는 어려워 보이기 때문이다. 그럼에도 그렇게 강력하게 형태주의를 표방하던 김수경을 비롯한 북의 학자들이 그것을 그대로 둔 것을 보면 뭔가 다른 이유가 있었을 것으로 생각되는데, 추정컨대 그것은 나중의 '문자 개혁'을 염두에 둔 것이 아닐까 한다.

(1) 한편으로 론자는 말하여 '일반 대중 무식 계급 등 문자나 발음의 지식에 어두운 사람들을 고려할 때 발음대로 표기하는 것이 좋으며 또한 문자의 발음법을 따로 배우는 것은 곤란한 일이다' 할지 모르나 인민들을 언제나 우민으로만 여기는 것은 봉건주의와 제국주의가 끼친 가장 타기할 유풍이라 할 수 있다.(10일)

위의 인용에 보이는 "인민들을 언제나 우민으로만 여기는 것은 봉건주의와 제국주의가 끼친 가장 타기할 유풍"이란 해방 직후 북한이 내걸었던 슬로건인 '반제반봉건 민주주의 혁명'에 직결되는 표현이다. 그것이 구체화한 것이 식민잔재의 청산이었고, 토지 개혁이었음은 우리가 잘 알고 있는 사실이다. 이러한 '반제반봉건 민주주의 혁명'을 위하여 북한에서 최초로 실시한 언어 정책이 곧 '문맹 퇴치'였는데(고영진 2014), 그것은 바로 모어의 교육으로 이어지게 된다. 이것은 "이제부터는 모든 인민은 정상적인 기초적 교육을 받을 것이며 초등교육의 태반은 모어의 완전한 습득이 차지할 것"(10일)이라는 김수경의 언급에서 금방 확인할 수 있다.

(2) 어느 나라에 있어서나 모어의 습득에는 다년간의 교육과 학습이 필요하며 실지 수년간은 전혀 이를 위하여 제공하고 있음에도 불구하고 조선어나 조선 문자만은 따로 시간을 들여 배울 필요가 없는 것같이 일반으로 경시하여 문자만 깨치면 그 발음법도 더 학습할 필요가 없는 것 같이 생각하고 있다. 이것은 가장 옳지 못한 태도로서 어느 나라에 있어서나 철자법과 함께 그 발음법도 공들여 학습하지 않으면 좋은 바른 모어를 체득케 될 수는 없는 것이다. 그러므로 금후 조선에 있어서도 물론 다른 나라에 비하여 그 학습이 용이할 것이지만은 모어 교수에 중점을 두어야 할 것이며 그 중에도 두음 ㄴ 급 ㄹ의 발음법에 대하여는 더 한층 교수상 배려되어야 할 것이다.(10일)

모어의 완전한 습득을 위해서는, 언어만이 아니라 문자와 발음법까지 학습해야 함은 말할 필요도 없는데, 김수경 역시 이것을 강조하고 있는 것이다. 이와 더불어 북한의 입장에서 '문자를 깨친다는 것'은, 그러지 않아도 해결해야 할 문제들이 산적해 있는 상황에서, '한가하게' 글을 모르는 사람들에게 글자를 가르쳐 주는 단순한 것이 아니었다. 그들에게 '문맹 퇴치'란, 새로운 사회의 건설에 참여할 인재들을 육성하기 위한 적극적인 노력의 하나였던 것이다. 이는 모어 교육 또한 마찬가지였다. "일제의 조선 어문 말살 정책으로 말미암아 조선 인민은 해방 전에 모국어를 배울 길마저 상실하였었다. 그 결과 공화국 북반부에서만도 인구의 근 4분의 1에 해당하는 250여 만 명의 성인이 문맹의 상태에서 8·15 해방을 맞이하였던 것이다. 문맹자들을 그대로 두고서는 인민 대중을 새로운 문화 건설 사업에 적극적으로 인입할 수 없었으며 모국어의 개화 발달을 기대할 수 없었다."[18]는 언급은 바로 이러한 북한의 사정을 말한 것으로 이해된다. 그렇기 때문에 흔히 생각하듯이 '문맹'을 없애는 것을 단순히 박애주의적 입장에서 글을 모르는 사람들에게 단순히 글자를 가르쳐 주는 것으로만 볼 것이 아니라, 그보다는 사회정치적 운동의 하나로서 "문맹자들에게 읽고 쓰기를 가르침으로써, 그들을 '반제 반봉건 민주주의 혁명'에 적극 동참시키기 위한 것"(고영진 2014:85)으로 보는 것이 더 설득력이 있다.

---

18 조선 민주주의 인민 공화국 과학원 언어 문학 연구소 언어학 연구실(1962), 『조선 로동당의 지도 밑에 개화 발달한 우리 민족어』, 과학원 출판사, 136쪽. 이 인용에서는 해방 직후 북한에서의 문맹자 수가 250만으로 나와 있으나, 그 밖의 문헌들에서는 보통 230만이었다고 말해지고 있으며, 실제로 이 수치가 널리 받아들여지고 있는 것으로 보인다.

2) 이러한 '문맹 퇴치'의 결과 "1949년 초 무렵에는, 230만에 이르던 문맹자들이 거의 퇴치되어 한글을 읽고 쓰는 것이 가능하게 되었"(고영진 2014:85)는데, 이들이 '문맹 퇴치' 과정에서 배운 것은 '한글의 읽고 쓰기 및 간단한 가감승제'(고영진 2014)였다. 그러므로 그 다음에 등장하게 되는 것은 '한자 폐지'일 수밖에 없었다. 왜냐하면, "한자를 사용하게 되면, 이들이 다시 문맹 상태로 돌아가는 것과 다르지 않게 되기 때문이다."(고영진 2012:348) 다시 말해, "원수 왜놈들의 야만적 제국주의 식민지 정책으로, 극소수를 빼 놓고는 근로 대중의 거의 모두가 문맹이었던 조선 인민이었으나, 해방 후 3년 동안에 공화국 북반부에서는 전체 인민들의 열성적 투쟁으로 문맹퇴치 사업에 큰 성과를 거두어, 이제 문맹의 거의 전부가 멀지 않아 없어지게 되였"으나, "그러나 이 사람들은 그 어려운 한문을 배운 것도 아니요, 또 우리 말 공부를 깊이 한 것도 아니"었다.(이상 박경출 1949:87). 그리하여 북한에서는 "1946년 11월 북조선 림시 인민위원회 결정 제113호, 1947년 4월 북조선 인민위원회 결정 제25호, 1947년 11월 북조선 인민위원회 결정 제33호의 발표로써 성인 교육을 위한 학교체계가 확립되었으며 문맹퇴치사업이 국가적 사업으로 광범히 전개되게 되었던 것이다."[19] 그러므로 김수경이 이 글을 집필할 무렵인 1947년 5월말 무렵에는 이미 '문맹'이 상당 부분 퇴치가 되어, 그 이후를 모색해야 할 단계에 와 있었을 터인데, 그 이후의 단계란 바로 '한자 폐지'였다고 보아 틀리지 않을 것이다. 김수경의 다음 언급의 일절은 바로 이를 지적한 것이라 해석된다.

---

19 『조선 중앙 연감(국내편)』(1949), 134쪽을 참조할 것.

(3) 한자는 언제나 같은 음으로써 표기하는 편이 체계성과 이해성에 있어 우점을 가지고 있는 것이나 이는 특히 한자 철폐 후에 있어 더욱 현저하게 된다. 한자가 조만간에 사용이 제한되거나 철폐될 것은 이곳에 루루히 설명할 필요도 없이 명백한 사실이다. 이제 완전히 철폐된 후의 상태를 상상할 때 한자를 한 자도 모르는 사람을 위하여 같은 어원, 같은 의미의 음은 언제나 같은 문자로써 표기하는 것이 리해하기에 빠르냐 또는 그때그때마다 다른 문자로 표기하는 것이 빠르냐 할 때 그 해답은 너무도 명료하다. '물리학'을 가르치는 곳을 '리학부'라 쓰는 것과 '이학부'라 쓰는 것과 어느 편이 리해하기 쉬운가? 물론 '리학부'라 쓰는 편이 그 의미를 파악하기 쉽다.(8일)

(4) 부인, 타인, 인력, 인물로부터 '인'이 '사람'의 뜻을 나타낸다는 것을 귀납 류추할 수 있는 것과 마찬가지로, 양로, 장로, 로년, 로모로부터 '로'가 '늙은', '늙은 사람'의 뜻을 나타낸다는 것을 귀납 류추할 수 있을 것이다. (중략) 그러므로 한자 철폐를 앞두고 볼 때 이 문제의 옳은 해결은 더욱 시급하여지는 것이며 이와 함께 한자 철폐 전에 정확한 한자음 사전의 편찬이 요청되는 것이다. 한자음에 기원하는 어의 철자법은 이 같은 사전만이 해결하여 줄 것인 까닭이다.(8일)

그리하여 1949년 3월부터 한자는 결국 폐지되었다.[20] 그러나 한자를 폐지한다고 해서 모든 문제가 하루아침에 해결되는 것은 아니었다. 왜냐하면, "봉건 시대에서 식민지 시대를 거치면서 더욱 늘어난 어려운 한자어라든가, 일본식 한자어들을 그대로 두고서는 대중 교육은 말 그대로 연목구어일 수밖에 없었"으며, "일부 엘리트들밖에 이해할 수 없는 어려

20 이에 대한 자세한 것은 고영근(1994:197~203)을 참조할 것.

운 용어들을 그대로 두고서는 대중 동원은 물론, 그들을 교육하는 것조차도 불가능해지게 되"기 때문이다(이상 コ・ヨンジン 2002:719). 이러한 문제를 해결하기 위하여 등장한 것이 바로 '언어정화사업'이었다.

3) 이와 같은 일련의 언어 정책들은 필연적으로 규범의 손질을 요구할 수밖에 없는데, 이에 대하여 김수경은 대단히 과격한 입장을 견지하고 있었던 것으로 보인다.

> (5) 특히 조선어 철자법은 다른 나라에 있어서와 달리 아직까지 확고한 전통이 없는만치 비합리적인 전통의 타성에 이끌리지 않고 가장 합리적인 방향으로 얼마든지 개혁할 수 있는 유리한 조건 밑에 있다. 더구나 모든 민주 개혁이 승리적으로 완수되는 북조선에 있어서는 가장 옳은 방향으로 문자의 개혁, 철자법의 개혁도 도모할 수 있는 만큼 앞으로도 오직 이상과 같은 리론적 토대 우에 립각하여 실천에 매진할 길만이 남아 있을 뿐이다.(10일)

위의 인용에 보이는 '철자법의 개혁'이란 단순히 '통일안'이 가지고 있던 문제점들을 부분적으로 수정하여 합리적인 방향, 즉 형태주의 철자법으로 나아가는 것으로 이해할 수도 있을 것이다. 그러나 형태주의에 대하여 "주시경이 씨를 뿌리고 그 제자 김두봉이 계승 발전 시킨 것으로 계보를 정리"(이타가키 2014a:87~88)한 바 있는 김수경으로서는 여기에 머무르지 않고, 한 단계 더 나아간 생각, 즉 "모든 민주 개혁이 승리적으로 완수되는 북조선에 있어서는 가장 옳은 방향"인 '문자 개혁'까지를 염두에 두고 있었다. "사용하지 않는 문자도 부활시키며 새로운 음도 수입코저 하는 이 마당에 어찌 이미 존재하고 있는 문자의 음을 말살할 것인가."라는 그의 언급은 '문자 개혁'을 전제로 했을 때에 비로소 올바르게 이해할 수 있는 표현이다.

4. 맺는 말

우리는 지금까지, 김수경이 1947년에 『로동신문』 지상에 4회에 걸쳐 연재한 글을 실마리로 하여, 그 글에서 언급된 내용들이 해방 직후 북한에서 행해진 언어 정책들과 어떠한 관련이 있는가를 검토해 왔다.

그는 월북한 1947년부터 1960년대 초중반 무렵에 이르기까지 명실공히 북한에서의 언어학을 주도했던 대표적인 언어학자였다. 그는 1947년 1월 현재 김일성 대학 문학부에 소속된 단 1명의 언어학 전공 전임 교원이었으며, 그에 걸맞게 그는 초창기 북한에서 언어 이론의 연구는 물론이고, 언어 정책에 있어서도 거의 모든 부면에 걸쳐 주도적인 역할을 담당하였다. 이른바 두음법칙을 형태주의의 입장에서 검토한 그의 비판은 철저했고, 그의 논리 전개는 치밀했다. 그 결과 그의 주장은 당의 이름도 '노동당'이 아닌 '로동당'으로 확정시켰으며, 나중에 김두봉의 숙청과 함께 그의 브레인 역할을 하던 김수경 역시 격렬한 비판을 받았음에도 불구하고, 그에 의하여 이론이 정립된 어두의 ㄹ 및 ㄴ의 표기는, 이른바 신 6자모가 격렬한 비판을 받았던 데에 비하여, 조금의 흔들림도 없었다.

김수경(1947)은 그 제목이 시사하듯이, 소위 두음법칙의 문제점을 지적하고, 그 해결책을 제시하는 데에 일차적인 목표가 있었던 것이 사실이다. 그가 제시한 해결책이란 두음법칙은 문제가 많으므로 폐지하는 것이 합리적이라는 것이었다. 그 이유로는 완벽한 표음주의란 애초부터 존재할 수 없다는 점과 더불어, 또 다른 측면에서는 철자법을 포함한 언어 연구에서 체계성이 중시되어야 한다는 점이 제시되었다. 이러한 그의 주장은 그 후 북한의 철자법에 그대로 반영되었고, 그것은 또한 아직까지 남북의 언어 규범에서 차이를 보이는 것의 하나이기도 하다. 이러한 그의 이론은 일반 언어학의 이론, 특히 소쉬르의 영향을 강하게 받은 것이었음도 우리는 확인하였다.

또한 김수경(1947)은, 당시 북조선 공산당과 조선 신민당의 합당 후 얼마 지나지 않은 시점에서 당명을 어떻게 할 것인가 하는 현실적인 문제의 해결에도 공헌을 했다는 데에서도 알 수 있듯이, 해방 직후부터 1950년대 무렵까지 북한에서 실시되거나 실시될 예정이었던 언어 정책에 대해서 시사해 주는 부분 역시 적지 않다. '문맹 퇴치'와 '한자 폐지', 그리고 '문자 개혁' 등에 이르기까지, 초창기 북한의 굵직굵직한 언어 정책들의 전조를 보여 준다는 점에서도, 김수경(1947)은 더욱 깊이, 그리고 상세히 검토되어야 할 터이다.

한 걸음 더 나아가, 본론에서 본격적으로 다루지는 않았으나, 이러한 두음법칙의 폐지는, 단기적으로는 '한자 폐지' 등을 염두에 둔 것이었으나, 장기적으로는 해방 직후 김두봉 등 북한의 언어 정책을 주도했던 사람들이 궁극적으로 목표하고 있던 '문자 개혁'과도 전혀 별개의 것이 아니었음을 감안할 때, 김수경의 이 글이 가지는 의의는 더욱 크다고 하지 않을 수 없다. 결국 우리는 거듭 김수경(1947)이 '문제적 논문'이었음을 확인할 수 있다.

이 글은 전남대학교 대학원 국어국문학과 지역어 기반 문화가치 창출 인재 양성 사업단 주최로, 2019년 1월 17~18일에 전남대학교에서 열렸던 심포지엄 "세계 속의 한국어문학 연구의 현황과 과제"에서 구두로 발표했던 원고를 수정한 것이다. 발표의 기회를 주신 전남대학교의 관계자 여러분들 및 본고의 초고를 읽고 여러 가지로 조언을 해 주신 김병문 박사와 김종덕 교수께 깊이 감사 드린다.

참고문헌

고영근(1994), 「북한의 한글전용과 문자개혁」, 고영근(1994:167~234).

고영근(1994), 『통일 시대의 어문 문제』, 길벗.

고영진(2002), 「북한 문법의 품사론의 변천 - '품사'에서 '품사론'으로」, 『애산학보』 27, 애산학회, 115~155.

고영진(2012), 「해방 직후 북한에서의 한자 폐지에 대하여」, 고영진·김병문·조태린 공편(2012:199~240).

고영진(2014), 「해방 직후 북한의 '문맹퇴치운동'에 관한 일고찰」, 김하수 편(2014:54~89).

고영진·김병문·조태린 공편(2012), 『식민지 시기 전후의 언어 문제』, 소명출판.

길용진 엮음(1947), 『1946년 9월 8일에 개정한 한글 맞춤법 통일안 해설』, 동문당 서점.

김수경(1947), 「조선어학회 『한글 맞춤법 통일안』 중에서 개정할 몇 가지 기일 한자음 표기에 있어서 두음 ㄴ 급 ㄹ에 대하여(1)~(4)」, 『로동신문』 1947년 6월 6일, 7일, 8일, 10일.

김영황·권승모 편(1996), 『주체의 조선어 연구 50년사』, 김일성종합대학 조선어문학부.

김하수(1990a), 「남과 북의 맞춤법의 차이」, 『우리교육』 제6호, 우리교육, 136~142.

김하수(1990b), 「북한의 국어정책」, 『우리교육』 제7호, 우리교육, 142~147.

김하수(2014), 「북한의 언어학사를 어떻게 볼 것인가」, 『社會科學』 44-1, 同志社大

學人文科學研究所, 31~40.
김하수 편(2014), 『문제로서의 언어』 4, 커뮤니케이션북스.
남영희(1985), 「공산주의적인간의 언어생활규범에 대하여」, 『언어학론문집』 6, 과학, 백과사전출판사, 4~19.
박경출(1949), 「출판물에서 보는 우리말」, 『조선어 연구』 1-1, 조선어문연구회, 85~98.
박재호(1996), 「언어규범연구사」, 김영황·권승모 편(1996:86~125).
사회과학원언어학연구소(1971), 『조선말 규법집 해설』, 사회과학출판사(도쿄 학우서방 번각 발행, 1972).
이타가키 류타(板垣龍太)(2014a), 「김수경의 조선어 연구와 일본」, 『社會科學』 44-1, 同志社大學人文科學研究所, 61~98.
이타가키 류타(板垣竜太)(2014b), 「월북학자 김수경 언어학의 국제성과 민족성」, 신주백 편(2014: 359~421).
신주백 편(2014), 『한국 근현대 인문학의 제도화: 1910-1959』, 혜안.
심지연(1993), 『잊혀진 혁명가의 초상 - 김두봉 연구』, 인간사랑.
이종석(2000), 『새로 쓴 현대 북한의 이해』, 역사비평사.
『조선로동당정책사』(언어부문), 사회과학출판사, 1973
조선 민주주의 인민 공화국 과학원 언어 문학 연구소 언어학 연구실(1962), 『조선로동당의 지도 밑에 개화 발달한 우리 민족어』, 과학원 출판사.
『조선 중앙 연감』(국내편), 1949.
최경봉(2014), 「국어학사의 관점에서 본 김수경」, 『社會科學』 44-1, 同志社大學人文科學研究所, 41~60.
최승언 역(1990), 『일반 언어학 강의』, 민음사.
한글학회 편(1989), 『한글 맞춤법 통일안(1933-1980)』, 한글학회.
板垣龍太(미간행), 『金壽卿評傳』.
熊谷明泰(2000), 「南北朝鮮における言語規範乖離の起点-頭音法則廢棄政策における金壽卿論文の位置-」, 『関西大學人權問題研究室紀要』 41, 関西大學人権問題研究室, 1~57.
コ・ヨンジン(2000), 「北朝鮮の初期綴字法について」, 『言語文化』 3-3, 同志社大學言語文化學會, 407~440.
コ・ヨンジン(2002), 「草創期の北朝鮮における言語政策と辞典編纂」, 『言語文化』 4-4,

同志社大學言語文化學會, 703~736.

小林英夫譯(1941, 2쇄), 『言語學原論』, 岩波書店(改驛新版)(F. de Saussure, Cours de linguistique générale의 일본어 역, 초판은 1928년 岡書院).

Saussure, F.de(1916), Cours de linguistique générale, édition critique(1972): preparée par Tullio de Mauro, payothéque. (일본어판)內山貴美夫 譯, 『"ソシュール一般言語學講義"校注』(東京: 而立書房, 1976).

필진 소개(원고 수록 순)

유영주

미국 미시간대학교 아시아언어문화학과

곽부모

체코 팔라츠키대학교 아시아학부 비즈니스한국어학과

김소영

불가리아 소피아대학교 한국학과

조숙연

영국 셰필드대학교 한국학과

김장선

중국 천진사범대학교 한국어학과

구리예바 아나스타시아

러시아 상트페테르부르크 국립대학교 한국학과

라비케쉬

인도 네루대학교 한국어학과

홀머 브로흘리스

독일 베를린 자유대학교 한국학과

고영진

일본 도시샤대학교 글로벌지역문화학부

지역어와 문화가치 학술총서 ⑥

세계 속의 한국어문학 연구의 현황과 과제

2019년 2월 25일 초판 1쇄 펴냄

지은이 전남대학교 BK21플러스 지역어 기반 문화가치 창출 인재 양성 사업단
펴낸이 김흥국
펴낸곳 도서출판 보고사

책임편집 이순민
표지디자인 손정자

등록 1990년 12월 13일 제6-0429호
주소 경기도 파주시 회동길 337-15 보고사 2층
전화 031-955-9797(대표), 02-922-5120~1(편집), 02-922-2246(영업)
팩스 02-922-6990
메일 kanapub3@naver.com / bogosabooks@naver.com
http://www.bogosabooks.co.kr

ISBN 979-11-5516-885-1 93810

정가 23,000원